光文社文庫

長編時代小説

破斬《はざん》

勘定吟味役異聞㈠
決定版

上田秀人

光 文 社

本書は、二〇〇五年八月に光文社文庫より
刊行した作品を、文字を大きくしたうえで
さらに著者が大幅な加筆修正したものです。

『破斬　勘定吟味役異聞（一）』目次

第一章　負の遺産　…………　11
第二章　幕政の闇　…………　105
第三章　黄白《こうはく》の戦い　…………　180
第四章　閨《けい》の鎖　…………　259
第五章　命の軽重《けいちょう》　…………　335
解説　かどたひろし　………　415

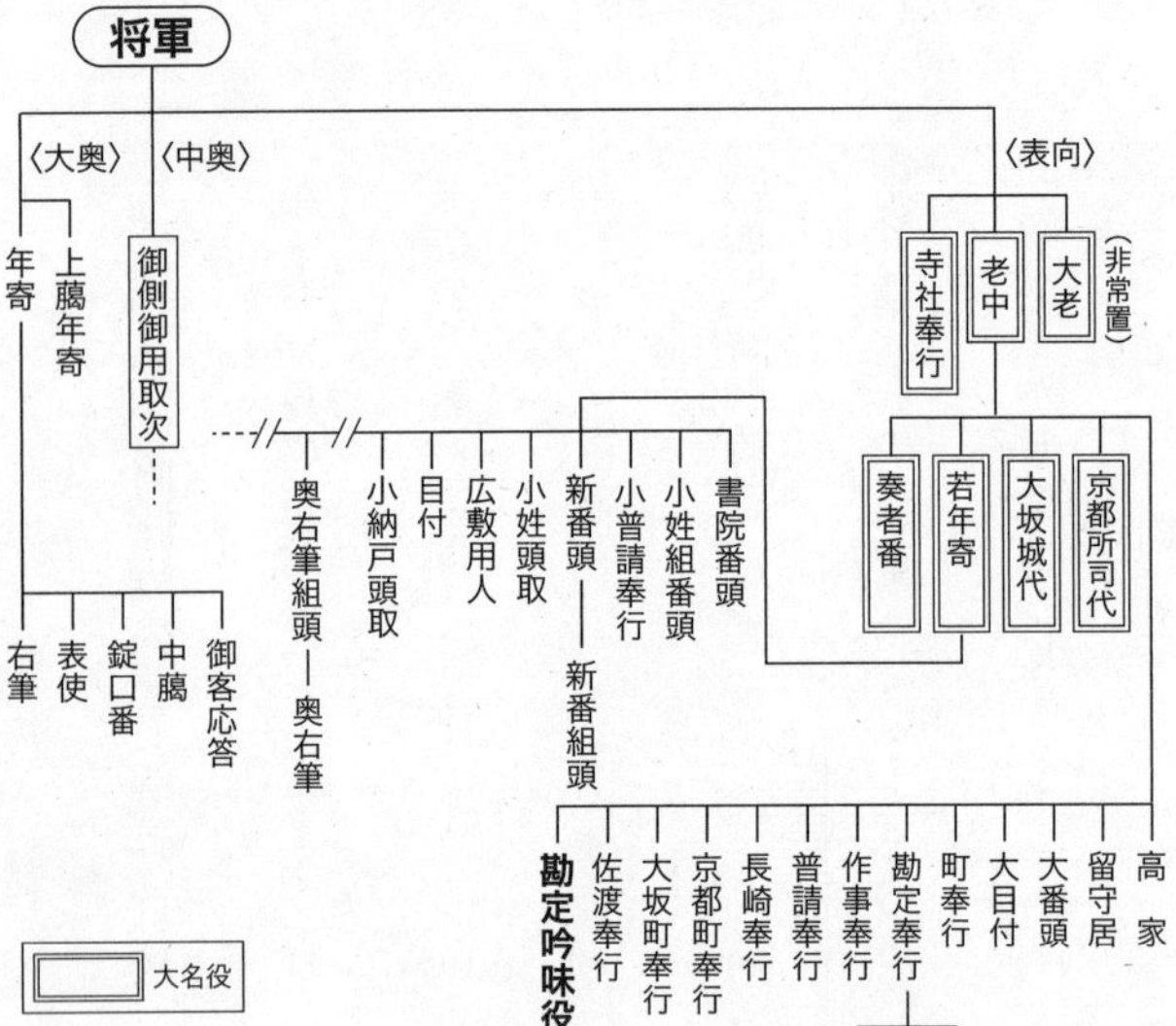

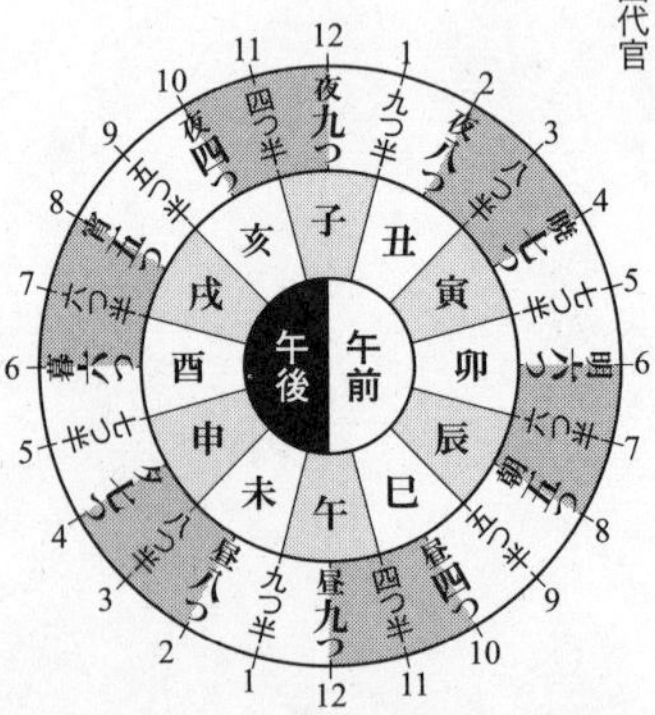

江戸の時刻（外の数字は現在の時刻）

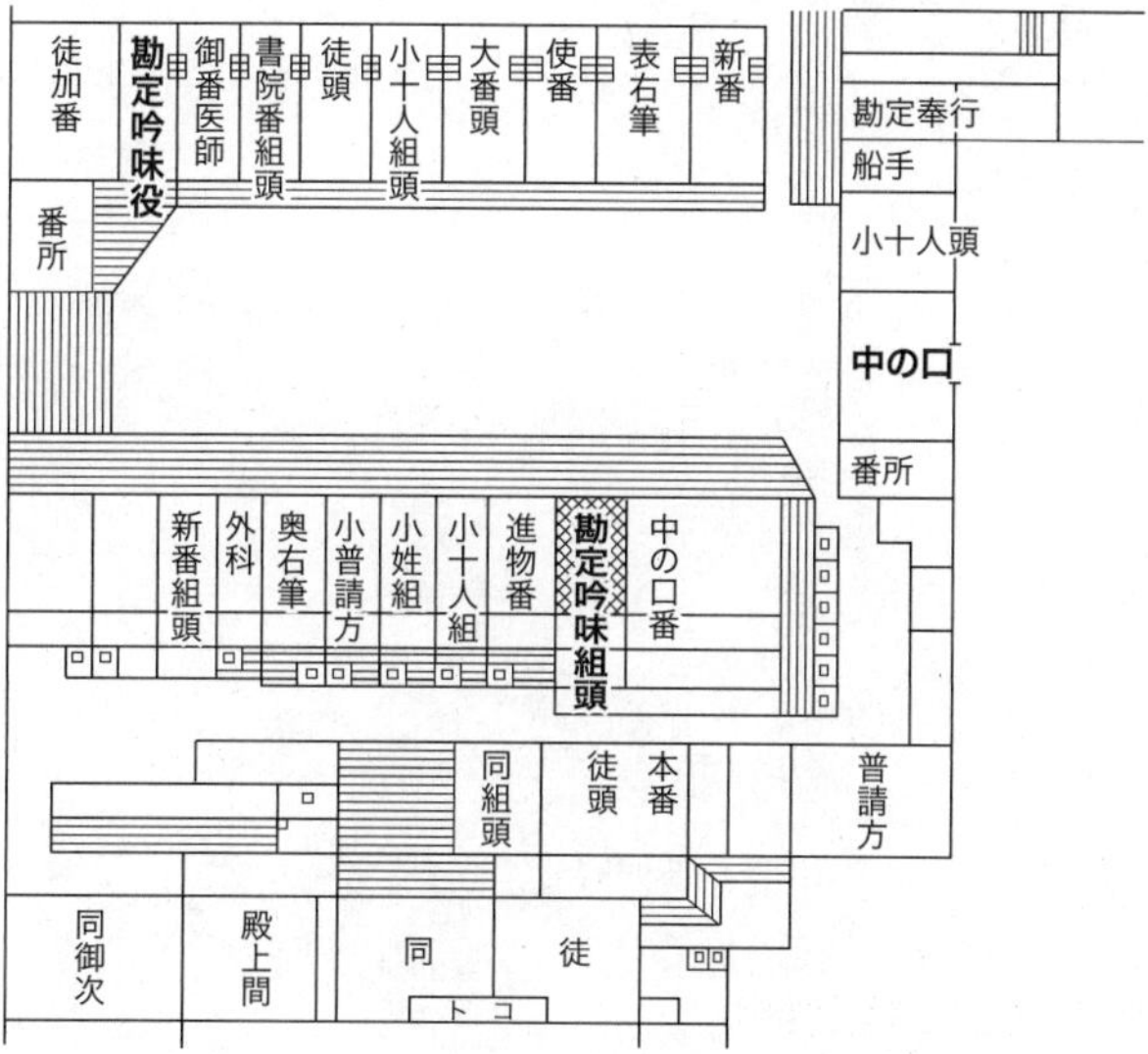
徒加番
勘定吟味役
御番医師
書院番組頭
徒頭
小十人組頭
大番頭
使番
表右筆
新番
番所
勘定奉行
船手
小十人頭
中の口
番所
新番組頭
外科
奥右筆
小普請方
小姓組
小十人組
進物番
勘定吟味組頭
中の口番
同組頭
徒頭
本番
普請方
同御次
殿上間
同
徒
トコ

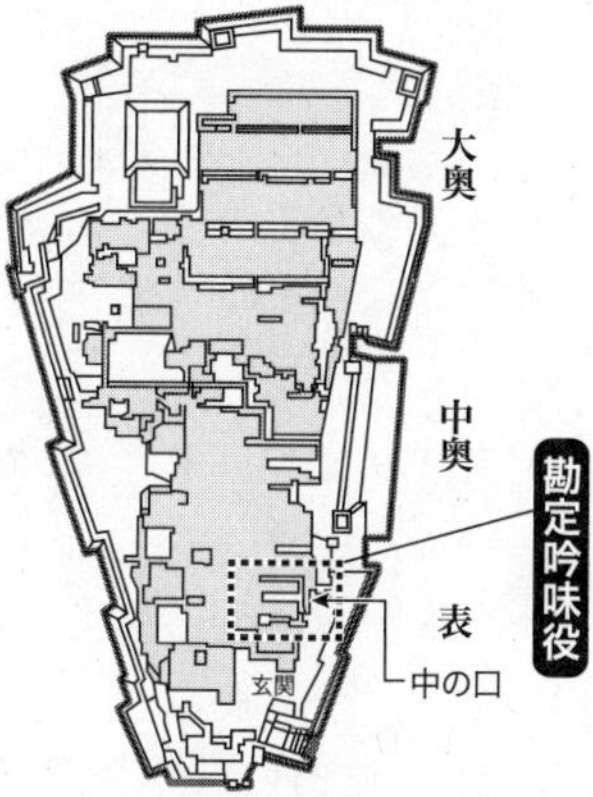
大奥
中奥
表
勘定吟味役
中の口
玄関

尾張殿上屋敷
市谷
早稲田村
江戸川
音羽
護国寺
至板橋宿
江戸川橋
大塚
巣鴨
赤城明神
御納戸町
石切橋
若宮八幡宮
神楽坂
切支丹坂
御薬園
日光御成街道
中山道
小日向馬場
牛込御留守居町
牛込御門
番町
傳通院
小石川
白山
神明宮
駒込
田安御門
水戸徳川家上屋敷
入江無手斎道場
清水御門
小石川御門
春日町
水道橋
千駄木
水城聡四郎の屋敷
神田川
御弓町
竹町
本郷
加賀前田家上屋敷
道灌山
根津権現
霊雲寺
池之端七間町
日暮里
神田明神
池之端仲町
不忍池
鍛冶町
湯島天神
昌平橋
忍ヶ岡
昌平坂
明神下
弁天
筋違御門
仁王門前町
寛永寺
東叡山
根岸
谷中
内神田
外神田
下谷広小路
和泉橋
神田佐久間町
佐久間河岸
下谷金杉町
御徒町
豊島町
新シ橋
柳原土手
向柳原
下谷山崎町
通油町
通塩町
左衛門河岸
三味線堀
広徳寺
下谷竜泉寺町
幡随院
同朋町
横山町
両国広小路
元鳥越町
猿屋町
甚内橋
茅町
米沢町
浅草橋
阿部川町
新吉原
薬研堀
両国橋
柳橋
御蔵前片町代地
新堀川
尾上町
大川
旅籠町
東本願寺
日本堤
回向院
首尾の松
御米蔵
御蔵前
御蔵前通り
浅草寺
日光道中
小塚原
一ツ目之橋
亀沢町
御竹蔵
浅草広小路
奥山
浅草
山谷町
御厩河岸之渡し
駒形町
雷門
浅草観音
新鳥越橋
二ツ目之橋
駒形堂
浅草
花川戸町
山谷堀
揚場
緑町
南割下水
吾妻橋
今戸橋
今戸町
本所
竹町之渡し
白鬚之渡し
源森橋
竪川
北割下水
源森川
小梅村
三囲稲荷
向島墨堤
長命寺
木母寺
三ツ目之橋
北辻橋
大横川
法恩寺橋
寺島村
新辻橋
業平橋
亀戸村
小梅村
四ツ目之橋
押上村
天神橋
十間川
柳島村
亀戸天神

天現寺
渋谷川
麻布新町
善福寺
四ノ橋
古川町
仙台坂
新網町
飯倉片町
六本木
氷川明神
市兵衛町
赤坂
紀伊徳川家屋敷
元赤坂町
竹腰山城守屋敷
伝馬町
平河町
井伊掃部頭
中屋敷
紀伊徳川家
上屋敷
赤坂御門
四谷御門
市谷御門
麹町
溜池
三ノ橋
二ノ橋
一ノ橋
中之橋
赤羽橋
芝車町
三田町
至品川宿
葵坂
千鳥ヶ淵
半蔵御門
西之御丸
虎之御門
新シ橋
外桜田御門
増上寺
雉子橋御門
一橋御門
江戸城
和田倉御門
南町奉行所
幸橋
土橋
北町奉行所
金杉橋
宇田川町
芝
浜松町
数寄屋橋御門
汐留橋
呉服橋御門
常盤橋御門
神田橋御門
三十間堀
銀座町
金杉川
濱御殿
竜閑橋
数寄屋町
一石橋
本町
木挽町
京橋
本両替町
今川橋
西本願寺
本材木町
白魚橋
日本橋
魚河岸
大伝馬町
小伝馬町
楓川
江戸橋
荒布橋
八丁堀
弾正橋
八丁堀
組屋敷
海賊橋
南茅場町
日本橋川
小網町
銀座
中之橋
元大坂町
諸国人入れ相模屋
亀島川
稲荷橋
一ノ橋
霊岸橋
箱崎橋
松島町
高橋
新川
行徳河岸
久松町
鉄炮洲
高砂橋
佃島
霊岸島
二ノ橋
湊橋
箱崎町
箱崎川
浜町堀
豊海橋
永久橋
石川島
大川端
永代橋
万年橋
新大橋
水戸家石揚場
佐賀町
上之橋
今川町
江戸湊
大島町
黒江町
緑橋
万年町
海辺大工町
六間堀
油堀
材木町
弥勒寺橋
永代寺
富岡橋
仙台堀
海辺橋
高橋
弥勒寺
越中島
蓬莱橋
富岡八幡宮
深川元町
亀久橋
霊巌寺
小名木川
汐見橋
深川
洲崎
入船町
新高橋
扇橋
猿江橋
御材木蔵
猿江町
大島橋
金座
西
北
南
東
0
1km

破斬《はざん》

勘定吟味役異聞（一）

第一章　負の遺産

一

火事と喧嘩《けんか》と犬の糞が、江戸の名物と言われている。

今年も一月、二月と江戸を大火が襲った。明暦《めいれき》の火事ほどではないにせよ、多くの武家屋敷、町屋に大きな被害がでた。

その建てなおしの槌音《つちおと》は、春を過ぎてもとだえることなく響いている。

忙しさに休む間もない職人たちのいらだちは頂点に達していた。

「やりやがったな」

「うるせえ」

いさかいのもとは些細《ささい》なことだった。

隣同士の商家を建築していた大工と左官が、言いあいになった。それが鳶職《とび》や下働きを巻きこんでの大喧嘩となった。

「前々から、てめえの仕事が気にいらなかったんでえ」

鑿《のみ》を手にして、大工が左官を脅した。

「一人前の口をきくねえ。おめえの建てた柱じゃ、頼りなくて壁も塗れやしねえ」

左官が鏝《こて》を振りあげた。

昼日中のことだ。たちまち女子供の悲鳴があふれた。

「おい、いい加減にしないか。往来の邪魔だ」

水城聡四郎《みずきそうしろう》は、喧嘩のなかへと割りこんでいった。五尺七寸（約一七三センチ）近い背丈の聡四郎は、頭一つ周囲より高い。たちまち、大工と左官の注意が向いた。

「なんでえ、てめえは」

「すっこんでろ」

頭に血がのぼっている職人たちは、武士の仲裁を受けつけなかった。

双方が、聡四郎を怒鳴りあげた。

「喧嘩するなら、他人の迷惑にならないところでやれ」

「よけいなことをぬかすんじゃ……」

大工は最後まで言えなかった。

顔をつきあわすほどに近づいていた聡四郎に当て身をくらわされたのだ。

「このやろう、なにをしやがった」

さっきまで大工をののしっていた左官が、聡四郎に迫った。

「頭を冷やせ」

聡四郎は、風のように間合いを詰めて、左官も当て落とした。

「えっ」

乱闘に加わっていた連中を次々に倒し、ついに一人の若い下働きを残すだけになった。

「おい」

「へいっ」

聡四郎に声をかけられた下働きが、跳びあがった。

「あとで水でもかけてやれ」

「わ、わかりやした」

下働きと野次馬に見送られて聡四郎は、その場を去った。

その聡四郎の働きをじっと見ている初老の男がいた。

「白石翁《はくせきおう》、どうなされた」

隣に立っていた身分ありげな武士が問うた。

「あやつ、先日上様に家督《かとく》の拝謁《はいえつ》をしたやたら背の高い旗本《はたもと》……たしか、勘定《かんじょう》方《かた》の筋だったはず」

新井《あらい》白石が、つぶやいた。

「覚えておられるのか」

身分ありげな武士が驚いた。

旗本の代替わりの御目見得《おめみえ》というのは、よほどの家柄でないかぎり、江戸城廊下に十数名ならんで座って、その前を将軍がとおるだけである。

家宣《いえのぶ》の信頼をえている新井白石が、その場に同行していることに不思議はないが、名前の言上《ごんじょう》だけしかされないうえに、御目見得は、いろいろな機会におこなわれる。その数はかなり多い。

「うむ。顔と名前だけだがの。おお、思いだした。水城とか申したな。つかえるやもしれぬ」

新井白石の目が冷たく光った。

聡四郎は、堅苦しい裃《かみしも》に辟易《へきえき》していた。

家督を継いで三ヵ月、無役の小普請組《こぶしんぐみ》で、きままに日々をすごしていた聡四郎のもとに、新井白石からの呼び出しがかかった。

「そなたが、水城聡四郎宗良《むねなが》か。新井白石である」

五十六歳になる新井白石の声は、甲高《かんだか》く、小部屋一杯に拡がっていく。小柄ながら周囲を圧する気迫は、六代将軍家宣の懐刀《ふところがたな》と言われるだけのことはあった。

「はっ」

聡四郎が、平伏《へいふく》した。

ここは江戸城中、御納戸口《おなんどぐち》玄関を入った左にある御側役《おそばやく》下部屋である。

下部屋は登城した役人たちの控え室であり、ここで着替えたり中食《ちゅうじき》の弁当を遣《つか》ったりする。

新井白石は無役の表寄合《おもてよりあい》でしかないが、家宣の寵愛《ちょうあい》深く、格別に側衆《そばしゅう》格のあつかいを受け、下部屋を一室与えられていた。

「代々にわたって、勘定方に勤めていたそうだな」

「仰せのとおりでございまする」

水城の家は、徳川家《とくがわ》に仕えて以来、勘定方についていた。わずかな期間ではあったが、祖父は勘定組頭《くみがしら》にまでなっていた。

「この度、上様の思《おぼ》し召しにより、元禄《げんろく》十二年（一六九九）より廃されていた勘定吟味《ぎんみ》役を復することに相成《あいな》った。あらためて、組頭より通達が参るが、前もっての心構えをうながすために、内々に報せおく。そなたはその一員として任じられることと相成《あいな》った」

「つつしんで承りまする」

聡四郎は畳に額がつくほど頭をさげた。

満足そうに聡四郎を見下ろしていた新井白石が、言葉をつづけた。

「剣を遣うそうだの」

「遣うというほどではございませぬが」

聡四郎は、謙遜《けんそん》した。

「したが、めずらしいの。勘定筋の者は、幼少より剣を学ぶことはあまりないと聞いたが」

「はあ……」

聡四郎は、どう応えていいのかわからなかった。

「勘定方に勤めておる者すべての経歴を見たが、剣で目録《もくろく》以上をもつ者は、そなただけであった」

新井白石がさりげなく言ったことに聡四郎は、目をむいた。

勘定方に属する役職は六十をこえる。勘定衆勝手方《かってかた》だけでも二百人ちかいのだ。全部をあわせるとどれだけの人数になるか。

新井白石はその経歴をくまなく調べたのであった。

「幕臣は、旗本御家人《ごけにん》を入れて、総勢約二万。そのすべての生活をになっておるのが、勘定方である。金は幕府の血であるのだ。隅々《すみずみ》までまんべんなく届かなければならぬ」

「はい」

新井白石の顔がきびしくなった。

「ついては、そなたにとくに心得ておいてもらいたいことがある」

新井白石が、顔を引き締めた。

「知ってのとおり、御勘定奉行荻原近江守《おぎわらおうみのかみ》が仕業《しわざ》によって、御上《おかみ》の財政は逼迫《ひっぱく》しておる。あやつは入るをはかることはうまいが、使い方が雑すぎるうえ、あまりに自《わが》ままするぎる。御上の作事《さくじ》や普請《ふしん》を使って、一部に富商をつくり、その見返りを私腹《しふく》しておることは明白な事実である」

新井白石が、言葉をきって、聡四郎を見つめた。

「なにをおいても、御上の費用《ついえ》を無駄にすることは許されぬ。必要以上に金を費《つい》やす者どもを監察《かんさつ》し、倫理にもとる者を排除することが急務。勘定吟味役は、その柱として、表はもとより、大奥《おおおく》といえども立ち入り、不正をただせ。武士の誉《ほま》れが太刀打ちでの手柄であったのは、はるか昔のこととなった。よいか、命かけるは戦場にあらず、算勘の場にあると知れ。では、さがってよい」

言いたいことを口にした新井白石は、不意に興味をなくしたように聡四郎から目を離した。

「では、これにてごめんを」

もう一度平伏して、聡四郎は下部屋を出た。

江戸城をさがった聡四郎を、父が出むかえた。

「どうであった」

玄関に入るなり、父が訊《き》いた。聡四郎の父、水城功之進《こうのしん》は、先日隠居したばかりである。

還暦をむかえ、背筋の曲がった小柄な体軀《たいく》は、隠居していっそう小さくなった。大柄な聡四郎と並ぶと、頭二つぶんの差がうまれていた。

「勘定吟味役を仰せつかりました」

聡四郎は、淡々と告げた。

「なに、勘定吟味役だと」

父功之進が、驚いた。

勘定吟味役の歴史は浅い。

天和《てんな》二年（一六八二）、幕府の緊迫した財政に頭を痛めた五代将軍綱吉《つなよし》が創設したもので、勘定方における目付《めつけ》のようなものであった。出納《すいとう》を監査し、恣意《しい》あるいは無駄な支出を咎《とが》める。老中支配で定員は決められておらず、五百石高《こくだか》の旗本が命じられ、役料三百俵《びょう》が支給された。

「一度廃された役目を、復活せられたのか」

「はい」

父功之進の驚きの原因はこれであった。

勘定吟味役は、勘定奉行、荻原近江守重秀《しげひで》の建白《けんぱく》によって、元禄十二年に廃止されていた。

勘定吟味役から勘定奉行へと抜擢《ばってき》された荻原重秀は、それをなかったことのように、綱吉を前にして堂々と宣《せん》した。

「諸事倹約のおりから、名のみで実のない役目はかえって害悪と存じあげまする。この近江守が勘定奉行の職にあるかぎり、御上に無駄な費《つい》えはございませぬ。各所に、諸事倹約を命じる勘定方が、まずその範《はん》を垂れるべきかと」

「むうう」

こうしてなくなった役目は、綱吉の跡を継いだ家宣によって復された。

水城聡四郎の家は、三河《みかわ》以来の旗本ではない。甲州《こうしゅう》にその威名を轟《とどろ》かせていた武田《たけだ》家に属する武士であった。

織田信長《おだのぶなが》によって滅ぼされた武田家の旧臣を、家康《いえやす》が抱えたなかに水城家もあった。

戦がなくなると、求められるのは政《まつりごと》である。

武田家で小納戸《こなんど》と呼ばれる勘定方であったことが幸いして、水城家は新参ながら重用された。それに応じて禄高も増え、祖父が勘定組頭まで累進《るいしん》したこともあって、現在水城家は五百石を食《は》んでいた。

功之進が、懸念《けねん》の表情を浮かべた。

「算勘のできぬおまえに務まるのか」

「励みまする」

できると断言するだけの自信は聡四郎にもなかった。

名前のとおり、聡四郎は水城家の四男であった。

旗本の家で泰平の世に価値のあるのは長男、せいぜい次男までである。分知《ぶんち》するほど禄のない家にとって、三男以下は養子先があれば御の字、運が悪ければ、兄の家でやっかい者として日陰の生涯を送ることになる。

少し前まで、聡四郎も養子先を探している口であった。

家は長兄の功一郎《こういちろう》が継いだ。次兄と三兄は、水城家より石高は少ないが、勘定方の旗本に婿養子にむかえられた。

だが、聡四郎だけはなかなか去就《きよしゆう》が決まらなかった。理由は簡単だった。聡四郎が剣に秀でていたからだ。

旗本には代々家柄の筋が存在する。

花形の小姓組番《こしようぐみばん》か書院番《しよいんばん》になれる両番筋《りようばん》、大番組《おおばんぐみ》や御先手組《おさきてぐみ》など武《ぶ》をもって鳴る番方《ばんかた》、そして勘定方や右筆《ゆうひつ》など文をあつかう役方《やくかた》である。筋はよほどのことがない限り変わらず、また、その間には大きな溝があり、筋をこえてのつきあいはまずしない。

勘定方に剣の達人は不要である。聡四郎の縁組みが見つからなかったのは、このためであった。

「おまえが、家を継ぐことになったときは、どうなるかと思ったぞ。勘定方で知られた水城家も、ついに筋からはずれるとな。しかし、家を継いですぐに、お役目をいただけるとは、ほっとしたわ」

功之進が、安堵《あんど》のため息をついた。

半年前、家督相続を目の前にした兄功一郎が、急病で他界した。水城家にとって青天《せいてん》の霹靂《へきれき》であった。

幸いだったのは、まだ父功之進が隠居願いをあげていなかったことだ。これが、相続を終えてからだったら、水城家は取りつぶされていたかも知れない。

亡くなった長兄の功一郎は、まだ婚姻もしておらず、子供もいなかった。

婿養子になった次兄、三兄を呼び戻すわけにもいかず、白羽《しらは》の矢は、養子の口もなく、無為《むい》な日々を暮らしていた聡四郎に立った。

「はあ」

聡四郎は、歯切れの悪い返答をした。まだ、家名を上げるという意味が、身に入らないのだ。

「いいか、決して水城の家の名前を汚《けが》すでないぞ。役目を果たすに肝腎《かんじん》なことは、辛抱《しんぼう》じゃ。そちが我慢いたさねば、水城の子孫たちにまで影がつきまとう。小普請に落とされた者がどれだけ悲惨か、知らぬわけではないであろう」

小普請とは、旗本御家人で無役の者のことだ。役目がないから役料が入らないだけではなく、小普請金と呼ばれる江戸城修復の費用を石高に応じて供出しなければならない。そもそも旗本御家人のすべてに役目を与えられない幕府が、無理矢理作り出したものでしかない。

一度、小普請組になると、まず浮かびあがることはないと言われていた。

「…………」

けなされたに等しい聡四郎が沈黙した。

「これからは役目第一、剣のことは二の次じゃ、よいな」

功之進は言い捨てると、隠居場として建てた離れへと去っていった。

剣を学ぶ暇があれば算勘の塾へかよえ。功之進はずっと、聡四郎が道場へ行くことを好んでいなかった。

そのことをあらためて告げられた聡四郎は、肩を落とした。

ため息をついて父の背中を見送った聡四郎に、廊下で控えていた女中が声をかけた。

「四郎さま、そうお力落としになられますな」

「喜久《きく》か」

聡四郎は、力なくほほえんだ。

喜久は、ながく水城家に仕えている女中である。聡四郎を産んですぐに亡くなった母の代わりに、要らない子供に近かった聡四郎の面倒を一手にひきうけてくれた。

すでに四十歳をこえているが、一度も夫を持ったことがないからか、若々しい。水城家の家計いっさいを握っていて、功之進が嫌がる剣道場への束脩《そくしゆう》代金を工《く》面《めん》してくれたのも喜久であった。

喜久がほほえみながら、しっかりと言った。

「剣のことでもお気のままにおやりになればよろしいので。水城家の当主は、四郎さまなのでございますから」

喜久は、なぜかはわからないが、聡四郎のことを子供のときから四郎と呼んでいる。

「そうだな。さっそくだが、道場に顔を出してくる。これからお役目に就くとなると、そう再々行くこともかなわなくなるだろうしな」

聡四郎は裃を脱ぎ、細かい縞《しま》の小袖《こそで》に仙台平《せんだいひら》の袴《はかま》に着替えた。

「やはり、これが落ちつくわ」

聡四郎は、肩を軽く回した。

そんな聡四郎を喜久が、やさしい顔で見まもっていた。

「では、いってらっしゃいませ」

喜久に見送られて聡四郎は、加賀《かが》百万石前田《まえだ》家の上屋敷に近い本郷御弓町《ほんごうおゆみちょう》の屋敷を出た。

聡四郎が行く先は、下駒込村《しもこまごめ》である。豊前小倉小笠原《ぶぜんこくらおがさわら》家の抱え屋敷を囲むように分割された下駒込村、その稲荷社《いなりしゃ》近くに道場はあった。

一放《いっぽう》流剣術指南入江無手斎《いりえむてさい》。苛烈瞬断《かれつしゅんだん》な太刀遣いをもって江戸の剣術家のあいだで、その名前は伝説にちかい。

百姓家《ひゃくしょうや》を買いとって道場としている。広大な敷地に大きな庭をもつが、そこを菜園にしなければならないほど弟子の数は少なかった。泰平が続いたことで剣を含む武芸はすたれかかっていた。

一放流は、越前《えちぜん》の武将富田《とだ》一放《いっぽう》が創始した。稀代《きたい》の名人富田越後守《えちごのかみ》の高弟であった富田一放が、小太刀《こだち》の動きを太刀にとりこんで一流をたてた。小太刀の疾《はや》さと太刀の重さを合致させて、一撃必殺を旨《むね》とする。

紙一重の勝ちこそ、真《まこと》の勝ち。これを極意《ごくい》としていた。

聡四郎は、道場玄関ではなく、屋敷をまわるようにして庭へと出た。

道場の稽古は朝だけだ。昼から入江無手斎は、菜園の手入れを日課としている。

背中を向けていた入江無手斎が、雑草を抜きながら声をかけた。

「どうした。昼からとは珍しいな」

「お邪魔いたしまする」

聡四郎は立ち止まって、頭をさげた。

「ちょっと待て、この畝《うね》の草を始末してしまう」

入江無手斎が育てているのは、菜である。菜をゆでて、味噌をつけて喰うのが、入江無手斎の好物であった。

小半刻《こはんとき》（約三十分）ほどで、入江無手斎が母屋《おもや》の縁側へ戻ってきた。

「座れ」

言われて、聡四郎は縁側に腰をおろした。

「役目が決まったか」

すでに入江無手斎に、今日呼び出しがあることは伝えてあった。

吉事《きちじ》は朝の内に、凶事《きょうじ》は昼からというのが幕府の慣例である。家督を継いだばかりの旗本を朝に呼び出すのは、役目のことに決まっていた。

「はい」

「そうか。まずは、めでたいな」

「ありがとうございまする」

聡四郎は、礼を言った。

「ふん。気に入らないようだな」

入江無手斎は、今年で五十二歳になった。すでに剣客としての盛《さか》りは過ぎているが、体躯に衰えはまったくみられず、声にも張りがある。

「勘定吟味役を仰せつかりました」

「ほう」

入江無手斎が、ちょっと目を見ひらいた。

「誰の差し金だ」

「新井白石さまから、お話をいただきました」

「白石か。ふうむ。見ているじゃないか」

入江無手斎が納得したようにうなずいた。

「おまえを勘定方や普請方につけるようじゃ、御上も底の知れたものだがな。新井白石、噂どおり切れるようだ」

新井白石は、上総《かずさ》久留里《くるり》藩藩主土屋利直《つちやとしなお》の家臣新井正済《まさなり》の子供として生まれた。藩内での争いに巻きこまれた父が浪人したことで貧困のなかに育つが、その学識は世間に聞こえ、老中堀田筑前守正俊《ほったちくぜんのかみまさとし》に見そめられた。

堀田正俊は、四代将軍家綱《いえつな》の病床に伺候《しこう》し、大老酒井雅楽頭忠清《さかいうたのかみただきよ》の策した宮《みや》将軍《しょうぐん》擁立を阻止、家綱の弟綱吉を将軍につけた。この功績で堀田正俊は大老にのぼった。

昇運をきわめていた堀田家に仕えた新井白石であったが、彼の不幸は終わってはいなかった。

堀田正俊が、城中で父の従兄弟《いとこ》の稲葉石見守正休《いなばいわみのかみまさやす》に刺されたのだ。

大老が、御用部屋前で若年寄《わかどしより》によって殺された。その場で稲葉正休も老中たちによって斬り伏せられたことから、その理由はわかっていないが、衝撃は、幕府全体をゆるがした。

五代将軍綱吉の誕生に、もっとも功績ある大老の死。重石《おもし》を失った綱吉は、独裁色を強め、ついに生類憐《しょうるいあわれ》みの令《れい》へと進み、暗君《あんくん》の道を進み出した。

影響を受けたのは幕府だけではなかった。藩主の不慮《ふりょ》の死によって、幕政の場から離れさせられた堀田家は大きな傷を受けた。表高《おもてだか》は変わらないが、実収の少ない僻地《へきち》へ転封《てんぽう》させられ、藩財政に大きな痛手となった。

新参ながら堀田正俊に重用されていたことで譜代《ふだい》の家臣から睨《にら》まれていた、新井白石は放逐《ほうちく》された。

ふたたび浪人に戻った新井白石が次に仕えたのは、甲府宰相綱豊《こうふさいしょうつなとよ》、後の六代将軍家宣であった。

これが新井白石の不運を断ち切った。

藩主の将軍就任は家臣の僥倖《ぎょうこう》、新井白石は家宣の懐刀《ふところがたな》として、老中以上の権力を持つにいたったのである。

「切れすぎるのも考えものよ」

入江無手斎が嫌悪をあらわにした。

自身のかかわりのないところで、運命にもてあそばれた不幸な半生をもつ新井白石は、他人を信用せず、絶えず人よりも上にあろうとする。

そんな新井白石は、驕慢《きょうまん》だと噂されていた。

「気をつけろ。役に立たずば捨て去られ、目立ちすぎると打たれるぞ」

入江無手斎が忠告した。

「気をつけまする」

恩師の言葉に聡四郎は低頭《ていとう》した。

「師範代の件か」

入江無手斎が、聡四郎に問うた。

「はい。せっかくながら……」

養子先の見つからない聡四郎をあわれに思った入江無手斎が、せめて小遣い銭くらいはと道場の師範代になれと声をかけてくれていた。

「気にするな。武士にとって何よりも大切なものは、ご奉公だからの」

「申しわけございませぬ」

聡四郎は三度、頭をさげた。

「どれ、せっかく来たのだ。少し稽古をつけてやろう」

入江無手斎が、聡四郎を誘った。

一放流入江道場は、二十畳ほどの板の間と、弟子たちが着替える六畳ほどの控えの間、道場主の居室、それに土間台所という造りである。

二人は板の間で対峙《たいじ》していた。

一放流の稽古は袋竹刀《ふくろしない》を使う。割竹《わりだけ》を馬革の細い袋に入れて口を括《くく》ったものだが、撃ち合いであたってても怪我をすることがなく、おもいきって撃ちこめる。

木刀でのやりとりでは、骨折や挫傷《ざしょう》は日常茶飯事、下手すれば死ぬことさえある。そのため、どうしても踏みこみが浅くなる嫌いがあった。

袋竹刀を軟弱として使わない流派も多いなか、一放流は利点に目をむけ、早くから導入していた。

「参れ」

入江無手斎が袋竹刀を青眼《せいがん》にかまえた。弟子としての礼儀で、聡四郎は師匠がかまえるのを見てから、同じく青眼に袋竹刀をおいた。

一放流は手数を重視せず、ここぞというときにすばやく必殺の念をこめた一撃を放つことを極意とする。

師範代になれるほど聡四郎は遣えるが、まだ、師匠にかなうほどではなかった。

聡四郎は、まず間合いを空けた。

一放流の袋竹刀は、小太刀の影響を受けて、定寸《じようすん》である二尺五寸（約七六センチ）に足りない。当然間合いも狭くなる。

聡四郎は、あえてそれをより離した。

入江無手斎の目が大きくなった。

聡四郎は、わずかに剣先をあげた。大きくあげなかったのは、疾さを殺さないためだ。

「来ぬのか」

入江無手斎が誘いをかけた。

「…………」

聡四郎は入江無手斎から放出される殺気に抗《あらが》うのに必死で、応える余裕はなかった。

どれほどの刻が過ぎたか、二人は動かなかった。

しびれをきらした入江無手斎が、声を出した。

「かかって参れ」

稽古は、師から先に手を出さずに、弟子が撃ってくるのを待ってそれを押さえ、技を返すことで教えるのだ。

聡四郎は、師の誘いに乗った。圧迫を押しのけて大きく踏みだした。

高《たか》青眼の袋竹刀をそのままの位置で走りよる姿は、突きに見えるが、一放流は違う。互いの袋竹刀が触れあうほどの間合いになったとき、剣先がそこから地へと力強く落とされるのだ。

胸から腹への斬撃は、入江無手斎の袋竹刀によってあっさりと巻き取られた。

鍔元《つばもと》をおさえられ、袋竹刀が止められた。

「手が締まっておらぬ」

入江無手斎が聡四郎を押し戻した。

「真剣ならば、おまえの剣ははじき飛んでいるぞ」

聡四郎は無言で、袋竹刀を青眼に戻した。

一放流の元となった富田流小太刀は、得物《えもの》の短さを利用した連続技が身上《しんじょう》である。一放流は、そこから派生したにもかかわらず、一撃ごとに基本の型にかえる。

「力を一点に集中させせよ。腰が高い。目が低すぎる」

入江無手斎の叱咤《しった》が、遠慮なく聡四郎を襲った。

「足がおろそかに過ぎる」

入江無手斎が、聡四郎の足を袋竹刀で叩いた。

「肝をすえて来い」

命じられて聡四郎が、かまえた。

まず、袋竹刀を左青眼に変えた。峰《みね》が肩に触れるほど傾ける。右足を一歩前に出して、背中をほんの少し反らせた。

一放流極意の一つ、果断《かだん》の構えであった。

背中の筋、肩の押しだす力、両手の振りだし、すべてを袋竹刀の切っ先五寸（約一五センチ）に集める必殺の剣である。鎧甲《がいこう》の武者を一撃で倒すことを考えて編みだされたものだ。

「ほう」

入江無手斎の目が細くなった。本気になった証拠であった。

「りゃあ」

師の本気を受けて、聡四郎は駆けるように間合いを縮めた。三間《けん》（約五・五メートル）の間合いを、三歩で詰める。

聡四郎は、最後の一歩で、強く床板を蹴りこんだ。肩ではじく勢いも載せて、袋竹刀を振りだした。

「はあっ」

入江無手斎が気合い声をあげて受け、そのまま打ち上げてくる。

くぐもるような音がして、聡四郎の袋竹刀が折れた。

「参りました」

聡四郎は素早く後ろにさがり、膝をついた。

入江無手斎が袋竹刀の傷を確かめながら告げた。

「うむ。今のはまあまあだったな。踏みこみはよかったが、竹刀の高さが不足している。もう少し、まっすぐ天を指すように伸ばしてから、落としてくれれば、儂《わし》とて防ぐだけになったであろう」

「未熟、恥じ入りまする」

「袋竹刀を修理しておけ」

そう言い残して入江無手斎は、奥へと入っていった。

二

勘定吟味役は、御納戸口をあがって右奥にある内座《ないざ》に詰める。内座が勘定奉行の下部屋より老中の下部屋に近いのは、役目柄老中と直接内密の話をすることが多いからであった。

勤務は毎日で、朝五つ（午前八時ごろ）に出仕《しゅっし》、夕刻七つ（午後四時ごろ）に下城する。

聡四郎の同役は四人、下僚《かりょう》としてそれぞれに、勘定吟味改役《あらためやく》一人、勘定吟味下役《したやく》三人がつけられていた。

勘定奉行が、勝手方、吟味方《ぎんみかた》と分かれているのに対し、勘定吟味役は、誰がなに係と決まっているわけではなく、自らが事案を探し出して担当する。その職務内容の機密性から同僚といえども、探索対象や内容について報せることはない。

幕府の金が動くところであれば、将軍のお手元金でさえ、監察する権限を与えられていた。

それだけに、周囲の目はきびしく、怠惰《たいだ》や失策はそのまま失脚《しっきゃく》につながったが、勤めあげれば奈良《なら》奉行や佐渡《さど》奉行のような遠国《おんごく》奉行、手腕を見せれば、勘定奉行や二の丸留守居《るすい》へと累進していくこともできた。

しかし、勘定方のことなどなにも知らない聡四郎は、初出勤してから十日経ってもなにをどうしたらいいのかわからず、無為《むい》な日々をすごしていた。

聡四郎につけられた勘定吟味改役太田彦左衛門《おおたひこざえもん》が、近づいてきた。

「水城さま、ご指示はございませぬか」

勘定吟味改役は、御目見得格百五十俵高で役料として二十人扶持《ぶち》が支給される。普請方改役や、作事方改役から転じるものが多く、熟達した老練な役人が選ばれた。

太田彦左衛門は、勘定吟味改役には珍しく、勘定方殿中《でんちゅう》係を二十年勤めていた。幕府の出納《すいとう》に深くつうじている。

「どうすればよろしいのでしょうか」

困惑した聡四郎は逆に問いかけた。

聡四郎以外の勘定吟味役は、勘定組頭から来たものばかりで、役所の内情にも詳しい。すでにおのおのすることを見つけ、忙しく動いていた。

「失礼を承知で申しあげまするが、水城さまは、まったくお勘定の経験をおもちではございませぬ。それをあえて任じられたということは、新井さまにはなにか別のお考えがあってのことではございませぬか」

太田彦左衛門が、聡四郎に語りかけた。

「別の考えとは、どのようなことでございましょうか」

聡四郎は年長の太田彦左衛門に、ていちょうに問うた。

「それはわかりませぬ。新井さまにおうかがいになられてはいかがでございましょうか」

「そういうわけにもいかぬのだ」

聡四郎はため息をついた。

入江無手斎から新井白石は非情で、役立たずと思われれば弊履《へいり》のごとく捨てられると聞かされたばかりだ。

「ならば、過去のお勘定書をご覧になられませぬか。なにか見つかるやもしれませぬ」

勘定書は、幕府の御金蔵《おかねぐら》から金を出すときに必要なものである。作事奉行などの最終支払い責任者と勘定奉行、勘定吟味役の三者の印が押されて、初めて金奉《かね》行が金蔵の扉を開ける。

「そういたしましょう。どのくらいございますか」

「神君《しんくん》家康公のころからとなりますと、この部屋が埋まるほどになりましょうか」

「お役にあるあいだに見られそうにございませぬ。いかがでしょうか、あらためて調べるにしても証人となるものが生きていなければどうしようもありませぬゆえ、期日を決めてにしたいと思いまするが」

聡四郎は、太田彦左衛門に相談した。

「それがよろしいかと存じまする。お任せくださいますれば、水城さまに見ていただくものを選びだしましょうほどに」

太田彦左衛門がさがっていった。

聡四郎につけられている下僚たちは、太田彦左衛門の指揮のもと、この日から大量の書類と首っぴきになった。

二日後、太田彦左衛門が両手一杯に書類を持って聡四郎の前に座った。

「まずは、これらからお目をとおしてくださいますように」

「わかりました」

聡四郎は、文机《ふづくえ》の上に置かれた書類に手を出した。

手元の書類をざっと見るだけで三日かかった。聡四郎は、そのなかからいくつかの書付《かきつけ》を取り出した。

「太田どの、ちょっとよろしいか」

四日目の朝、聡四郎は登城するなり、太田彦左衛門を呼んだ。

「気になることがござるのだが」

「お気づきになられましたか」

太田彦左衛門が、笑顔になった。

「まんざら勘定にお暗いわけではないようでございますな」

「得手《えて》ではございませんが」

聡四郎も笑った。

「で、気になることと申されますのは、なんでございましょうや」

「元禄九年（一六九六）以降の普請修復の儀についてでござるが……」

聡四郎はまとめておいた書類を太田彦左衛門にわたした。

「支払いの形が変わってはおりませぬか」

「………」

太田彦左衛門が、先をうながすように聡四郎を見た。

「それまでは、金、銀、米の三種を混ぜて支払われておったのが、この年から急に米と銀がなくなり、すべて金だけになってしまっておりまするが」

「水城さまの仰せのとおりでござる」

太田彦左衛門が、我が意を得たりとばかりに首肯《しゅこう》した。

「やはり。なにか理由でもございましたか」

「いえ。米に関しては、幕府直轄《ちょっかつ》普請の場合、人夫どもに現物支給いたしますゆえ、最初から別勘定なのでございますが、金銀に関しましては、急にこのようになったのでございまする」

太田彦左衛門の答えは、聡四郎に引っかかるものを感じさせた。

「元禄九年に、どのようなことが」

「荻原近江守重秀どのが、勘定奉行に就任された年でございまする」

太田彦左衛門が感情を殺した声で応えた。

荻原近江守重秀は、延宝《えんぽう》二年（一六七四）に家綱に召しだされた。それ以降、将軍が代わっても勘定一筋に仕え、貞享《じょうきょう》四年（一六八七）に勘定吟味役、元禄九年勘定奉行に累進した。

五代将軍綱吉のおぼえめでたく、百五十俵だった家禄は、加増につぐ加増をうけ、実に三千七百石になった。

家宣が将軍位を継ぐや一年を待たずして拝謁《はいえつ》を止められたが、それ以上の咎めはなく、まもなく復帰し、今も勘定奉行の座にあった。

そして、

「荻原重秀どのか」

勘定吟味役と勘定奉行は、その座するところからして違う。用がなければ顔を見ることはない。

聡四郎も着任の挨拶で言葉をかわしただけだが、その悪評は耳にしていた。

「支払う金高が、急に増えたということでござるか」

「そうとは申せませぬ。もう少しときが経てば別でございますが。元禄九年の段階では、急激な変化はございませぬ」

太田彦左衛門が、能吏《のうり》らしい答えを返した。

「ならば、他に理由があるので」

「それは……」

太田彦左衛門が言葉をにごした。

「ここでは言えないと」

聡四郎は、悟った。

内座は勘定吟味役とその下僚しかいないとはいえ、勘定筋のものが多い。なかには、荻原重秀に重用されたものもいる。

荻原重秀の天敵ともいうべき、新井白石の引きで勘定吟味役に抜擢された聡四郎に耳目は集まっていた。

「では、その話は後日」

聡四郎は、太田彦左衛門が、一礼して去っていくのを見送った。


幕府が年間におこなう普請、作事は膨大な数になる。

江戸城や橋、河川、大坂や京などの遠国の城、寺社、街道と、補修や普請を必要とする箇所は、年々増加の一途をたどっていた。

もちろん、全額幕府が負担するものは少なく、大名にお手伝い普請を命じる場合がほとんどだが、だからといって、まったく金を出さないわけにはいかなかった。

幕府から出る金は、どのようなものであれ、勘定奉行の手を経る。その額は、実に年、八十万両におよぶ。

勘定奉行の権限はとてつもなく大きかった。

聡四郎は手元の書類をもう一度見ながら、下城の時刻を待った。

勘定吟味役は番方とちがい、連日の勤務であるが、その職の質から御用であれば、数日登城しなくてもよかった。

翌日、聡四郎は、身軽な格好で江戸の町を歩いていた。

江戸の膨張もようやく歯止めがかかってきている。

明暦三年（一六五七）にあった振袖火事で灰燼《かいじん》に帰《き》した江戸の町は、その後も大きくなっていった。不足した大名、旗本の屋敷を手当するために本所深川《ほんじょふかがわ》の開発も進められたが、それも限界に近づいていた。

聡四郎は、元禄九年以降に江戸でおこなわれた普請工事の箇所を見てまわった。

「まずは、ここからだな」

聡四郎は、最初に芝《しば》の増上寺《ぞうじょうじ》を訪れた。

三縁山《さんえんざん》増上寺は、明徳《めいとく》四年（一三九三）、浄土《じょうど》宗第八祖聖聡上人《しょうそうしょうにん》によって開かれた浄土宗の名刹《めいさつ》である。

天正《てんしょう》十八年（一五九〇）、時の住職存応《ぞんのう》上人に深く帰依《きえ》した徳川家康によって、徳川家の菩提寺《ぼだいじ》として選ばれた。

徳川家の隆盛《りゆうせい》とともに増上寺も発展し、浄土宗の宗務を統《す》べる総録所《そうろくしょ》が置かれたのをはじめ、関東十八檀林《だんりん》の筆頭、主座をつとめるなど、その威風は京の浄土宗祖山・知恩院《ちおんいん》に並ぶ。寺領は一万石をこえ、二十五万坪の境内、坊中《ぼうちゆう》寺院四十八、学寮《がくりよう》百数十軒を誇り、寺格百万石と称せられていた。東叡山寛永寺《とうえいざんかんえいじ》と並んで、徳川家にとって特別な重みのある寺院である。

聡四郎は、山門を潜《くぐ》った。

増上寺を徳川の菩提寺にと定めた家康の墓はここになかった。増上寺に葬られているのは、二代将軍秀忠《ひでただ》とその妻だけだが、家康が遺言として法要を営むようにと命じたこともあって幕臣や江戸庶民の参詣は多い。今日も寺内は混雑というほどではないにしろ、かなりの人出であった。

聡四郎は元禄九年に改修を受けた山門を調べた。だが、十六年も経ってしまっている。工事になにかしらの手心がくわえられていたとしても、その痕跡を見つけることは難しかった。

「手抜きがあったとしても、門外漢《もんがいかん》だからな。わかるはずもないか」

聡四郎は自嘲《じちよう》した。

普請方や作事方なら当然、勘定方でも支払い前の竣工《しゆんこう》検査に出向く役目についている者などは、材料から工事の善し悪しまで見抜ける。

今までの人生、そのほとんどを剣に費やした聡四郎に、その素養はなかった。

「手抜きとは、失礼なことを言うわね」

聡四郎の背中に険をふくんだ声がかけられた。

振り返った聡四郎は、立ちはだかっている若い娘に驚いた。

まだ二十歳《はたち》前か、上背のある目鼻立ちのくっきりした、十人が十人とも美人と認めるにたるだけの娘が、柳眉《りゅうび》を逆立てて怒っていた。

「増上寺さまの作事、普請はね、全部うちで仕切らせていただいているの。手抜きなんて絶対にしない」

「それは、すまぬことを申した」

聡四郎は、素直に詫びた。独《ひと》り言とはいえ、他人の耳に入った以上、聡四郎に責任があった。

「誰が聞いていないとは限らないんだからね。気をつけなさいよ」

娘は武士を武士とも思わぬ口調で、聡四郎をにらみつけて境内へと消えていった。

「やれやれ、ずいぶんときつい娘だったな」

聡四郎はあっけにとられて、娘の後ろ姿を見送った。

「今日は、もう帰るか」

聡四郎は、なにもつかめないまま、帰途についた。


数日の間、聡四郎は江戸中を歩いた。

元禄九年には、護持院《ごじいん》、護国寺《ごこくじ》、東叡山寛永寺《とうえいざんかんえいじ》、浅草寺《せんそうじ》、王子権現《おうじごんげん》、根津《ねづ》権現と寺社だけでこれだけが改修されていた。

なかでも東叡山寛永寺や増上寺などは毎年のように普請が入っていた。

寺社の他にも、江戸城北の丸塁溝、永代橋《えいたい》、深川築地《つきじ》、江戸城石垣、本所堤防、荒川《あらかわ》の浚渫《しゅんせつ》、深川堤防、浜御殿《はまごてん》、湯島大成殿《ゆしまたいせいでん》とわずかな期間にとてつもないほどの金が出ていっていた。

工事の跡を見るだけしかできない聡四郎だが、そこから始めないと仕方がないと割りきった。

七つ（午後四時ごろ）過ぎ、聡四郎は、日本橋小網町《にほんばしこあみちょう》の煮売り屋にいた。

「待たせましたか」

すでに店には太田彦左衛門が座っていた。

「いえいえ」

太田彦左衛門が、首を振った。

内座で荻原重秀について話をしてから五日が経っていた。

「ここなら、まず話がよそに漏れることはございませぬ」

太田彦左衛門が案内した店は、侍というより職人たちが仕事帰りに食事と酒を楽しむところだった。

今も一斗樽を腰掛けにして酒を酌みかわしている客のなかで、武士は聡四郎と太田彦左衛門だけだ。

「のようですな」

聡四郎は、座るのに邪魔になると、太刀を鞘《さや》ごと抜いて、股の間に立てかけた。

芋の煮物と濁り酒を注文して、聡四郎と太田彦左衛門は店の片隅で話を始めた。

「太田どの、あのおりに口にされかけていたこと、幕府がなぜ支払いを金銀から金のみに変えたのかを、お教え願えますか」

「はい。今宵はそのつもりで参りました。そろそろほとぼりも、冷めたでございましょうし」

太田彦左衛門が、聡四郎に向かって首肯《しゅこう》した。

将軍が代わったことで衰えたとはいえ、荻原重秀の勢力は大きい。いまだに罷免《ひめん》されることなく、その職にあり続けていることからも、いかに荻原重秀の力が勘定方、いや幕府に浸透しているかわかる。

「水城さまは、ここ数日江戸中を歩かれていたようでございますが、御上の普請をご覧になられましたか」

太田彦左衛門が、杯を置いた。

「良いのか悪いのか、まったくわからぬがな」

「習うより慣れろと申しますから。それよりも荻原さまのことでございますが、お気づきになられましたか」

「江戸での普請のほとんどが、荻原どのによって認可され、荻原どのによって決済されておることでござるか」

「さすがで」

太田彦左衛門が聡四郎をほめた。

「それと支払いが金のみに変わったことと関係があるのでございますな」

「さようでございまする。水城さまは、幕府の金蔵にどの程度の金があるかご存じでございますか」

太田彦左衛門が、問うた。

「いや、知りませぬ」

「ほとんどないのでござる」

「まさか。御上の金蔵が空などと……」

太田彦左衛門の真摯《しんし》な表情に引きこまれて、聡四郎は否定の言葉を最後まで言えなかった。

徳川家康が将軍を息子秀忠に譲ったとき、家康は、その祝いにと秀忠に金三万枚、銀一万三千貫を贈った。しかも金は、小判ではなく慶長《けいちょう》大判であった。

その金は、幕府の金蔵奥にしまいこまれ、幕府危急《ききゅう》のおり以外使うことは禁じられていたが、三度にわたる天守閣《てんしゅかく》の建てなおしや、日光東照宮《にっこうとうしょうぐう》の建築などで底をついた幕府の懐を救うため、消費されてしまっていた。

「金がないからこそ、天守閣は再建されないのでござる」

明暦の火事で焼け落ちた天守閣は、天守台《てんしゅだい》の石垣を積みなおしただけで放置されていた。城の顔であり、幕府の権力の象徴であった天守閣を再建することができないほど幕府に金がないと、太田彦左衛門は言ったのであった。

「しかし、金がないならなぜ、先の将軍綱吉さまは犬のお救い小屋などをお造りになられたのでございますか」

聡四郎は、疑問を呈した。

綱吉が出した生類憐みの令は、当初病馬などの遺棄を禁じただけのものであったが、いつの間にかすべての動物を対象とした範囲の広いものとなった。

とくに綱吉の生まれ年である犬は別扱いとされ、江戸中の野良犬を一ヵ所に集めて飼育する畜舎まで造るにいたった。

十万匹をこえる野良犬を養う費用は、一年に二万両かかったという。

その生類憐みの令は、家宣が将軍の座に就くなり廃止され、犬小屋も壊された。

「人は誰でも己のためには、金など惜しくはないものでございます」

太田彦左衛門が、杯をあおった。

「どこから犬のために使うだけの金を工面したのでございますか」

「そこに、支払いを金だけに変えたからくりがござる」

太田彦左衛門の話が核心に触れた。

「…………」

聡四郎は無言で、その先をうながした。

「水城さま、小判というものをご存じか」

　聡四郎は黙って首肯した。普段の生活で、小判を使うほどの買い物をすることはないが、祝いごとなどで見ることはある。

　つい先日も、役目に就いた祝いにと親戚から数両の小判が届けられていた。

「今流通しておりますのは、元禄小判でござるが、その前は慶長小判でござった。この二つの小判の違いをご存じか」

「違い……はて、小判は小判でございましょう」

　聡四郎は首をかしげた。聡四郎は元禄小判しか、見たことも触ったこともない。

「なるほど。お若い水城さまは、慶長小判をご存じないか」

　太田彦左衛門が、一人で納得した。

「慶長小判は、幕府によって集められてしまいましたからな」

「申しわけないが、わたくしにもわかるように、お話し願えませぬか」

　聡四郎は、太田彦左衛門に頼んだ。

「改鋳《かいちゅう》いたしたのでござる」

　太田彦左衛門が、吐き捨てるように言った。

　改鋳とは、古い小判を集めて一度溶かし、新たに別の小判を作り出すことを言う。

「元禄八年（一六九五）、勘定吟味役であった荻原重秀どのが献案によって、慶長小判を元禄小判へと鋳《い》なおしたのでございまする」

「なぜ、そのような面倒なことを。わざわざ溶かさずとも、慶長小判をそのまま使い続ければ、よろしいでしょうに」

聡四郎には、改鋳する意味合いがわからなかった。

「小判一枚に入っている金の量を減らし、かわりに混ぜものを増やせば、作製する小判の枚数を増やすことができまする」

「えっ」

聡四郎は驚愕《きょうがく》した。思いもよらないことを聞かされて、理解するのに時間がかかった。

「極端な話でございますが、一枚の小判に入っている金の量を半分にすれば、一両が二両になりまする」

「ううむ」

聡四郎はうなった。そのような手があるとは思ってもいなかった。

「これを一千五百万両でやったのでござる。二両を三両とする歩合《ぶあい》だったようでございますが、浮いたお金は実に五百万両をこえたそうでござる」

太田彦左衛門が、告げた。

手間とわずかな材料で五百万両からの差額が手にはいるなら、野良犬に二万両くらい使うのはなんでもないことだ。

「それは凄い手法でございますな」

聡四郎は感心した。

「しかし、それでは、さきほどのお話と矛盾《むじゅん》いたしませぬか」

聡四郎が、首をかしげた。

「それだけの金を産んだなら、多少の作事に使ったとしても、幕府の金蔵には金が積まれていなければならぬはず」

「焼け石に水でござったので」

太田彦左衛門が、杯に酒を満たした。

「幕府には、かなりの支払い猶予《ゆうよ》をさせていた金がございました」

「我らでいうところの借金でござるか」

聡四郎は再び驚きの声をあげた。天下を支配している徳川家が、金を借りているなど、思いもよらなかった。

「いかにも。なかにはわざと遅らせたものもござったとか」

「そうか。だから支払いを金に変えたのか」

聡四郎は、ようやくからくりに気づいた。

「さようでございまする。金としての価値の低い小判で支払えば、実質の代金は安くなったも同然でござる。これによって荻原どのは、勘定吟味役から勘定奉行へと抜擢されたので」

実際は慶長小判百枚を、元禄小判百二十枚に換えるという割合だったが、それでも幕府の手元に残った金は三百万両以上になった。

聡四郎は、感心していた。

「いろいろなことをご存じでございますな」

聡四郎の質問に、太田彦左衛門は一拍の間をおいて答えた。

「娘婿が、勘定方金座《きんざ》常役をいたしておりました」

憤《いきどお》っていた声が一瞬にして冷めていた。

「それ以上はお許しを願いまする」

聡四郎は黙って、太田彦左衛門の杯に濁り酒を注いだ。

三

江戸茅町《かやちょう》二丁目の中屋敷で、柳沢吉保《やなぎさわよしやす》は、徒目付《かちめつけ》永渕啓輔《ながぶちけいすけ》の訪問を受けていた。

元甲府藩主柳沢美濃守《みののかみ》吉保は、徳川綱吉の股肱《ここう》の臣であった。柳沢家は甲州に覇《は》を唱えていた武田家の一族だと称している。武田家の滅亡ののち、家康に拾われた。

柳沢吉保の父安忠《やすただ》は、二代将軍秀忠に召しだされ、当初秀忠の三男忠長《ただなが》に属したが、忠長配流《はいる》を受けて浪人した。

そののち三代将軍家光《いえみつ》の御広敷番《おひろしきばん》を勤め、その子館林《たてばやし》藩主徳川宰相《さいしょう》綱吉に仕えた。

柳沢吉保は、元服前から綱吉につけられ、綱吉が五代将軍を継ぐと共に幕臣に転籍し、将軍の身の回りの世話をする小納戸役となった。

綱吉の寵愛を受けた柳沢吉保は、累進して側用人《そばようにん》、老中格、大老格へと出世し、家禄も百六十石から八百三十石、二千三百石、一万二千石を経て、二十二万八千七百六十五石に達した。

宝永《ほうえい》六年（一七〇九）綱吉の死を受けて、役職を辞して隠居したが、三十年近く幕府の中枢《ちゆうすう》を押さえてきただけに、その影響力はいまだに強い。

「なにかおもしろきことでもあったかの」

柳沢吉保が問うた。

「新任の勘定吟味役が、妙な動きをいたしましてございまする」

永渕啓輔が、報告した。

徒目付は、百俵五人扶持。御目見得以下で幕臣の非違監察《ひいかんさつ》にあたる目付の配下となって、普段は江戸城の宿直《とのい》、江戸城諸門の取り締まりにあたるが、とくにことあるときは探索、隠密にも従事した。

「ああ、あの剣術遣いのか」

柳沢吉保もすぐに思いあたった。

「新井さまが、荻原近江守さまの失脚を狙って配したようでございまするが、どうやら、改鋳のことに目をつけたようで」

永渕啓輔が告げた。

徒目付は、その職責上、御用部屋、大奥をのぞく城中のどこにでも入ることが許されていた。

「面倒にならねばいいがの。どうせ、紀伊国屋《きのくに》あたりがなんとかするであろうが。ふむ。どれほどの者か、ひとあてしてみるのもよいか」

柳沢吉保が、一人で首肯した。

「では、わたくしが」

永渕啓輔が、名のりをあげた。

「いや、今は無頼《ぶらい》の輩《やから》でよかろう。ようすを見るだけだ。役にたつようなら、儂《わし》の手元に繰りこんでもよいし、そこまでいかずとも白石を追いつめる道具としては使えよう」

「はっ」

永渕啓輔が、平伏した。

新井白石の目的が、荻原重秀の追い落としにあると聡四郎は判断した。そのために勘定筋ではありながら、荻原重秀の影響がない、家督を継いだばかりの聡四郎を勘定吟味役にしたのだと理解した。

小判の改鋳は、荻原重秀だけでできることではない。家康から金座支配を命じられた後藤家もかかわっているはずである。

荻原重秀も、後藤家も、素人同然の聡四郎がどうあがいても、かなう相手ではない。聡四郎は地道に探索を続けることにした。

聡四郎は永代橋に来た。

永代橋は、両国橋《りょうごく》、新大橋《しんおおはし》に続いて幕府の費用で架けられたもので、箱崎町《はこざきちょう》の埋立地と永代島を結ぶ。その長さは百十間《けん》（約二〇〇メートル）、中央と両端の高さの差である反りは一丈《じょう》五寸（約三・二メートル）、高欄の高さは三尺八寸（約一・一メートル）、幅四間（約七・三メートル）である。

御小納戸伊奈半左衛門忠順《いなはんざえもんただのぶ》が、前年の寛永寺根本中堂《こんぽんちゅうどう》の修復に使われなかった材木を利用して架橋をと上申したことで架橋された。

「余材とはいえ、東叡山寛永寺用に切りだされたもの。しっかりしている」

聡四郎の目にも橋桁《はしげた》の材木が柾目《まさめ》のとおったものだとわかる。

侍が橋の横にまわりこみ、橋桁や橋板を眺めている姿は異様である。道行く人が、怪訝《けげん》そうな顔で過ぎていった。

「なにやってんの」

聡四郎の背中に鋭い声がかけられた。

振り返った聡四郎を見た娘が、あきれた顔をした。

「やっぱり、あのときの。浪人してすることもないんだろうけど、大工にでもなる気かい」

増上寺で聡四郎にからんだ娘が、そこにいた。

「大工になる気はないが」

娘の言葉遣いの乱暴さに、聡四郎はあっけにとられていた。

「せっぱ詰まった顔はしてないね。身投げしようというんでもなさそうだけど、いい若い者が働こうとしないのは感心しないよ」

娘が、聡四郎を諭した。

「働いていないわけではない」

「意欲がありそうには見受けられないけど……いいわ。ついてきなさい。お父さまに頼んで、なにかあんたにもできそうな仕事をまわして貰《もら》ってあげるから」

そう言うと、娘は背中を向けて歩きだした。

「ちょ、ちょっと待ってくれ」

聡四郎は驚いて、その背中に声をかけたが、娘は後ろを見ることもなく歩いていく。

往来の激しい永代橋の袂《たもと》で、若い侍と娘が話をしているのは人目にたつ。物珍しそうにしている野次馬たちに気づいて、聡四郎はため息をつきながら娘のあとを追った。

娘は、姫路《ひめじ》藩主酒井雅楽頭《さかいうたのかみ》の中屋敷前をすぎて、銀座《ぎんざ》前、元大坂町《もとおおさかちょう》の表通りに面した一軒の家の前で止まった。

ちらと振り返って、聡四郎がついてきていることを確認すると、娘は障子戸を開けてなかへと入っていった。

「帰ったよ」

娘の消えた障子戸の前まで来た聡四郎は、小さく書かれている文字に目をとめた。

「諸国人入《ひとい》れ、相模《さがみ》屋か」

相模屋の名前ぐらいは、さすがに聡四郎でも知っていた。江戸で最大の人入れ稼業で、幕府の出入りでもある。

幕府がおこなう普請や作事の人足、職人のほとんどを手配することから、苗《みょう》字帯刀《じたいとう》を許され、御目見得格を与えられていた。

「なに、ぼうっとしているの。さっさと入りなさい」

障子戸から娘が、顔を出した。

「ああ」

聡四郎は、なにか聞けるかもしれないと敷居をまたいだ。

相模屋主《あるじ》の伝兵衛《でんひようえ》は、五十がらみのがっしりとした男であった。

「紅《あかね》から聞きましたが、仕事をお探しだそうで」

相模屋伝兵衛は、娘と違ってやわらかな口調であった。

「いや、どうやら娘御が勘違いされたようでござる。お初にお目にかかる。勘定吟味役水城聡四郎と申す」

聡四郎はていねいに名乗った。

「こ、これは、失礼をいたしました。相模屋伝兵衛でございまする。どうぞ、こちらへ」

床の間を背にしていた相模屋伝兵衛が、あわてて立ちあがって上座を聡四郎に譲って、部屋の隅に座った。

「そうされては、わたくしがとまどいまする。どうぞ、座におなおりくだされ」

聡四郎は上座を固辞《こじ》した。

御目見得格ということは、聡四郎と同じ旗本である。与えられている石高《こくだか》は少ないが、年長者に対して敬意を表するのは当然であった。

「それでは、世間がとおりませぬ」

相模屋伝兵衛も譲らなかった。

二人が押し問答しているところに、紅が白湯《さゆ》を盆に載せてやってきた。

「なにをやっているの」

不思議そうに二人を見た。

「紅、おまえはまったく。もう、勘違いもはなはだしいわ」

「なにがですか、お父さま」

聡四郎相手のときとずいぶん言葉が違った。

「こちらは、勘定吟味役水城聡四郎さまだ。仕事を探している浪人ではないわ」

「へっ」

紅がすっとんきょうな声をあげて、聡四郎を見た。

子供のようなその表情に、聡四郎は苦笑するしかなかった。

「見知りおいてくれ」

「ご、ご無礼をいたしました。お許しくださいませ」

我に返った紅が、畳に額を押しつけるようにして平伏した。

「はっきりと言わなかった拙者《せつしや》も悪い。気にしないでくれ。顔をあげてくれぬか」

「紅、おまえは、いつものことだが、早とちりばかりしおって」

相模屋伝兵衛が苦い顔をした。

「真から申しわけございませぬ。一人娘で甘やかしてしまいまして」

「気にされるな」

聡四郎は、そこで相模屋伝兵衛に問うことにした。

「これを機にとは異なことを申すようでございますが、教えていただきたいことがございまする。よろしいでしょうや」

「なんなりと」

相模屋伝兵衛が、聡四郎に顔を向けた。

「御上のご普請を請けおわれて、いただかれる代金についてでござるが」

「小判でいただいておりまする」

すぐに相模屋伝兵衛が応えた。

「お使いになった人足たちへの支払いは」

「日当でございますゆえ、銭でわたしまするが」

相模屋伝兵衛が怪訝な顔をした。

「そんなことも知らないなんて、あんた本当に勘定吟味役さま」

黙っていた紅が口を開いた。

「恥ずかしい話ながら、家を継げるはずではなかったのでな、筆よりも剣にときを費やしていたのだ」

「それは……」

相模屋伝兵衛が首をひねった。

「勘定吟味役は、御勘定方で経験を積んだお方がなられることの多いお役目と、うかがっておりまするが」

「そうなのだがな、なんの間違いか、拙者が命じられたのだ」

聡四郎も首をかしげるしかなかった。

「よろしゅうございましょう。これもなにかのご縁でございまする。おわかりにならないことは、なんでもわたくしにお尋ねくださいませ」

相模屋伝兵衛が引き受けてくれた。

「答えにくいことをお訊きいたしますが、ご容赦願いたい。御上の普請を請けおうに、なんらかの手みやげが要ると聞きましたが」

「お父さまになんということを」

紅が聡四郎に向かって怒った。

「これ、黙っていなさい。お役目のことだ。口だしするでない」

相模屋伝兵衛が娘を抑えた。

「たしかに手みやげが要りまするが、わたくしどもは、普請を請け負われた方から頼まれて、大工や左官、人足を出すのでございまする。手みやげなどは出したこともございませぬ。もっとも、その分値切られはいたしまするが」

相模屋伝兵衛が最後で苦笑いを浮かべた。

「値切るとは、どういうことでございますか」

「御上のお仕事をいただくために手みやげを出すということは、その分の費用をどこからか捻出《ねんしゅつ》いたさねばなりませぬ。それで人足賃を値切られるわけで。ひどい場合は質を落として材料代金を浮かせることもあるようで」

「…………」

聡四郎は沈思《ちんし》した。

「それで、永代橋にいたのね」

紅がつぶやいた。

「永代橋……なるほど寛永寺根本中堂の余材でございますか。なかなかお目をつけられるところが鋭い」

相模屋伝兵衛が感心した。

「百十間からある橋を造るにたりるほどの材木があまるというのは、どうも腑《ふ》に落ちませせぬ」

「そのとおりでございまする。材木のなかには、割れたり、ひずんだりするものがかならずありますゆえ、多めに用意するのは慣習となっておりまするが、あれだけの量はさすがに異常としか申せませせぬ」

「やはり」

「それに余材で橋をと奏案《そうあん》されたのが、御小納戸役のお方というのも、ちょっと妙ではございませぬか」

相模屋伝兵衛が、聡四郎の引っかかっていたことを言ってくれた。

御小納戸役は、将軍の身の回りの雑用をこなすのが仕事である。御小姓組《おこしょうぐみ》と重なることが多いが、小姓組が将軍の身体に直接触れる仕事を主にするのに対し、小納戸は食事の用意、衣服の準備などその前段階を役目とする。将軍の身近にいるだけに目につきやすく、小納戸から小姓組、目付などへ転じる出世の糸口であった。

「政《まつりごと》にかかわることを口にしないというのが、小姓組、小納戸の決まりごとのはずだが」

将軍と話をすることが多い小姓組や小納戸は、政への口出しは禁じられていた。

「ご下問があったのではございませぬか」

下問とは、将軍から意見を求められることで、この場合は、どのようなことを応えても許された。

「かもしれませぬが、よくぞ小納戸で寛永寺の修復であれほどの材木があまったということを知っておりましたな」

相模屋伝兵衛が首をかしげた。

紅が行燈《あんどん》に灯を入れた。あたりがほの赤く染まっていった。

「そうでございますな。もうこのような頃合いに。いや、思いのほか長居をいたしました」

聡四郎は腰をあげた。

「夕餉《ゆうげ》などご一緒にいかがでございましょうか」

「いや、いきなりお邪魔してそれでは失礼にすぎる。また今度馳走《ちそう》になろう」

聡四郎はていちょうに断った。

「おとどめ申すのもよろしくございませんか。おい、紅。お送りしなさい」

相模屋伝兵衛に命じられて、紅が立った。

元大坂町の表通りに出た紅が、聡四郎に訊いた。

「お屋敷はどちらで」

「本郷御弓町だ」

「前田さまのお屋敷近くでございますね」

さすがに、紅の態度も変わっていた。

「ああ」

「では、そこまでご一緒に」

紅が、先にたって歩きだした。

「いや、ここでいい。そろそろ日も暮れる。若い娘の出歩くときではないぞ」

聡四郎は見送りを断った。

刻限も遅い。なにより聡四郎は、若い娘と二人で歩いたことがなかった。

「いえ、父に命じられましたから」

紅がきっぱりと言った。

態度は変わったが、やはり本性は気が強い。紅は聡四郎に笑顔を向けながらも足を止めなかった。

初夏を迎えて長くなった日もそろそろ傾いている。

江戸の庶民は日が昇る前に起きて、日が落ちれば寝る。灯りに使う油やろうそくを節約するためだ。日のある間に夕食や片づけなどをすませるのが習慣となっていた。

七つ半（午後五時ごろ）を過ぎると人通りもめっきりと減る。

職人などは八つ半（午後三時ごろ）に仕事を終える。相模屋の職人たちもすでにいなかった。

元大坂町を東に向かって川にあたったところで人の姿がなくなった。

廻船《かいせん》問屋の倉庫が並ぶ通りは、積まれている荷物や、入り組んだ路地で見通しが悪い。

二人は無言で進んだ。

「紅どの、止まられよ」

聡四郎が紅を呼び止めた。殺気が暗闇から湧いていた。

「どうかなさいましたか」

紅が振り向いた。

「その荷物の陰に隠れていなさい」

うむを言わさぬ口調で聡四郎は、紅に命じた。

紅は、聡四郎の背中にまわったが、荷物の陰には入らなかった。

「出てくるがいい」

十間（約一八メートル）ほど先の路地から、無頼風体《ぶらいふうてい》の男たちが三人出てきた。

「おまえたちは……」

紅が驚きで目を見開いた。

聡四郎は、訊いた。

「ご存じか」

「はい。同じ人入れ稼業を営む甲州《こうしゅう》屋の者でございます」

「顔見知りのわりに殺気だっているのが、気にいらぬ」

聡四郎は鞘《さや》に左手を添え、鯉口《こいぐち》を切る用意をした。

近づいてきた無頼の一人が、懐に手を入れながら紅に言った。

「この間の話の返事を聞かせてもらいてえな」

「言ったはず。お断りだよ」

紅のしゃべり方がもとに戻った。

「いいのかい、そんなことを言って。いくら御上出入りの相模屋でも跡継ぎがいないんじゃ、やっていけめえ。女じゃ気の荒い職人人足どもをとりしきれやしねえ。うちの親分は、代々続いた相模屋の名跡がなくなることを惜しんで言ってくださっているんだ。ありがたくお受けするのが、女の道というもんじゃねえか」

「どういうことか」

聡四郎は、誰にともなく問いかけた。

「お侍さん。おめえさんが相模屋の娘とどういう関係かは知らねえが、口出ししねえ方が身のためだぜ」

後ろに控えていた無頼が、聡四郎を脅した。

紅が真っ赤になって怒った。

「こいつら、あたしと甲州屋を一緒にしようとしてんのよ。相模屋の名前とご公《こう》儀《ぎ》出入りという看板が欲しいのさ」

「なるほど。その申し出を、紅どのは断ったのだな」

聡四郎の確認を、紅が肯定した。

「そうだよ」

「なら、あきらめて帰るんだ。ふられた男のしつこいのは、あまり見栄えのよいものではないからな」

「やかましい、黙ってろ」

男の一人が怒鳴った。

「さあ、こっちへ来るんだよ。親分がお待ちだ。たっぷり可愛がってもらいな」

聡四郎を押しのけて、紅の手を取ろうとした無頼の一人が、無言でくずれた。聡四郎が柄頭《つかがしら》でみぞおちを突いたのだ。

「な、なにをしやがった」

あまりの早業《はやわざ》に、気がつかなかった残りの男たちが目を見張った。

「さあ、こいつを連れて帰れ。今なら見逃してやる」

聡四郎は、倒れている無頼の男の腰帯を持つと、軽々と持ちあげて男たちの足元へ投げた。

「やろう、喜八《きはち》になにしやがる」

懐から匕首《あいくち》を出した。すでに抜いていた。

「刃物とはおだやかではないことをいたすな。武士に刃先を突きつけて無事ですむと思ってはおるまい」

「やかましい」

腰だめにして突っかかってきた。背中に紅をかばっている聡四郎は、かわせない。

聡四郎は左手をぐっと前につきだし、右手で柄《つか》を握った。

一放流は短い間合いを得意とする。

知らない者から見たら、聡四郎が出遅れたように見えた。

「きゃあ」

紅が悲鳴をあげた。

「……………」

風が舞うほどの勢いで聡四郎の太刀が振りだされた。

「へへ、ざまあみやがれ」

聡四郎の懐にとびこんだ男が、にやりと笑った。

「み、水城さま……」

紅が息をのんだ。

「おい、落とし物だ」

聡四郎は、落ちついた声で告げた。

「へっ」

男が聡四郎の目が指すところを見た。

「あれは、おいらの手。ひゃあぁ」

地には匕首を握ったままの右手肘《ひじ》から先が落ちていた。

「ああああ」

ようやく襲ってきた痛みに、男がうめき転がった。

残った一人の男が虚勢を張った。

「こ、このやろう、よくもやりやがったな」

匕首を鞘走《さやばし》らせたが、身体が震えていた。

「急いで医者に連れて行ってやらないと、死ぬぞ」

聡四郎は、紅に惨状が見えないようにかばいながら言った。

「お、覚えてやがれ」

右腕をなくした仲間を抱えるようにして、甲州屋の手下たちが逃げていった。

「ご迷惑をおかけいたしました」

紅が、男たちの姿が見えなくなるのを見送って、頭をさげた。

「気にすることはない。降りかかる火の粉を払っただけだからな」

聡四郎は太刀を懐紙《かいし》で拭った。人の脂《あぶら》や血はそう簡単にとれないが、見えるところだけでも落としておかないと鞘に戻せない。錆《さ》びてしまうのだ。

「お強いのでございますね」

紅が感心した声を出した。

「まだまだだ。しかし、拙者がまじめにやったのはこれだけだからな」

聡四郎は太刀を鞘におさめた。

「さあ、家まで送ろう。今日は大人しくしているがいい」

聡四郎にうながされた紅は、黙って従った。

四

聡四郎は、寛永寺根本中堂の修復工事に目標を絞った。

太田彦左衛門と内座で顔を合わせた聡四郎は、小さな声で用件のみを告げた。

そんな二人を見つめている眼があることに、聡四郎は気がつかなかった。

一日の仕事をすませて聡四郎と太田彦左衛門は、先日の煮売り屋で待ち合わせた。

まずは一口喉を湿らせて、太田彦左衛門が口を開いた。

「本日は、どのようなことでございますか」

「元禄十一年（一六九八）の永代橋架橋のことなのだが」

聡四郎の言葉を聞いた太田彦左衛門が、大きくうなずいた。

「お気づきになられましたか」

「ああ。いくらなんでも材木があまりすぎではござらぬか」

「寛永寺の作事は、材木問屋紀伊国屋文左衛門《ぶんざえもん》が、請負《うけおい》にございまする」

太田彦左衛門が、話をした。

紀伊国屋文左衛門は、寛文《かんぶん》九年（一六六九）に紀州《きしゆう》で生まれた。

紀州と江戸を結ぶ廻船問屋として世に知られ、紀州熊野《くまの》の材木を江戸に売りさばき、材木商として名をあげた。勘定奉行荻原重秀や柳沢吉保と親しく、江戸の大きな普請の多くを手がけていた。

「あの紀文《きぶん》か」

聡四郎でさえ、紀伊国屋文左衛門の噂は聞いていた。

吉原を一日千両で買い切ったとか、節分の豆の代わりに小粒金を撒《ま》いたとか、金にまつわる逸話《いつわ》にはことかかない。

「あの作事だけで、紀伊国屋文左衛門は、五十万両の金を得たと申しまする」

五十万両がもうけでないことぐらい聡四郎にもわかる。

「寛永寺と永代橋だけで……」

それでも聡四郎は、あまりの金額に絶句した。

「粗利《あらり》三割として、紀文のもとには、十五万両はもうけとして残ったことでございましょう」

「凄《すさ》まじいな。それだけあれば、あんな馬鹿もやれようというものか」

「汗水垂らして稼いだ金ではございませんからな。どのようなことにも使えましょう」

太田彦左衛門が、白々とした顔をした。

聡四郎は、さらに問いかけた。

「これだけの作事を請け負うには、どのくらいの手みやげがいるものでござろうか」

「一分《ぶ》と申しますから、およそ五万両ほどでしょうか」

十五万両のもうけにたいして、賄賂《わいろ》が五万両なら安いものだ。手みやげをけちって作事請負に失敗すれば、一文にもならないのだ。

「それが荻原重秀どのの懐に入ったと」

「柳沢さまにも……」

太田彦左衛門が、周囲に聞こえないようにして名前を口にした。

「ところで、太田どの。伊奈半左衛門どのをご存じか」

太田彦左衛門が首を左右に振った。

「御小納戸方の伊奈さまでございますな。お名前は存じておりまするが、お目にかかったことはございませぬ」

「さようか」

「御小納戸の伊奈さまがどのようにして、寛永寺の余材を知ったのかが、不思議でございますか」

「そのとおりでござる」

太田彦左衛門も頭をかかえた。

「わかりませぬな。御小納戸方と勘定方あるいは普請方は、つながりがございませぬゆえ」

「そこからあたるしかございませぬか」

聡四郎は、杯をぐっとあおった。

二人が煮売り屋で話をしていたころ、牛込《うしごめ》御門内御留守居町《おるすいまち》にある荻原近江守重秀の屋敷を一人の侍が訪れていた。

将軍が代わってから仕事を終えるとまっすぐ帰宅するようになった荻原重秀が、客間へと現れた。

「待たせたかの」

「いえ、さほどではございませぬ」

中年の侍は、額を畳に押しつけるように平伏した。

「で、今日はどうしたのだ。正岡《まさおか》」

正岡と呼ばれた侍は、勘定吟味役の一人、正岡竹之丞《たけのじょう》であった。

「実は、同役の水城聡四郎が、永代橋のことを調べだしたようでございまする」

「ほう。水城といえば、新井白石めがみずから推薦したというやつだな。勘定方の経験がいっさいないという若造の」

「さようでございまする」

「そんなやつになにがわかるというのだ。算勘もできぬというではないか。気にすることはない。新井白石がなにをたくらんでおるのかしらぬが、儂なしではどうやっても勘定などまわらぬ。新井白石など、しょせんは学者でしかないわ。実務のことなどなにもわからぬ」

荻原重秀があざ笑った。

正岡竹之丞が小さく首を振った。

「お奉行さま。あの太田彦左衛門が、水城につけられたのでございまする。今日も内座でなにやら密談をかわしており申した」

「太田彦左衛門がか」

荻原重秀が苦い顔をした。

「勘定の主といわれたあやつならば、帳面のからくりなどすぐにでも見抜いてしまいまする」

「これも新井白石のしわざか。わかった。おぬしは、そのまま二人を見張っていてくれ。儂の方でも手配をしよう」

「はっ。承知つかまつりました」

立ちあがろうとした正岡竹之丞に、荻原重秀が懐から金を出してわたした。

「これは……」

正岡竹之丞が驚愕で目を大きくした。

金包み二個、五十両であった。一両で米が一石《こく》買える。五十両は四公六民《しこうろくみん》として知行《ちぎょう》百二十五石の旗本の、一年の収入に近い大金であった。

「娘の婚礼が近いそうだの。これで長持《ながも》ちの一つでも増やしてやるがいい」

「ありがとうございまする」

正岡竹之丞が、ふたたび畳に額を押しつけた。

喜んで帰っていった正岡竹之丞を見送って荻原重秀が、独《ひと》りごちた。

「紀伊国屋に任せるがよさそうだ」


今日も江戸の町を巡った聡四郎は、功もなく本郷御弓町に帰ってきた。すでに暮れ六つ（午後六時ごろ）を過ぎ、灯籠の灯りだけが頼りになっていた。

屋敷まですぐというところで、聡四郎にあたってきた者がいた。

「おい、鞘当てをしておいて、詫びもせずに去るつもりか」

総髪《そうはつ》にした浪人者が、聡四郎に因縁をつけた。

「この暗さでござる。相身互《あいみたが》いではございませぬかな」

聡四郎は、相手にする気はなかった。

幕府の大名取りつぶしが、大量の浪人を生んでいた。帰農したり再仕官できるものはまだいいが、食いつめた浪人たちは、国元を捨てて江戸に出てきては、庶民に悪さをしかけていた。

「相身互い。なるほど。武士は相身互いと申すな。ならば、見てのとおり、拙者浪々の身で明日の米にも窮《きゅう》しておる。いかがでござろう。少しばかり金子《きんす》を都合してはいただけぬか。なに、多くは望まぬ。貴殿がいま持っている全額でけっこう」

浪人者が、右手を出した。

聡四郎は、浪人者の態度に不審を覚えていた。金目当てにしては、おかしすぎた。

まず、場所が悪い。本郷御弓町は、旗本の屋敷が建ち並ぶところだ。旗本に金がないことなど子供でも知っている。同じ狙うなら、日本橋などで商人を、あるいは吉原《よしわら》近辺で遊客を脅した方が実入りがある。

つぎに聡四郎の身形《みなり》である。探索のため江戸市中を巡る聡四郎は、着なれた木綿の小袖と小倉袴という、貧乏御家人か小禄の藩士にしか見えないかっこうであった。

「悪いが、金はないな」

聡四郎は、そっと腰を落とし、雪駄《せった》の鼻緒《はなお》に足の指をかけた。

「ならば、命をもらおう」

浪人者が、いきなり斬りかかってきた。太刀が切る風の音が聞こえるほど鋭い斬撃であった。

聡四郎は、浪人者に向けて雪駄を蹴りつけ、そのまま後ろに跳んだ。

「むっ」

顔に向かってきた雪駄を浪人者が太刀で払った。

「なにやつ。拙者を勘定吟味役水城聡四郎と知っての狼藉《ろうぜき》か」

聡四郎が、太刀を抜き放ちながら、詰問《きつもん》した。

「………」

浪人者は無言で間合いを狭めてきた。攻守両用の構えである青眼ではなく、一撃必殺の右脇に太刀を構えていることからも、その腕のほどが知れた。

聡四郎は、苦い顔で言った。

「最初から、拙者を狙っていたというわけか」

聡四郎が口を開いたのを隙《すき》と見て、浪人者が太刀を叩きつけてきた。聡四郎は、足を送ってこれを避け、青眼からの落としを放った。

浪人者が、身体を真横にするようにひねってかわした。聡四郎と浪人者の位置がかわった。振り返る勢いを利用して聡四郎は、横薙《はな》ぎに太刀を送った。

ひっぱたくように浪人者の刀が、聡四郎の太刀を撥ねあげる。続けて上段から斬り下ろしてきたのを、聡四郎は太刀の柄頭で受け止めた。

「ちっ」

鍔《つば》迫《ぜ》り合いを嫌って浪人者が、間合いをあけた。

「やるじゃねえか。腹のすいたことのない旗本にしちゃな」

浪人者が、憎々しげに言った。

「野良犬ごときに負けはせぬ」

聡四郎も言い返した。

「徳川の飼い犬に、なにがわかる。藩主が急逝《きゆうせい》し、お世継ぎが幼いという理由だけで藩をつぶされ、禄も屋敷もすべてうばわれた者の悔しさなど」

浪人者が、重い声でのろった。

「そなえをしておかなかったのが悪いのであろう。世継ぎが幼いなら、一族から仮養子だけでも選んでおけばすんだはず」

「やかましい」

浪人者が、怒鳴った。

「金のためではなく、吾が怒りのため、きさまを斬る」

浪人者が、太刀を青眼より少し上段に構えた。聡四郎は応じて太刀を左下段に据《す》える。

二人から殺気が膨《ふく》れあがった。

聡四郎の斬りあげが疾《はや》いか、浪人者の袈裟懸《けさが》けが疾いか、命をかけた競争であった。

最初に動いたのは、浪人者だった。走り寄りながら太刀に全身をのせた。

「おりゃあ」

「ぬん」

聡四郎は、斜め左に右足を踏みだしながら、ぐっと膝を曲げて姿勢を低くした。

刃風を左肩に感じながら、聡四郎は太刀で天を指した。

「ぐえっ」

浪人者が苦鳴《くめい》を最後に死んだ。聡四郎の太刀は、浪人者の肝臓をぞんぶんに裂いていた。

「聞きだせなかったな」

聡四郎には、浪人者を生かしてつかまえる余裕がなかった。

「荻原重秀どのか、後藤か、それとも紀伊国屋文左衛門か。いずれにせよ、強敵だな」

聡四郎は、役目のうえで敵対することになるであろう人物を思い浮かべた。

血刀を左手にさげたまま、屋敷に向かって行く聡四郎を、じっと永渕啓輔が、見つめていた。


数日後の早朝、聡四郎の屋敷を紅が訪ねてきた。

「こちらは、勘定吟味役水城さまのお屋敷でございましょうか」

先日と違って、武家娘風に髪も結いなおした紅は、ちょっとした旗本の娘に見えた。

「さようでございまするが、どちらさまで」

門番から報されて、玄関まで応対に出てきた喜久が訊いた。

「相模屋伝兵衛が娘、紅と申しまする。先日、水城さまに危ないところをお助けいただきました者でございまする」

紅がていねいに腰を曲げ、手にしていた風呂敷包みを差しだした。

「つまらないものでございますが」

紅が持ってきたのは白砂糖であった。

「これは、けっこうなものを」

喜久が驚いた。

白砂糖は、オランダとの交易《こうえき》でしか手に入らない。長崎の出島《でじま》に出入りできる商人が一手に専売し、非常に高価で、庶民の口に入ることはまずなかった。漢方薬として一匁《もんめ》(約三・七五グラム)幾らで売り買いされるほど貴重なものだ。それが、升《ます》に一杯入っていた。金にすれば三両ではきかない。

「水城さまは、おいでてございましょうか」

紅の行儀は見事であった。そうそう、これだけの優雅さは出せないほどであった。

「お待ちくださいませ」

喜久は、すぐに奥へと引っこんだ。

聡四郎が、袴で玄関まで出てきた。

「これは紅どの。本日は結構な品をちょうだいしたようで、かたじけのうござる」

「いえ、先日は危ういところをお助けいただきましてありがとうございました」

紅が深く頭をさげて礼を述べた。

「いや、気にされることはござらぬ」

聡四郎は、喜久が差しだした太刀を差した。

「あがっていってくれと申したいところなのだが、今から登城せねばならぬ」

「承知いたしております」

「そこまで一緒に参りませぬか」

聡四郎の誘いに紅は応じた。

年頃の男女が、それも武家が、連れだって歩くことはない。男の少し後ろを女が追うかたちになる。

聡四郎の供をする若党《わかとう》、中間《ちゆうげん》は、さらに後ろに控えていた。

「水城さま、永代橋のことでございますが……」

紅が話しかけた。

「後ろから声をかけられるのは、あまり気分のよいものではないな。横に並んではくれまいか」

聡四郎は、紅をうながした。

「それはかないませぬ」

紅が首を振った。

経済の主流は武家から町人に完全に移っていたが、身分の壁は大きい。町人の間では男女が並んで歩くことも見られるようになったが、武家ではまだ許されていなかった。

「今日はずいぶんとしおらしいのですな」

聡四郎は初対面、二度目との差に笑った。

「くっ」

紅の顔が悔しそうにゆがんだ。

「無理しなくてけっこう。いつもどおりになされよ」

「あんたが、いいって言ったんだからね」

紅の口調が一気に変わった。

聡四郎と肩を並べて歩く、そんな二人を登城していく役人たちが、奇異な眼で見ていった。

「で、永代橋がどうしたと」

聡四郎は、話をもとに戻した。

「永代橋を造ったときの棟梁《とうりょう》たちに、お父さまが声をかけてくれたのよ」

「それは、ありがたい」

聡四郎は素直に感謝した。

「材木を扱う連中は、駄目だったけど」

紅の声が沈む。

「どういうことでござろうか」

「みんな、紀伊国屋に遠慮しているのよ」

紀伊国屋は、その財力で江戸の材木のほとんどを手中におさめていた。

「作事ごとに、紀伊国屋の懐が温かくなるということか」

「違うわ」

紅が否定した。

「火事があるたびに材木の値段は高騰する。そして紀伊国屋が大もうけする」

「そうか、火事か」

江戸は前を開かれた海に、背後を山におさえられている。颪は強く吹きおろす。

これは火があおられることをあらわしていた。

「商家などは、火事で焼けた店を一日でも早くもとに戻したい。そうしないと客を失うから。そのためには、材木が多少高くてもかまわない」

紀伊国屋は、安く買いたたいた木材を深川や本所の空き地に積んでおき、火事を待って放出するのだ。その稼ぎは百万石の大名に匹敵するとまで言われていた。

「じゃ、あたしはここで。今日の晩、家に寄ってくださいな」

紅が四つ辻で別れていった。

城中内座では、太田彦左衛門が待っていた。

「水城さま、これを」

太田彦左衛門が差しだしたのは、伊奈半左衛門の家譜《かふ》であった。

御目見得以上の旗本は、代を継ぐごとに家譜を出す義務があった。もちろん、聡四郎も出してあった。

「拝見します」

聡四郎は、書類を開いた。

伊奈家の歴史は壮絶としか言いようがなかった。

徳川家康の父広忠《ひろただ》に仕えた初代伊奈忠基《ただもと》が、姉川《あねかわ》の合戦で討ち死にしたのを皮切りに、二代貞政《さだまさ》、貞次《さだつぐ》兄弟、三代昭忠《あきただ》、四代昭応《あきまさ》が、戦場で命を散らしていた。

小納戸役の伊奈忠順は、忠基から分かれた分家の末裔《まつえい》であった。

三千九百六十石を食《は》む大身《たいしん》であるが、やはりまともな歴史を重ねてきた家ではない。

分家の初代とも言うべき、忠基の十一男忠家《ただいえ》は、家康がまだ三河の領主でしかなかったときに起こった一向一揆《いっこういっき》において、主に反旗を翻したのだ。ために長く家康の勘気《かんき》を被《こうむ》り、家康の息子信康《のぶやす》に拾われるまで浪人していた。

「信康さまといえば、神君家康さまのご長男で、織田信長どのによって自害を命じられたお方ではございませぬか」

聡四郎は、驚愕で目を大きくした。

徳川信康。家康と今川義元《いまがわよしもと》が姪築山《つきやま》の方《かた》との間に生まれ、織田信長《おだのぶなが》の娘徳姫《とくひめ》と縁した。

将来を嘱望《しょくぼう》された青年武将だったが、武田勝頼《かつより》との内通を疑われ、自害させられた。

「さようでござる。ご切腹のあおりで伊奈家はふたたび浪人することになりもうした」

太田彦左衛門にうながされて先を見た聡四郎は、ふと気になった。

「伊奈忠家、忠次《ただつぐ》親子は、信康さま亡き後、大坂堺《さかい》にて隠遁《いんとん》した」

聡四郎は、先を読んだ。

「伊奈家がみたび徳川に仕官するのは、本能寺《ほんのうじ》の変のおり。三年ものあいだ堺にいた」

聡四郎は書類から顔をあげて太田彦左衛門を見た。

「数奇《すうき》な家柄でござる」

「どう見ても伊奈家は武の家柄ではござらぬか」

こう討ち死にがでてくれば、勘定方や小荷駄《こにだ》を役目としていた家柄ではないとわかる。

「伊奈家が、勘定筋になるのは、小田原北条征伐《おだわらほうじょう》が終わったときで、おそらく商人の町、堺におったこととかかわりがあったのでしょう」

忠次が、小田原城の米穀の管理を命じられたことに始まる。

「そこから伊奈家は、普請や小納戸などにつくことが多くなったのでござるか」

旗本の家が筋を代々受け継ぐのは、親から子へと職務の内容や慣習をとぎれることなく伝えていけるからである。こうすることで子が役についたとき、とまどうことがなくなる。

「勘定方筋なら、余材の使い道を思いついたとしても、不思議ではございませぬが」

太田彦左衛門が、聡四郎を見あげた。

「ううむ」

聡四郎は、それでも納得できなかった。

徳川幕府が成立して、百年が経った。

戦をしなくなった旗本たちは、幕府を動かしていく一つの駒になり、武よりも文が尊ばれるようになった。筋によって縛られた旗本たちは、同じことを繰り返すことに重きをおきはじめた。

当然、筋の違うところからの口だしは、嫌われる。

疑問を口にしようとした聡四郎は、太田彦左衛門が目で否やを伝えていることに気づいた。それがなにを意味するか、すぐに聡四郎は気づいた。

「……わかりましてござる。ご苦労さまでした」

聡四郎は太田彦左衛門をねぎらい、さがっていいと告げた。

御上の御用達はその多くが、苗字帯刀を許されていた。御目見得のかなう旗本格を与えられているものもいた。相模屋伝兵衛もそうであった。

「まあ、先祖は北条家に仕えていたと申しますが、そんな前の話を持ち出してもしかたないのでございますがね。これでも旗本の末席につらなるには都合がいいようで」

相模屋伝兵衛は苦笑いを見せた。

「いかにも。父と子でさえ、べつなのでござる。何代も前の先祖がどうであったかなど、どうでもよい話でございましょう」

相模屋伝兵衛方の奥座敷で話している二人の前に、酒肴《しゆこう》を載せた膳を持って紅が現れた。

濁り酒に切り干し大根の煮付けと鶉《うずら》の味噌焼きが、饗《きよう》された。

「これは、馳走《ちそう》でございますな」

聡四郎は、目を見張った。

生類憐みの令が解かれるのを待っていたかのように、庶民の間には猪や鳥などの肉食が復活していた。だが、高価でそう簡単に手に入るものではない。聡四郎が来るのにあわせて用意してくれたことは、すぐにわかった。

「いえいえ。娘の危難を救っていただいたお方に、このようなところでかようなものをお出しするのは、失礼とは存じましたが……」

相模屋伝兵衛が、そこまで言って口籠《くちご》もりながら紅を見た。

「吉原にでも、お招きいたそうと考えたのでございますが……」

「お父さま」

紅が低い声で咎めた。

「というしだいでございまして」

相模屋伝兵衛が、頭をかいた。

聡四郎は久しぶりに、声をあげて笑った。

しばらく、紅の酌で酒のやりとりが続いた。

紅が、空になった片口《かたくち》のお代わりに座敷を立っていったのを合図に、相模屋伝兵衛が口を開いた。

「永代橋のことでございまするが……」

「うかがおう」

聡四郎も手にしていた杯を置いた。

「まず、寛永寺根本中堂の普請でございますが、ご存じのとおり、あの普請は経年の傷《いた》みを修復するためのものでございましたゆえ、用意された材木は最高の木《き》曽檜《そひのき》とはいえ、さほどの量を必要とはしておりませんでした」

「…………」

聡四郎もそこは調べていた。

「御上の普請のときは、材木に余裕をかなり多めに取っておくことはご存じで」

相模屋伝兵衛が問うた。

「いや、そこまでは知りませなんだ。なにせ、半年前までは剣で身をたてようと考えていたのでござれば」

聡四郎は、素直に勉強が足りていないことを認めた。

「剣で……それは、勘定方のお家柄の人としては珍しい」

相模屋伝兵衛がちょっと驚いた風情を見せた。

「なんせ四男でござる。家は長兄が継ぎ、次兄、三兄もそれぞれ勘定筋の家に養子に出ましたが、四人目となるとなかなか婿の口もございませず。かといって、いつまでも兄の家でやっかいもしておられませぬ。それに、子供のころからなぜか剣とは肌が合って、これで世すぎをしようと考えまして」

聡四郎は、説明した。

「なるほど。それで。いえ、紅が感心しておりましたので。いまどき、あれだけ遣えるお旗本を見たことがないと」

「それほどでもございませぬ」

聡四郎は、褒め言葉に赤面した。

「話がそれてしまいました。申しわけございませぬ」

相模屋伝兵衛が、話をもとに戻した。

「いや、こちらこそ」

「余材のことでございまするが、御上のご普請の場合、要用《いりよう》と見積もりました材木の倍を用意しておくことが、慣例となっておりまする」

「倍でござるか」

聡四郎は、その多さに目を見張った。

「ちとお訊きいたすが、その余材ぶんの代金は、どうなっておるのでございまするか」

「御上よりちょうだいするお代に、載せられておりまする」

「なんと」

聡四郎は、幕府に金がないのも当然だと思った。こんなことをしていては、金の湧く泉でもないかぎりもつはずはなかった。

「普段、その余材は普請が終わったあと、どうなるのでございまするか」

聡四郎は、身を乗り出して尋ねた。

「さて」

相模屋伝兵衛が、首をかしげた。

「さてとは、いかなることでございまするか」

聡四郎は、はっきりしない相模屋伝兵衛に詰め寄った。

すっと襖《ふすま》が開いて紅が戻ってきた。

「そんなことも言わないとわからないの」

紅の口調は相変わらず、遠慮がなかった。

「これ、口を慎《つつし》みなさい」

「いや、いつもどおりにしてくれるようにと頼んだのは拙者でござれば、娘御を
あまりお叱りあるな」

聡四郎が、相模屋伝兵衛をなだめた。

「教えてくれぬか」

聡四郎は、紅に訊いた。

「横流しするにきまってるじゃないの」

紅があっさりと告げた。

「横流し。なら、大量の材木は……」

「そう、こっそり町屋の建てなおしに使われたり、もう一度木場《きば》に戻して、次に使ったりするの」

「馬鹿な。それは、御上の財を簒奪《さんだつ》するに等しい行為ではないか」

聡四郎は憤りをあらわにした。

「そうやって紀文や奈良茂《ならも》は、身代《しんだい》を築いたのでござる」

相模屋伝兵衛があきらめたように言った。奈良茂こと奈良屋茂左衛門《もざえもん》は、紀文ほどではないが、大きな材木問屋である。

その紀文や奈良茂から仕事を貰っている相模屋伝兵衛には、内心忸怩《じくじ》たる思いがあった。

聡四郎は、ふと疑問を抱いた。

「それにしては、おかしくはございませぬか。なぜ、永代橋のときだけ、余材を使おうなどという話が出てきたのでございましょう」

「そんなこと当然じゃない」

紅が、心底あきれた顔をした。

「世間知らずよねえ。苦労してない旗本の若さまは」

「むっ」

そこまで言われて、さすがに聡四郎も気分を害した。

「厄介者《やっかいもの》のつらさは知っておるわ」

「それでも、明日喰うに困ったわけじゃないでしょう」

「それは、そなたも同じではないか」

売り言葉に買い言葉、二人の口げんかを相模屋伝兵衛がおさめた。

「紅、いい加減にせぬか。水城さまも、落ちつかれて」

「すまぬ。紅どの、話を続けてくれ」

聡四郎は詫びた。

「より以上にもうかるからでしょう」

紅の一言は、聡四郎の怒気《どき》を払うに十分であった。

「もっと金になるというのか」

「そう。考えてもご覧なさいな。寛永寺根本中堂の修復余材が、どれだけあったところで、永代橋を造るほどはない。当然たりないぶんは、あらたに御上から普請として請け負うことになる」

紅の説明は、聡四郎にもわかった。

「そうか、永代橋を造るに等しいだけの材木を、さらに売りつけることができるというのか」

「それだけではございませぬ」

相模屋伝兵衛が二人の会話に割って入った。

「御上からのお達しを待つことなく、次の普請が確定するのでござる。そして、それはかならず、寛永寺の余材を持っている紀文に落ちるので」

「ううむ」

聡四郎はうなるしかなかった。

あまった材木で町屋を建てたところでもうけは知れている。また、材木を木場に寝かしておくのも商売として下策である。

ならば、こちらから普請を誘えばいい。

相模屋が言いづらそうに言葉をつないだ。

「それに、橋の普請となれば、人足もそうとうな数が要りまする」

相模屋伝兵衛も、その恩恵を受けているのだ。

「なるほど。考えたな」

聡四郎は、紀文という男の考えの深さに感嘆した。

「だが、許せることではないな」

勘定吟味役として見逃せることではなかった。

「偉そうなことを」

紅が冷たい目をした。

「永代橋が架かったおかげで、どれだけ庶民が助かっているかわかっているの」

「うっ」

聡四郎は、言い返せなかった。

「こうでもしないと、御上は橋なんか架けてくれない」

幕府は武士のためにある。

庶民の便を図るためにと、造るだけでなく維持にも莫大な金のかかる橋を架けたりはしない。

しかし、生活のことを考えれば、橋は多い方がいいに決まっていた。

「紀文という男は、恐ろしい男でございます」

相模屋伝兵衛が、小さくつぶやいた。

第二章　幕政の闇

一

　江戸一の歓楽地といえば、吉原である。

　その吉原が、久しぶりに沸いた。

「買いきりじゃあ、買いきりじゃあ」

　昼見世《ひるみせ》が開くなり、京町《きょうまち》一丁目の名楼大三浦《みうら》屋の忘八《ぼうはち》が、廓《くるわ》内を金棒引いて走りまわった。

　吉原には三浦屋が二軒あった。そのうち、高尾太夫《たかおだゆう》を擁《よう》する三浦屋四郎左衛門《しろうざえもん》を格上として大三浦屋と称していた。

　他の見世から飛びだしてきた忘八が叫んだ。

「なに、買いきりだと。紀文か、奈良茂か」

忘八とは遊女屋の下働きをする男のことだ。遊女の世話から、見世の掃除、客のつけの取りたて、しきたりを破った遊女や客の折檻《せっかん》、見世の用心棒となんでもこなす。

食い詰めた浪人者や、凶状《きょうじょう》持ちなどが多く、女の血と涙で生きていることから、仁義礼智忠信孝悌の八つを忘れた人外《じんがい》のものと蔑《さげす》まれていた。

「紀文だそうだぜ」

「ちくしょうめ、うまくやりやがったな」

大三浦屋への羨望《せんぼう》が、口調に出ていた。

紀文こと紀伊国屋文左衛門は、吉原の大得意である。江戸一の材木問屋として何度も吉原で豪遊していた。

その紀伊国屋文左衛門が始めたにひとしい豪儀《ごうぎ》な遊びが買いきりであった。

買いきりとは、吉原の遊廓《ゆうかく》の一軒を丸ごと一日借り切ることを言う。

大門を閉じさせて吉原全体を一日我がものにすると思われがちだが、家康のお墨つきである御免色里《ごめんいろざと》、吉原の大門を閉じさせることは、町人の身分で僭越《せんえつ》と許されなかった。

やむをえず、紀文や奈良茂などの豪商は、一軒の見世を買いきって、他の客を締めだすことで我慢するのだ。

だが、その費用は莫大である。とくに大三浦屋や卍屋《まんじ》など、名だたる太夫を抱える見世は高くつく。

太夫の揚げ代が昼夜で七十四匁《もんめ》、格子女郎《こうしじょろう》が二十五匁、端《はした》が十五匁かかる。太夫は大三浦屋に四人しかいないが、格子は八人、端は十五人いる。揚げ代だけで七百二十一匁になる。六十四匁を一両とすると、十二両近い。

それだけではすまない。宴会の料理代、遊女、忘八への心付け、あらかじめ遊女と約定《やくじょう》していた馴染《なじ》み客への詫び金、芸者や太鼓持ちなどの代金とてつもない金額が飛んでいく。

大三浦屋の買いきりとなると、一日でざっと百両は要った。

一両で庶民四人家族が、一ヵ月生活できた。どれだけすさまじい金額かわかる。

それを紀伊国屋文左衛門は、何度もやっていた。

「御駕籠《おかご》を出しておくれな」

昼見世が開くと同時にぶらりとやってきた紀伊国屋文左衛門が、大三浦屋の忘八に心付けを握らせて頼んだ。

「へい、どちらまで」

「お迎えにいって欲しいのだよ。場所は、日本橋元大工町《もとだいくちょう》を一本北にはいったお旗本、正岡竹之丞さまのお屋敷だよ。紀文からの迎えだと言ってくれればわかるからね」

「承知いたしやした」

忘八が大門《おおもん》を出た。

吉原は医者以外、駕籠での出入りは禁じられている。

なかには入れないが、大門を出たところには、遊女にもてて気の大きくなった客や、小金を持っている遊客を待って、何人もの駕籠屋がたむろしていた。

「紀伊国屋文左衛門さまのお頼みで、人を迎えにいって欲しい」

忘八がそう言うと、駕籠屋たちはいっせいに殺気だった。

紀伊国屋文左衛門の依頼となれば、駕籠賃より酒手《さかて》が大きい。駕籠を吉原から差し回すほどの相手とくれば、酒手で小判ぐらいは貰える。

おいらにおいらに、という連中をゆっくり見て、忘八は客とのもめ事を聞いたことのない一組の駕籠屋に顔を向けた。

「頼むぜ」

二人は大喜びで、吉原大門前から日本堤《にほんづつみ》へと続く五十間道《ごじっけんみち》を走っていった。

駕籠屋を手配した紀文は、大三浦屋の二階広間でくつろいでいた。

「お大尽《だいじん》、高尾太夫のところで、お休みになられてはいかがで」

挨拶に出てきた三浦屋の主三浦屋四郎左衛門が勧めた。

「お客さまをお招きするんでね。こちらが先に極楽へ行くわけには参りませんよ」

紀伊国屋文左衛門が、断った。

江戸一の大金持ちになっても、紀伊国屋文左衛門は偉ぶらず、腰が低い。それがまた評判となって、吉原でも金持ちには珍しく遊女たちに人気があった。

「では、せめてご酒《しゅ》など」

「いえいえ、お客さまを赤い顔で、お迎えするわけには参りません」

紀伊国屋文左衛門が首を振った。

百万両といわれる資産を持ちながらも、普段の紀伊国屋文左衛門は質素である。着ているものも当節はやりの引きずるように裾《すそ》の長い絹物ではなく、昔ながらの小袖を粋に着こなしていた。

とくに、金持ちぶって金無垢《きんむく》の煙管《キセル》を持ったり、雪駄の裏に金を貼ったりすることを嫌う。

「稼いだ金は身につけず、世間さまにお返しするのが商売。それに私には、財を遺《のこ》す子供もおりませんしな」

口癖にしているように、大きな金を稼ぐたびに評判となるような使い方をしてのける。

吉原の遊女たちにまったく同じ小袖を着せて遊廓を一色に染め上げたり、川船を何艘《そう》も仕立てて、吉原の遊女をのせ、隅田川《すみだがわ》の花見下りをしたこともあった。

そのいっぽうで、紀伊国屋文左衛門は、金に飽かせての野暮《やぼ》な遊びを嫌った。

同業の奈良屋茂左衛門が、吉原の見世を買いきって雪見さわぎをしたのを邪魔したこともあった。

吉原の中央をとおる新吉原仲之町《なかのちょう》通りに積もった雪を遊廓の二階から愛《め》でるために、奈良茂は見世の前に忘八を出させ、遊客の通行を妨げさせたのだ。

それを聞いた紀伊国屋文左衛門は、すぐに真向かいの見世を買いきり、二階から小粒金を通りに向かって豆まきのように投げた。

たちまち、新吉原仲之町通りは、小粒を拾おうとする人々であふれ、足跡さえもついていなかった雪道は、無惨な泥道へ変わった。

こうして紀伊国屋文左衛門は、奈良屋茂左衛門の傲慢《ごうまん》な鼻っ柱を、さらなる驕慢《きょうまん》で叩き折ったのだ。

吉原での紀伊国屋文左衛門の行状《ぎょうじょう》は、まさに語りぐさとなっている。紀伊国屋文左衛門の遊びを見たいがために吉原に来る客もいた。

お城にも近く繁華な葺屋町《ふきやちょう》から浅草《あさくさ》のはずれに追いやられ、灯の消えたようになった吉原にとって、紀伊国屋文左衛門は、まさに救いの神であった。

普段なら端が半刻《はんとき》（約一時間）いくらで男に抱かれる広間で紀伊国屋文左衛門は、白湯《さゆ》をすすりながら客を待っていた。

「お見えになりやした」

忘八が大声で駆けこんできた。

玄関まで迎えに出た三浦屋四郎左衛門に先導されて、勘定吟味役正岡竹之丞が現れた。

「紀伊国屋どの、お招きかたじけのうござる」

広間の上座に腰を落とした正岡竹之丞が、礼を述べた。

「こちらこそ、お忙しいところをお運びいただき、ありがとうございまする」

紀伊国屋文左衛門の方が年長であり、名もとおっているが、武士と町人の身分の差はいかんともしがたい。紀伊国屋文左衛門は、ていねいに頭を下げた。

「紀伊国屋さま、そろそろ宴の用意をいたしてもよろしゅうございましょうか」

三浦屋四郎左衛門が、訊いた。

武士の泊まり遊びはきびしく禁じられていた。子《ね》の刻（午前零時ごろ）までに帰邸していないと罪になることもあった。

連日勤務の勘定吟味役である正岡竹之丞が、下城してきたのは七つ（午後四時ごろ）。そこから駕籠をとばして大三浦屋に着いたのは、七つ半（午後五時ごろ）。吉原を四つ半（午後十一時ごろ）に出るとしたら、遊興に費やせるのは三刻（約六時間）、床入りの時間を引くと宴に使えるのは、一刻半しかなかった。

「いや、ちょっと正岡さまと二人きりにしてもらいたい」

紀伊国屋文左衛門が、三浦屋四郎左衛門を制した。

「承知いたしました」

遊廓の者は、客の望みどおりにするのがしきたりである。

三浦屋四郎左衛門は、大広間にいた皆に目配せして去っていった。

吉原で見世を買いきる。これほど他人の耳がないところも珍しい。余人が入れないように忘八たちが見張っているし、また、吉原に生きるものは、どのようなことを聞いても見世から出さないのが掟《おきて》である。

もし、一言でも外に出たとなったら、吉原全体がつぶれてしまう。女との睦言《むつごと》が漏れるとわかっていて、かよう馬鹿はいない。

見送った紀伊国屋文左衛門が、口を開いた。

「お話は、荻原さまよりうかがっております る」

紀伊国屋文左衛門と勘定奉行荻原近江守重秀は、刎頸《ふんけい》の友であった。

荻原重秀が勘定吟味役になったころから、紀伊国屋文左衛門は幕府の普請を受けることが多くなった。そして、紀伊国屋文左衛門の金で荻原重秀が勘定奉行に出世し、紀伊国屋文左衛門は、より多くの普請を請け江戸一の材木商になった。

「さようでござるか。ならば話は早い」

正岡竹之丞が、うなずいた。

「水城聡四郎どのと申されましたかな。かの勘定吟味役さまは」

紀伊国屋文左衛門が、確認するように口にした。

「いかにも。五百石取り、水城功之進が末っ子でござる」

聡四郎の父功之進は、出世はしなかったが、手慣れた勘定方として知られていた。

紀伊国屋文左衛門が、不思議そうに首をかしげた。

「末っ子と申されましたが、ご兄弟がおられるにもかかわらず、その方が家をお継ぎになったので」

「家を継ぐべき長兄が急逝いたしましてな。次兄、三兄はすでに養子に出ていたこともあって、日の目のあたらない四男に思いもかけぬ運が転がりこんできたということでござる」

正岡竹之丞が、小さく笑った。

「どのような御仁《ごじん》でございましょうか」

紀伊国屋文左衛門の質問は続けられた。

「勘定については、まるきりの素人だという話でござる」

「ほう、そのようなお方が、吟味役に。勘定のことに精通したお方でないとつとまらないお役だとうかがいましたが」

紀伊国屋文左衛門が、意外だという顔を見せた。

「新井白石さまが強い推薦だそうでござる」

正岡竹之丞が、応える。

「新井さまが勘定方の、それも家督を継げるかどうかわからないお方に目をつけた。それはまた妙なことでございますな。どのようにしてお二人は知りあわれたのでしょう」

紀伊国屋文左衛門が、首をかしげた。

「はて……少し調べてみましょう」

正岡竹之丞もわかってはいなかった。

「ですが、要らぬことに口出しをされても困りまする。ちょっとそのあたりをあたってみましょう」

余計な手出しはするなと、紀伊国屋文左衛門が冷たい声で言った。

「では、宴にいたしましょうか。おい、誰か」

紀伊国屋文左衛門の声が、はずんだ。


聡四郎は、永代橋を渡っていた。

大川《おおかわ》に架かる永代橋は、箱崎町と深川をつないでいる。

橋を渡りきった聡四郎は、雑然とした深川佐賀町《さがちょう》に目をやった。

「どうも違うな」

聡四郎は独りごちた。

大川には永代橋の他に、両国橋、新大橋が架かっていた。その二つも、先ほど聡四郎は渡ってみた。

三つの橋の、いや、両国橋と新大橋の二つの橋と永代橋の違いは、渡った土地にあった。

両国橋と新大橋はその袂から武家屋敷が多く、永代橋はほとんどが民家なのだ。

聡四郎は、本所深川をゆっくりと探索した。

本所深川は、家康が江戸に居《きょ》を移してから、連綿と続いてきた拡張のおかげでできあがった埋立地である。それだけに水はけが悪く、あちこちに排水路代わりの運河がとおっている。

十六丁《ちょう》（約一七四五メートル）ほど歩いた聡四郎の目の前に、大きな空き地が見えた。そこには山のように材木が積まれていた。

「丸に文の紋。紀伊国屋文左衛門か」

材木の前に立てられた看板に大きく描かれた紋章は、聡四郎でも知っているものであった。

「まさかと思うが……太田彦左衛門どのに訊いてみねば」

聡四郎は急いできびすを返した。

屋敷を訪ねてきた聡四郎を太田彦左衛門が困惑の表情で迎えた。

「どうされたのでございまするか。このような刻限に」

すでに暮れ六つ（午後六時ごろ）を過ぎている。他人の家を訪れるには少し遅すぎた。

「申しわけないが……」

客間にとおされた聡四郎は座るのももどかしげに、見てきたことを話した。

「ご覧になられましたか」

太田彦左衛門が、目を閉じた。

「あれが永代橋の目的なのでござる。あの橋のおかげで紀伊国屋文左衛門の材木が、市中にはいるのがたやすくなり申した」

永代橋ができるまでは、家屋や寺院の建設に用いられる材木を深川から市中に運ぶには船が使われた。

材木置き場から船にのせて運河を進み、河岸《かし》から陸揚げして大八車や馬で輸送する。

永代橋ができたおかげで、船の輸送費が浮いた。だが、材木の値段は変わらない。つまり差額が、材木商のものとなった。

「御上の費用で、紀伊国屋文左衛門の便宜《べんぎ》を図ってやったことになるのでござるか。そのようなことがあってよろしいのか」

聡四郎は、怒りをおぼえた。

「さようで」

太田彦左衛門が淡々と応えた。

翌朝、もう一度深川の材木置き場のようすを見るために聡四郎は、永代橋をこえた。

明暦の火事以降、急激に発展した本所深川と府内を行き来する人は多い。雑然とした雰囲気のなかに聡四郎は、とげとげしい気配を感じていた。

「早速か」

聡四郎はわざと人気《ひとけ》のない材木置き場へと向かった。

大川一本を渡るだけで、府内と本所深川は、雰囲気からしてがらりと変わった。入り組んだ運河と町屋、そして奉行所の手のおよばない寺院が多くを占め、治安は比べものにならないほど悪くなる。

町人も江戸の繁華をあてにして流れてきたものや、浪人者が多く、刃傷沙汰《にんじょうざた》は毎日のようにあった。

聡四郎は、三十三間堂《さんじゆうさんげんどう》を右手に汐見橋《しおみ》を渡った。ここから先は、材木置き場と小藩の下屋敷になり、人気がいっきになくなる。

深川入舟町《いりふねちよう》の材木置き場に入ったところで、聡四郎は背後から声をかけられた。

「おい、待ちな」

振り向いた聡四郎の目に四人の無頼町人が映った。

「拙者に用か」

聡四郎は、重ねられている材木の陰にちらりと目をやった。そこにも数人の気配があった。

「こそこそとなにを嗅《か》ぎまわっているかは知らねえが、おめえのその態度をお気に召さない方がいらっしゃってな」

先頭に立った男が言った。

「どなたか」

聡四郎は無駄と知りつつ問うた。

「そんなこたあ、どうでもいい。だが、迷惑を感じているお方がいらっしゃるのはまちがいねえ。おい」

合図をうけて、男たちが左右に散って聡四郎を取り囲んだ。

「それで」

聡四郎は、久しぶりに気分が高調するのを感じていた。役目が忙しく、最近は道場にも行っていなかった。慣れない裃をつけた毎日、その鬱積《うっせき》したものがふくれあがってくる。

先日の謎の侍とは比べものにならない手合いだが、聡四郎の剣気があふれた。

「さっさとお役をひいて、二度と深川に足を踏みいれないと誓いな。そうすれば、今日のところは、腕の一本で許してやるよ」

別の男が聡四郎をにらみつけた。

「それはできぬ相談だな。御上のお役は、自ままにできるものではない」

聡四郎はきっぱりと断った。

「そうかい。じゃ、ここで死にな」

男たちが懐から匕首《あいくち》を取りだした。鞘を投げ捨てる。

「逃がすんじゃねえぞ」

男たちの気迫が、鋭いものへと変わった。

「深川は、御上の手も届きゃしねえ。死体の一つぐらい、転がっていても誰も気にもしねえ」

「魚の餌にしてやるぜ」

男たちが口々に脅しの言葉を吐いた。

「よいのだな」

聡四郎は、全身から殺気をほとばしらせた。刃物を抜けば、命のやりとりということだ。遠慮は命取りになる。

「な、なんだ」

男たちの強気がしぼんでいった。

「旗本に刃を向けたのだ。その報いは覚悟していよう」

聡四郎は、左手で鍔《つば》を押すようにして鯉口を切った。腰を落として、左足を前に出し、右足を引いた。

一放流の間合いは短い。相手を腕のなかまで呼ぶか、相手の懐まで入りこんで、一撃必殺を狙う。

男たちが、知らず知らず半歩下がった。

「や、やかましい。おい、やっちまえ」

気圧《けお》された兄貴分が、かすれた声をあげた。

つられるように一人が匕首を振りあげて近づいてきた。目の前で匕首を振りおろすことで脅しをかけ、聡四郎をさがらせようとした。

一放流のもう一つの極意は、見切りにあった。

敵の間合いのなかに入りこむ一放流は、太刀を受けるよりもかわすことに重きをおいていた。最初六寸(約一八センチ)から始まった見切りは、五分(約一・五センチ)を目指して修行していく。

聡四郎は二寸(約六センチ)の見切りが出来た。

「ふっ」

聡四郎は一歩も動かず、鼻で笑いながら届かない匕首を見ていた。

「や、野郎」

見透かされたことに気づいた男が、匕首をふたたび振りあげた。今度は本気で斬りかかってきた。

「………」

聡四郎の右手がすばやく折りたたまれ、柄を摑《つか》んだ。

振りおろしてくる匕首より、聡四郎が早かった。男の右手が肩口から落ちた。

血が派手に飛んで周囲を濡らした。

「げっ」

声をあげたのは、兄貴分だった。斬られた男は呆然と突っ立っていた。

「三次《さんじ》、腕、腕」

「う、うわあああ」

ようやく気づいた男が動こうとして倒れた。片手を失ったことによる重心の変化についていけなかったのだ。

「や、やりやがったな。おおおい、出てこい」

兄貴分が大声で、仲間を呼んだ。

材木の陰から、三人が長柄鉤《ながえかぎ》を手にして出てきた。

長柄鉤とは、六尺（約一・八メートル）ほどの棒の先に鉤をつけたもので、水に浮いている材木を手元に近づけたり、上に積んである材木を下に落とすのに使う。

武器として使えば、かなりの威力を発揮する。なんといっても間合いが遠い。六尺に腕の長さを足すのだ。

そのうえ、鉤は刃の部分が短いとはいえ、鎌のように鋭い。首筋をやられれば命にかかわる。それ以外の場所なら致命傷とはならないが、ひっかけられれば、かなり大きな傷を負う。

聡四郎は緊張した。

「どうしたい、さっきの勢いが消えたようだな」

兄貴分が余裕を取りもどした。男たちの顔色もよくなっていた。

「五郎太《ごろうた》、篠吉《しのきち》」

兄貴分が名前を呼んだのは、長柄鉤を持っている者たちだった。

「へい」

匕首を持った男たちがさがり、二人が長柄鉤をかまえた。

正面に向けて突きだし、心持ち長柄鉤を斜めにした。長柄鉤を振りおろして、手元に繰りこむことで聡四郎の身体に鉤を食いこませようというのだ。

「やれ」

兄貴分の命令で、二人が同時に長柄鉤をたたきつけた。

聡四郎は後ろにさがらなかった。一人残った長柄鉤の男が背後にいた。

「くらえ」

五郎太の長柄鉤が振りおろされた。

聡四郎は姿勢を低くして、前に出た。

背中を丸めるようにして奔《はし》る聡四郎の身体に長柄鉤の柄があたった。男が長柄鉤をそこから手元にたぐり寄せようとするが、それよりも聡四郎の方が早かった。

「りゃあ」

聡四郎は、初めて気合い声をあげて太刀を下から掬《すく》うようにあげ、すぐに刀を返した。

甲高い音をたてて、長柄が斬れた。鉤がついている先が重く垂れるように落ちた。

「くそったれが」

篠吉が長柄鉤を、横に振り回した。

すでに聡四郎は、長柄鉤の間合いに入っていた。

「ふん」

聡四郎は跳んだ。尻を蹴りあげんばかりに足をあげて、長柄鉤を下にかわした。勢いのつきすぎていた長柄鉤に引きずられるように篠吉の体勢が崩れた。そこへ聡四郎は太刀を伸ばした。長柄鉤が手元に一尺ほど残して消えた。

長柄鉤を持った男が二人、同じように口を開けた。

「あっ」

「えっ」

呆然としている二人の横を駆けぬけながら、聡四郎が太刀をひらめかせた。

二人の首から血が噴きだした。

「総左《そうざ》、おめえがなんとかしろ」

兄貴分が残った長柄鉤の男に言いつけた。

「へ、へい」

総左の腰はすでに後ろに退けていた。

聡四郎は、歩くように間合いを詰めていった。

「わ、わあああ」

総左があわてて長柄鉤を振りまわしたが、聡四郎の身体をかすりもせず、地面に食いこんだ。

聡四郎は顔色も変えずに進んで、太刀を突きだした。何の抵抗もないように、太刀が首の中央を貫いた。

叫び声をあげようと口を開いた総左だったが、一言も出せずに死んだ。

「ば、化けもの。に、逃げろ」

兄貴分が蒼白《そうはく》な顔で言い捨てると、最初に背中を向けて走りだした。残った男たちもあとを追った。

聡四郎は、姿が消えるまで見送ると、片手を失って見捨てられた男のもとへ近づいた。

「むん」

気を失っている男の背中に活《かつ》を入れた。

「うっううっ」

男がうめき声を上げて目を覚ました。

焦点の定まらない瞳が、聡四郎を捉《とら》えた。

「ひ、ひいっ」

聡四郎と気づいて、男が逃げようと暴れた。

「動くな。血を失いすぎて死ぬぞ」

聡四郎は持っていた手ぬぐいで傷口を押さえはしたが、流れだした血の量からすでに助からないことはわかっていた。

「い、嫌だ、死にたくねえ」

男がわめいた。

聡四郎は、わざと低い声で訊いた。

「外道医《げどうい》に連れて行ってやる。誰に命じられた」

「し、知らねえ。兄貴に言われたから来ただけだ」

男の身体が、震えはじめた。

「おまえの名前は」

「三次」

「紀伊国屋文左衛門の配下か」

「あ、あんな大物が、お、おいらなんかを相手にしてくれるものか」

三次の声から力が抜けた。

「ちくしょう、目が、目が……日が暮れやがった」

それが最後だった。

「来世は、まともな者として生まれてこい」

聡四郎は、そっと男の身体を地に置いた。

太刀についた血糊《ちのり》を懐紙で拭い、心得として持っている鹿革の裏で拭く。人を斬ったあとは、こうしてから鞘に戻すのだ。

聡四郎は、ゆっくりと永代橋へと歩みを戻した。

永代橋を渡った聡四郎は、背後につけてくる気配がないことを確認して、相模屋伝兵衛宅へと向かった。

「突然すまぬ。訊きたいことがあって参った」

聡四郎は、相模屋伝兵衛に頭をさげた。

「いえいえ。人入れ稼業の頭など、火鉢の前に座っていることぐらいしかすることもございませぬ。暇をもてあましておりますれば、いつなりとてもお見えくださいませ。あいにく娘は他行しておりまするが」

相模屋伝兵衛が、気にするなと首を振った。

聡四郎は、永代橋の向こう、深川で見聞きしたこと、先ほど襲われたことなどを順をおって話した。

相模屋伝兵衛は、聞き終わると口を開いた。

「紀伊国屋文左衛門でしょうなあ」

「やはり。拙者が邪魔になってきたのでござるな」

「いえいえ、そんなに単純ではございませぬ。そんな簡単な男なら、紀伊国屋文左衛門は、ここまでの豪商にはなっておりませぬよ」

聡四郎には、相模屋伝兵衛の言うことがわからなかった。

「どういうことでござるか」

「おそらくでございまするが、ここ数日中に紀伊国屋文左衛門から、水城さまへお誘いが参ると思いまする」

相模屋伝兵衛が、小さく笑った。

「誘いがでございますか。命を狙ったあとで」

聡四郎は、目をむいた。

「水城さまは、世間をご存じない。いや、けっしてそれを嘲《あざけ》っているのではございませぬ。いまどきのお侍さまにしては珍しいと感心しているのでございます。通常、お役に就くためにそれ相応のお金と下動きが要りまする。役づきのお旗本衆は、下手な商人よりも、気がまわられます」

相模屋伝兵衛が、ゆっくりと話した。

武よりも金が幅を利《き》かす世の中になってひさしい。旗本も剣よりそろばんの得意な者が優遇されていた。

「そういうものでございましょうか」

「はい。紀伊国屋文左衛門は、硬軟の手だてを同時に使ってここまできた男でございます。脅しとおだて。一度脅しておいて、おだてあげることで相手を従える。

そのまた逆も効き目がありまする。おだてに酔い天狗になって手綱《たづな》を嫌がるようになったら、こっぴどく痛い目にあわせる。これでたいがいの者は、紀伊国屋文左衛門の言いなりになりまする」

相模屋伝兵衛が、ものを知らぬ子供に教えるようにおだやかに言った。

「となりまするると、次は、拙者を取りこみにかかると」

「はい」

「きっぱりと断ってくれましょう。なれ合うつもりはございませぬ」

聡四郎は、断言した。

「いえいえ。お会いになるべきでございまする。孫子《そんし》でしたか、彼を知り己を知れば百戦殆《あや》うからずと申しましたのは。それに紀伊国屋文左衛門に会うのはなかなか難しいことでございますから」

相模屋伝兵衛が聡四郎をさとした。

紀伊国屋文左衛門が動かす金は一年に数十万両といわれる。そのおこぼれに与《あずか》りたいと思っている連中は、それこそ掃《は》いて捨てるほどいる。

紀伊国屋文左衛門に面会を求める者はひきもきらず、会いたいと話をしてから、一年待たされることもあるという。いや、会えない者の方が多い。

「わかりもうした。どのような男か、顔だけでも見て参りましょう」

聡四郎は、立ちあがって帰途についた。

二

屋敷についた聡四郎を待っていたのは、興奮した顔の父、功之進であった。

「紀伊国屋文左衛門どのから、おまえに宴席の誘いが参っておるぞ」

「はあ」

聡四郎は相模屋伝兵衛から聞かされていたこともあって、気のない返事をした。

「喜ばぬのか。あの紀伊国屋文左衛門どのからの誘いぞ。老中方とも膝をつめて話ができる天下の豪商だ。その大人物の目にそなたはとまったのだ。これで出世は思いのままよ。遠国奉行はおろか、勘定奉行でさえも夢ではないのだぞ」

功之進が、必死になっていた。

聡四郎にもわからないでもなかった。

功之進は、役人としては凡庸《ぼんよう》であった。家を継いですぐに勘定方になったはいいが、出世には縁がなく、祖父がいたった勘定組頭はおろか、勝手方勘定にさえなることなく終わった。

それがよほど悔しかったのか、功之進は長男に期待をかけ、早くから役付になれるよう、金を撒き、有力な旗本の娘との縁組みにまで手を伸ばした。

だが、長男は早世《そうせい》し、結局跡を継いだのは勉学にあまり熱心ではなかった四男、聡四郎であった。

「一度はあきらめた水城家の名をあげるときがきたのだ」

一人で力を入れている父を、聡四郎はさめた目で見ていた。

「よいか、聡四郎。なにがあっても紀伊国屋文左衛門どのの機嫌を損ねないようにせよ。この泰平の世で出世していくには、誰かの引きがなければ無理だということを忘れるな」

「気をつけまする」

聡四郎は、功之進にはなにも告げず、承諾だけ伝えて自室へ向かった。

喜久が、着替えの準備をしながら待っていた。

「大旦那さまは、四郎さまのご出世の機会がきたことを、心の底から喜んでおられるのでございますよ」

聡四郎を赤ん坊のころから育ててきた喜久には、紀伊国屋文左衛門の招きを歓迎していないことを気づかれていた。

「わかるがな。どうも父上の考えにはついていけぬ」

すれていない聡四郎には、功之進の焦りが理解できなかった。

「四郎さまのお好きになさればよろしいのでございますよ。水城家の当主は、四郎さまなのですからね」

喜久が、聡四郎の背中に小袖を掛けた。

「ああ」

聡四郎は、すなおに首肯した。

紀伊国屋文左衛門の招きは、三日後になっていた。駕籠で迎えにくるというのを聡四郎は固辞した。

駕籠に乗っているときに槍で襲われることを危惧《きぐ》したのだ。剣術遣いとしての心得であった。

「吉原の大三浦屋で、七つ半（午後五時ごろ）にお待ちしておりまする」

当日、紀伊国屋文左衛門の使いが念押しにやってきた。

「承知。遅れぬようにいたす」

下城してきた聡四郎は、着替えると早足で吉原に向かった。

剣に明け暮れていた聡四郎は、吉原に足を踏みいれたことがなかった。

聡四郎の屋敷のある本郷御弓町から吉原へは、加賀前田百万石の屋敷を左に見ながら東へ進み、不忍池《しのばずのいけ》をこえて、東叡山寛永寺の壁際を東北へ進んで、突き当たり手前で東に曲がり、浅草寺を抜ければいい。一里（約四キロメートル）と少しあるが、聡四郎の足なら小半刻《こはんとき》（約三十分）ほどで行ける。

聡四郎はあとをつけてくる者の存在を知りながらも振り返ることなく、吉原の大門を潜った。

徳川家康によって認められた唯一の公認遊廓である吉原は、明暦の火事で焼けるまで、葺屋町にあった。灰燼に帰した悪所を江戸城から一里も離れていないところに再建することを幕府は許さず、浅草への移転を命じた。

浅草の向こう、山谷堀《さんやぼり》から日本堤を越えたところに再建された遊廓は、かつてのものを凌駕《りようが》する南北百三十五間（約二四五メートル）、東西百八十間（約三二七メートル）、総坪数二万七百六十七坪におよぶ壮大なものであったが、その繁華は往時に及びもつかなかった。

遠くなったことで、客足が遠のいたのだ。

その新吉原で三浦屋四郎左衛門は、変わらぬ人気を誇っていた。名妓《めいぎ》と呼ばれる女を多く抱えていたからであった。

吉原創設以来の名見世である大三浦屋の造りは、大きく立派である。間口は五間（約九メートル）あり、いつもなら入り口の左手にしつらえられた格子枠の中では、見世が誇る遊女たちが、客の遊び心を射止めようと絢爛《けんらん》さを競うが、今宵は誰もいなかった。

格子枠から見世を覗《のぞ》いた聡四郎に、忘八が声をかけた。

「お殿さま、せっかくのお見えながら、今宵は買いきりとなっておりやして。申しわけございやせんが、出直していただくか、よその見世へ足を運んでくださいますようにお願い申しやす」

その声に周囲の見世から忘八が出てきて、聡四郎にすり寄ってきた。

「どうぞ、山本《やまもと》屋でござい」

「西田《にしだ》屋で」

驚いた聡四郎は、慌てて言った。

「いや、妓《おんな》を求めにきたのではない。紀伊国屋文左衛門どのの招きで参ったのだが、紀伊国屋文左衛門どのは、すでにお見えか」

最初、なにしにきやがった、雰囲気の読めない田舎者め、といわんばかりの不審な目で聡四郎を見ていた大三浦屋の忘八の態度が、紀伊国屋文左衛門の名前が出たとたんに変わった。

「これはこれは、お見それいたしやした」

忘八は、見世のなかへと首を向けると、大声で叫んだ。

「お見えでござあああい」

「ええええい」

受ける声を聞いた忘八が、手を取らんばかりにして、見世のなかへと聡四郎を連れこんだ。

紀伊国屋文左衛門は、なんと大三浦屋ののれんを潜った玄関口に腰掛けて、聡四郎を待っていた。

「お勘定吟味役水城聡四郎さまでいらっしゃいますか。わたくし八丁堀《はっちょうぼり》で材木商を営んでおります紀伊国屋文左衛門と申しまする。以後お見知りおかれまして、よろしくおひきまわしのほど、お願い申しあげまする」

聡四郎の姿を認めるなりさっと立ちあがって、にこやかに挨拶をしてきた。

紀伊国屋文左衛門は寛文九年（一六六九）生まれで、今年で四十四歳になった。

貞享四年（一六八五）生まれで二十六歳の聡四郎より十八歳の年長である。

だが、その物腰は、商人と旗本という身分差をふまえても慇懃《いんぎん》であった。

「これは、ごていねいなことを。ご挨拶いたみいります。水城聡四郎でござる。ご高名な紀伊国屋文左衛門どのにお目にかかれて、光栄に存じまする。また、本日は、厚かましくもお誘いにのらせていただきました」

聡四郎も挨拶を返した。

二人の間に三浦屋四郎左衛門が、割って入ってきた。

「上がり間口でお話をされては、私どもが困りまする。さあ、座敷の用意が整っておりますれば。どうぞ、そちらへ」

三浦屋に案内されたのは、大三浦屋二階にある格子女郎おしづの部屋であった。

おしづは、武士の娘であった。父の浪人によって生活に窮した家族を救うため、吉原に身売りした。容姿もさることながら、詩、和歌、俳諧につうじ、いずれは太夫にといわれている名妓であった。本来なら見世ではなく揚屋《あげや》という貸座敷に呼ばれなければならないが、そこは紀伊国屋文左衛門である。しっかり無理を通していた。

格子の部屋は、そう広くもないが、客二人とそれぞれにつく遊女だけなら、十分である。

紀伊国屋文左衛門にうながされて、聡四郎は座敷の奥に腰をすえた。その前に膳が置かれる。

仕出し屋から届けられた料理は、聡四郎が初めて見るものばかりであった。

「まずは、お近づきのしるしに一献《いっこん》」

紀伊国屋文左衛門が差しだす片口から、聡四郎は酒を受けた。

「儂《わし》にも注いでくれるか」

紀伊国屋文左衛門が、おしづに命じて杯を満たさせた。

「お召しあがりを」

おしづが、柔らかい声で勧めた。

二人は手にした杯を干した。

聡四郎は、喉を流れていく酒の芳醇《ほうじゅん》さに驚いた。

「うまい」

紀伊国屋文左衛門が、にこやかに応えた。

「摂津《せっつ》は灘《なだ》の酒蔵から取り寄せております。お気に召されましたら、お屋敷の方にも一樽お届けいたしまする」

「いやいや結構でござる、普段は酒を飲みませぬゆえ」

聡四郎は、断った。

「さようでございますか。ならば、三浦屋においでくだされば、いつでもご賞味いただけますように、いたしておきまする」

紀伊国屋文左衛門が、さらりと言った。

聡四郎は、その如才《じよさい》のなさにあっけにとられていた。相模屋伝兵衛の言ったことが少しわかった気がした。

「さっそくでござるが、本日お招きいただいたご主旨《しゆし》をお教え願いたいと存ずる」

聡四郎は、さっさと用件をすませて、紀伊国屋文左衛門の前からたち去るつもりでいた。

「用件と申しますほどのことはございませぬ。水城さまのお役目就任のお祝いと、お目どおりを願う挨拶とでも思《おぼ》し召しくだされば」

勘定吟味役は、普請にかかわる商人を決める権限を持たないが、その支払いを止める権利を持っている。紀伊国屋文左衛門が誼《よしみ》をつうじたがるのも当然であったが、その裏がどこにあるのかぐらい、聡四郎にもわかっていた。

「それはかたじけない。ならば、顔合わせも終わったことでござれば、引き取らせていただこうか」

聡四郎は腰をあげかけた。

その腕に聡四郎の隣についていた遊女がしがみついた。

「主《ぬし》さま、それはあまりではございませぬかえ」

最初にもみじと名乗った遊女は、おしづと同様、人目を惹《ひ》くだけの容姿をしている。それが、くずれるようにしなだれかかってきた。

「そうでございますよ。本日三浦屋は、わたくしが買いきり。吉原のしきたりもお気になさらずともけっこうでございまする。お気に召されましたら、少し早うございますが、お床入りなされてもよろしいかと」

紀伊国屋文左衛門もけしかけた。

「お大尽も、ああおっしゃってますする。さあ、主さま、あちきの部屋までおいでくだしゃんすな」

もみじが立ちあがって、聡四郎の袖をひいた。

「たまには思いのままになさることも肝要《かんよう》でございまする。人も元をただせば獣《けもの》でござる。誰もが内に秘めたる獣を飼っておりまする。それを押さえこめればよろしいが、なかなかできませぬ。ならば、たまに放して、たまった欲望を散じてやりませんと、かえってよくないこととなりかねませぬ。そのために金というものはあるのでございまする」

紀伊国屋文左衛門が、聡四郎をけしかけた。

聡四郎は紀伊国屋文左衛門の瞳のなかに暗黒を見た。

「さあ、主さま」

もみじが目配せをした。

「あ、ああ。では、ごめん」

聡四郎は手を引かれるままに部屋を出て、二つ隣の部屋に入った。

「しばらく、ご辛抱くだしゃんせ」

もみじが、とまどっている聡四郎に言った。

「なんだ」

聡四郎は訊いた。

「今すぐに出られますと、あまりに露骨《ろこつ》でありんす。紀伊国屋文左衛門さまは、豪儀《ごうぎ》なお方でありんすが、敵に回せば、これほど怖いお方もあらしゃいませぬ。主さまは、お金の真の恐ろしさをご存じではありませんわいな」

吉原の遊女は、嫌というほど金の怖さを知っている。金の前には、なまじの気概や力などなんの役にもたたないのだ。

聡四郎を座らせて、もみじが茶を淹《い》れた。

「あちきと馴染《なじ》みにならずともよろしいでありんすが、座を蹴ってたつというのは、喧嘩を売るのも同じ。世の中は、それでは渡って参れやしませんわいな」

歳下の遊女に教訓を垂れられて、聡四郎は苦笑した。

「そうだな。戦いをするにも時期というものがある」

聡四郎は出された茶を喫した。

「そなたのことを聞かせてくれぬか」

聡四郎はもみじに問うた。

「お聞かせするほどのものではございませんが、あちきは大工の娘でありんした。母は幼くして亡くなり、父とふたり暮らしでありんしたが、ある日父が足場から落ちまして、両足を折ってしまったのでありんす。あとはお定まり。日銭は入ってこない、父の医者代はかさむ。ほんの少しのつもりで借りたお金が返せるわけもなく、利子が利子を呼んで、あっという間に三倍になりりんした」

「そうか」

聡四郎は辛《つら》いことを話させたと頭を軽くさげて、もみじの話を止めた。

こういうところが、相模屋伝兵衛に世間を知らなすぎるといわれるゆえんであった。

「では、そろそろ帰るとするか」

聡四郎と一緒にもみじも立った。

「見送りなら不要だが」

「いえ、お見送りをしなければ、あちきが叱られるでありんす」

もみじが首を振った。

他の遊廓と違い、吉原に多くのしきたりがあるのは、遊女と客の仲を夫婦になぞらえているからだ。

ほんの二刻《ふたとき》(約四時間)ほど、仮初《かりそ》めとはいえ、夫婦として遊女と客は接することになる。

吉原は客にとって家庭なのだ。帰っていく客は、仕事に向かう夫であり、遊女は送り出す妻なのだ。

「お刀を」

玄関先で、もみじが忘八に命じた。

吉原では、荷物を持ってあがることは許されていなかった。それは武家の両刀といえども同じである。

聡四郎は忘八から刀を受け取ると、腰に差した。

「世話になったな」

「またをお待ちいたしてありんす」

聡四郎はもみじだけでなく、多数の忘八に見送られて大三浦屋を出た。

その後ろ姿を、二階から紀伊国屋文左衛門が見下ろしていた。

聡四郎も男である。女も知っていた。ただ、当主になるまでは、やっかい者の末っ子として十分な小遣い銭も与えられていなかったので、そう何度も悪所がよいをしたわけではなかった。

吉原で久しぶりに嗅いだ脂粉《しふん》の匂いと、押しつけられた女体の柔らかな感触は、聡四郎を惑わせるには十分であった。なによりも、紀伊国屋文左衛門からあびせられた人の心の黒さへの反発が、精神を高揚《こうよう》させていた。

翌朝、着替えを手伝いながら喜久が言った。

「ご辛抱はなさらなければなりませぬが、しすぎはよろしくございませんよ」

「…………」

聡四郎は、喜久に背中を押された気がした。

「行ってらっしゃいませな、道場へ」

勧められて聡四郎は、下城後、その足で道場へ行くことにした。

入江無手斎は、夕餉の支度をしていた。

麦飯に漬け物、菜の煮物だけの質素なものだ。

入ってきた聡四郎の顔を見て、入江無手斎が口を開いた。

「取りつかれたか」

「はあ」

聡四郎は力のない声で応えた。

「剣気が、残っておらぬ。剣術遣いではないか」

入江無手斎が、じっと聡四郎を見つめた。

「女か、いや、女だけではないな」

入江無手斎が、見抜いた。

聡四郎は、白状した。

「紀伊国屋文左衛門に会いましてございまする」

「気圧《けお》されたか」

「はい」

聡四郎がうなずくのを見て、入江無手斎が笑った。

「当たり前じゃ。紀伊国屋文左衛門とお主《ぬし》では、くぐった修羅場の数が違う」

「……………」

聡四郎は驚きで声も出せなかった。

「なぜだかわからぬという顔をしておるな」

入江無手斎が心底楽しそうな顔をした。

「確かに剣で対峙すれば、紀伊国屋文左衛門はお主の敵ではない。だが、人としての経験を武器とすれば、お主は紀伊国屋文左衛門の足元にもおよばぬ。江戸という町で一番の商人といわれるようになるためには、才覚だけでは無理よ。必ずや何度となく命を賭けたやりとりを越えてきておろう」

「はあ」

聡四郎はまだわからなかった。

命を賭けた戦いなら、聡四郎もつい先日経験している。

「まだわからぬか。仕方ないのう。鈍い弟子をもった師匠の宿命かの。ついて参れ」

あきれたように言って、入江無手斎は、聡四郎を道場へとうながした。

入江無手斎が、木刀を二つ手にした。袋竹刀を使う一放流だが、型《かた》を覚えるために木刀を使うこともあった。

板張りの道場の中央、二間（約三・六メートル）の間合いを空けて師弟は剣をかまえた。

一放流の基本は居合いに似た鞘内《さやうち》の型と、剣を抜いた型の二つからなる。剣を抜いた型は、他流に似ているようで違う。

青眼《せいがん》よりもわずかだが剣先を左右にずらすのだ。こうすることで剣先が触れあうことなく間合いを短くできる。小太刀から発生した一放流独自の型であった。

二間の間合いなど木刀をかまえてしまえば、ないにひとしい。双方が大きく踏みこめば十分届く。

「聡四郎」

怒鳴りつけるように、入江無手斎が聡四郎の名を叫び、すさまじい殺気を放った。道場の板戸が震えた。

「おう」

聡四郎も腹の底から返した。こうしないと気迫負けして勝負が始まる前に敗北が決まる。

入江無手斎の殺気は、聡四郎がいままで感じたことがないほど強いものだった。

「…………」

聡四郎は、入江無手斎の目に、紀伊国屋文左衛門と同じ漆黒《しっこく》の闇を見た。

「本気で来よ。儂も真剣のつもりで相手をするからの」

入江無手斎の声は、低いながらもはっきりとした意志を見せた。

「仕合《しあい》でございますか」

「ああ。殺しあいじゃ」

入江無手斎が、聡四郎にふたたび殺気を送った。

聡四郎は、背筋が粟立つのを感じた。

六歳で入門して以来、これほど恐ろしい入江無手斎を見たことがなかった。

柳生新陰流《やぎゅうしんかげ》、小野《おの》派一刀《いっとう》流などと違って、一放流は江戸では無名に近い。弟子の数も少なく道場もここだけだ。

無名の道場は侮《あなど》られる運命にある。聡四郎が毎日のようにかよっていたころ、何度となく道場破りの訪問をうけた。

純粋に剣の道を問うて訪れる者には、ていねいに応じるが、金をゆすることを目的としている道場破りを入江無手斎は、容赦なく叩き伏せた。

「道場破りだけでは満足がいかぬようになるときが来る。そのとき迷惑を被るのは、力なき民たちだからな」

弟子たちに相手をさせることなどなく、入江無手斎は道場破りたちを地に這わせた。殺すことまではしないが、二度と剣が握れないように拳を砕くか、肩の骨を割るか、肘の関節を折った。

そのとき見せる殺気など、今の入江無手斎から放たれている気迫に比べれば、そよ風のようなものだ。

「来ぬのか、ならば、儂から行くぞ」

入江無手斎の姿が消えた。

聡四郎は、迷わず後ろにさがった。一度ではなく、二度三度と後ろも見ずに跳んだ。道場の壁の圧迫感を背中に感じて、聡四郎は右に回りこもうとした。

「遅い」

目の前に入江無手斎の顔が迫った。

聡四郎は、木刀をほとんど振りあげることなく、まっすぐに叩き落とした。

入江無手斎と聡四郎の身長には五寸（約一五センチ）ほどの差があった。背の高い聡四郎からなら振りあげずとも、わずかながら勢いがついた。

甲高い音を立てて聡四郎の木刀ははじかれた。

「ちっ」

咄嗟《とっさ》に出した一撃は、重さがなかった。聡四郎はもう一度右に回りこもうと足を送った。

「………」

入江無手斎が無言で木刀を押しつけてくる。鍔迫《つばぜ》り合いになった。

力と力で相手を押し合う鍔迫り合いは、体格の大きなものが有利である。

聡四郎は上からかぶさにかかって体重を預けた。

「軽いわ」

入江無手斎が下から押し返してきた。聡四郎の木刀が浮いていく。

鍔迫り合いは、間合いのない戦いである。押し負けることは死を意味した。

聡四郎は入江無手斎の底知れぬ力に驚愕した。

「どうした、そこまでか。師範代をと思った儂の目が曇っていたか。この程度だったとは、思いの外《ほか》だったな。ならば、引導《いんどう》をわたしてやろう」

入江無手斎が、冷たい声で宣した。

聡四郎は全身の毛が逆立った。

引き足に力を入れて身体を前に出しながら、聡四郎は浮き足で入江無手斎の膝を蹴った。

足を送ってそれを避けた入江無手斎だが、わずかに身体の中心が流れた。

聡四郎はその機を逃さなかった。蹴り足をそのまま踏みこみに変えて腕に力をこめる。木刀がきしんだ。

「やるようになった」

入江無手斎にはまだ余裕があった。

「だが、あまりに直截《ちょくせつ》すぎる」

入江無手斎が、木刀をそのままに身体をずらした。聡四郎の体重と力を受けた木刀を両腕だけで支えたのだ。

「な、なんと」

聡四郎は驚くしかなかった。剣を身体の中心におくからこそ鍔迫り合いは成り立つ。それを入江無手斎はくつがえした。

入江無手斎の木刀が傾けられ、聡四郎の木刀が滑った。

「甘いな」

仕合の最中に気を動転させた聡四郎の左腕を入江無手斎の木刀が撃った。

「ぐっ」

骨にまで響く一撃に、聡四郎は木刀を落としてうずくまった。

「参った」

聡四郎は、苦鳴《くめい》を抑えて膝をついた。

「命のやりとりをした感じはどうだ」

まだ息の荒い聡四郎に、入江無手斎が問いかけた。

「肝が縮む思いでございました」

荒い息づかいの下から聡四郎が応えた。

聡四郎は身体中の関節がきしむ痛みに、顔をゆがめた。

「紀伊国屋文左衛門は、これを何度となくくぐり抜けた。それだけではない。常に勝ちつづけてきたのだ。商人にとって命よりも大切な金を賭けての戦いは、一度負ければ身ぐるみはがされて放りだされる。勝者はすべてを得て、敗者は何もかもを失う。その恐怖は、武士が刀で闘うのとなにも変わらぬ」

入江無手斎が、ゆっくりと語った。

「聡四郎よ、おまえは、儂が育てたなかでも五本の指に入るだろう。道場での試合なら儂はもうおまえに教えることはない。だがな、命を賭けた仕合とならば、おまえはまだ儂の足元にもおよばぬ」

聡四郎は入江無手斎の言葉を痛感していた。

「これが、すなわち経験の差と心構えの違いよ」

「ありがとうございました」

聡四郎は、心から礼を言った。

「飯を喰っていけ」

入江無手斎に誘われて、聡四郎は母屋へと戻った。

夕食を馳走になった聡四郎は、入江無手斎と別れて帰途についていた。

下駒込村から本郷御弓町までは、それほど遠くはない。

すでに日はとっぷりと暮れていたが、木戸が閉まる四つ（午後十時ごろ）まではまだ間があった。

江戸の町は、辻ごとに常夜灯が設けられている。蠟燭《ろうそく》のように明るくはないが、歩くには役立つ。

豊前小倉小笠原家の抱え屋敷を過ぎると人気はまったくなくなった。

聡四郎は、稽古で入江無手斎に撃たれた左手を押さえながら、帰途を急いでいた。

「何者か」

聡四郎は、立ち止まって前方の闇をすかした。

町屋の路地から殺気が吹きつけてきた。

「水城だな」

闇のなかから声がした。

「無頼の輩に名のる名はもたぬ」

聡四郎は、しずかに左手で鯉口を切った。それだけのものが、相手から感じられた。

「無駄なことはするな。おぬしでは拙者に勝つことは出来ぬ」

闇から嘲《あざけ》るような笑いが聞こえた。

「やってみなくてはわかるまい」

聡四郎は、煽《あお》るように応えた。

「身のほど知らずは、若い者に許されたことだが、分《ぶん》を知らぬは命取りになるぞ」

闇の声は変わらず、揶揄《やゆ》するような口調であった。

「年寄りの冷や水という言葉もあるようだが」

聡四郎は、しゃべり方と内容から相手がかなり歳上だと見抜いた。

言葉をかわしながら、雪駄を脱ぎ、戦いにそなえる。

彼我の間合いは五間（約九メートル）ほどあるが、動きだせば、そのくらいの間合いはないに等しい。

闇からの殺気が強くなった。聡四郎は、身がまえなかった。身体の力を抜いて臨機応変に対応することにした。

「動けないか」

闇の声が勝ち誇った声で言った。

「…………」

聡四郎は無言で歩を進めた。

「ほう、聞いていたよりできるな」

感嘆の色合いが声に含まれた。

「むだに力を使いたくないのでな。今宵のところは、あいさつだけにしておく。

命が惜しくば、流れに身を任せるがいい。逆らえば命をなくすことになるぞ。金と女と権を手にするか、命をなくすか、考えておくことだ」

言い終わった瞬間、気配が消えた。

聡四郎は、大きく息をついた。

力を入れていなかったはずの全身が、固まったようになっていた。

三

数日後、登城していた聡四郎のもとに新井白石が訪れていた。

執政《しっせい》同様の権力を行使している新井白石だが、人を呼びつける手間が我慢できないのか、自ら出向いてきた。

「水城、どうだ」

新井白石の言葉は短い。己が鋭いだけに、配下も一を聞いてすべてを悟らねば、気に入らないのだ。

「なんとか」

聡四郎は、応えた。ときならぬ権力者の登場に内座がざわめいた。

せかせかと新井白石は、座る時間も惜しいかのように、立ったまま話しかけた。

「なにか気になることはあったか」

優秀な人材にとみに見られることであるが、新井白石は、幕政のすべてを把握しておかなければ気がすまないたちであった。また、それをやってのけるだけの頭脳をもっていた。

宝永五年（一七〇八）、日本への密航をはかって捕らえられたイタリア人宣教師シドチを自ら尋問した新井白石は、数回目で長崎からついてきていた通詞《つうじ》を介さずに、オランダ語で直接シドチと話をするまでになった。新井白石は、まったく知らなかったオランダ語をわずか数日で習得してみせたのだ。

それだけではない。シドチの弁明を論理的に否定さえした。

「万物は、偉大なる創造主によってつくられた」

こう主張するシドチに、

「なら、創造主をつくった者もおらねばなるまい」

新井白石はこう言い、

「創造主は、神であり、神は始源の存在なれば、創造されしものではない」

と食い下がるシドチに、

「天地万物を創造した神がいるというなら、神にもまた創造せる者がいたはずだ。神が生まれでることができるものならば、天地もまた自生しえて当然であろう。無から有はありえぬ」

新井白石は、そう皮肉って返した。

歴代の幕府執政となった人物のなかで、新井白石ほど怜悧《れいり》ですぐれた人物はいなかったが、同時にそれは、周囲に補佐となる人材をおこうとしないことにつながり、彼を孤高《ここう》の人にしていた。

「はい、少々調べたきことがございまする」

聡四郎は正直に答えた。

「わかった。細かい報告はせずともよい。結果だけをな。直接儂にしてくれ。では、よい報せを待っておるぞ」

言い終わると、新井白石が去っていった。

近づいてきた太田彦左衛門が、ささやいた。

「なんだったのでございましょう」

「さて、私にもわかりませぬ」

聡四郎は、わからないと首を振った。

だが、わざわざ新井白石が忙しいなかやってきたのは、聡四郎にかかってきている圧力に対する警告ではないかと考えていた。

「はあ」

太田彦左衛門が、書類を机の上においてさがっていった。それは永代橋、新大橋、両国橋の架橋に関するものであった。

「…………」

聡四郎は、無言で目をとおすと、それを懐に入れた。

永代橋が架橋されたのは元禄十一年（一六九八）、新大橋は元禄六年（一六九三）、両国橋は万治《まんじ》二年（一六五九）である。

両国橋は、明暦の火事で火に追われながら、橋がなかったために川でおぼれた人が多かったことをうけて架けられた。武蔵国《むさしのくに》と下総国《しもうさのくに》をつないだことから両国橋と呼ばれた。

新大橋は、両国橋による利便性を認めた幕府が、浜町《はまちょう》から深川六間堀《ろっけんぼり》にわたしたもので、長さは百八間（約一九六メートル）あり、両国橋に次ぐ大橋ということで新大橋と呼ばれた。

聡四郎ではどうにもわからない。普請方に訊けば答えてくれるのだろうが、それは表むきのもので、真実ではない可能性が高い。

権力者将軍の交代があったにもかかわらず、勘定方には大きな変わりはなかった。同様に普請方もほとんどそのままであった。それは普請方が、いまだに荻原重秀の支配下にあることを意味していた。

「相模屋伝兵衛どのに頼るしかないか」

困ったときの何とかではないが、江戸の人足から日雇い職人の多くを握っている相模屋伝兵衛の知識は広い。

江戸城大手門から、銀座前、元大坂町の相模屋伝兵衛の自宅までは、小半刻《こはんとき》(約三十分)ほどで行ける。七つ(午後四時ごろ)に下城した聡四郎は、若党《わかとう》と挟《はさ》み箱《ばこ》持ちの中間《ちゆうげん》を先に帰らせ、一人で訪れた。

すでに小者《こもの》をやって訪問することは告げてある。

相模屋伝兵衛は表に水を撒いて掃き清め、聡四郎を迎えてくれた。

「お待ちしておりました」

出迎えたのは、硬い表情の紅であった。

「なにかあったのか」

聡四郎は、いつもと違った紅のようすにどうしたのかと訊いた。

「別になんでもありませぬ。父が待っておりますれば、どうぞ」

冷たい表情のまま紅が、奥へと案内した。

「またもや、邪魔をして申しわけない」

聡四郎は奥の間で座っている相模屋伝兵衛に詫びた。

「お気になさらずとも。まずは、お茶など。おい」

相模屋伝兵衛に命じられた紅が、聡四郎をひとにらみしてから出ていった。

「………」

聡四郎は、なにがなにやらわからず、その後ろ姿を目で追った。

相模屋伝兵衛が、声をかけた。

「水城さま。紀伊国屋文左衛門どのとは、お会いになられたのでございましょう。そのとき何処《どこ》で宴席がございました」

「吉原の三浦屋であった」

聡四郎は悪気もなく答えた。

そこへ、紅が茶を二つ盆の上に載せて戻ってきた。乱暴に聡四郎の前に茶を置いた。

「………」

聡四郎は驚いて紅を見た。

そんな娘にため息をつきながら、相模屋伝兵衛が続けて問いかけてきた。

「で、いかがでございました」

「なんと申しましょうか。紀伊国屋文左衛門は、人というより、人を食う鬼のような気がいたしましてござる」

「鬼でございますか」

「いかにも。相模屋どのが言われたとおり、並の人物ではございませなんだ。顔を見に行くだけの価値はござったが、二度と会いたいとは思いませぬ」

聡四郎は、紀伊国屋文左衛門と会話をかわして、感じたとおりのことを話した。

「なかなか、鋭くご覧になられておられますな。さすがでございまする」

相模屋伝兵衛が、感心したように言った。

「そうであろうか。拙者には、まだあの御仁が本質を隠していると見えたが」

聡四郎は、首をひねった。

「当然でございますよ。人は、たやすく内面を見せてはくれませぬ。とくに紀伊国屋文左衛門ほどとなりますと、本質を見せるときは、相手がそれをしゃべれなくなったときでございましょう」

相模屋伝兵衛が、首肯した。

「怖くはございませなんだか」

相模屋伝兵衛が訊いてきた。

「怖かったのでございましょうが、なにが怖いのか、わかりかねまして、そのあと剣の師を訪ねました」

聡四郎は、師匠入江無手斎から教えられた必死についても語った。

「それはよいご経験をなされました。口はばったいことを申しあげるようですが、お侍さまが剣の戦いに命を賭けられるように、我ら庶民は生きていくことに命を賭けておりまするから」

「相模屋どのもご経験を」

「若いころの話でございますがね」

相模屋伝兵衛が、寂しそうに笑った。

「ところで、相模屋どの」

聡四郎が、本題に入ろうとするのを、相模屋伝兵衛が手で制した。

「夕餉の用意をいたしておりまする。お話は、そのおりにでも」

相模屋伝兵衛が、部屋の隅で黙って座っている紅に目で合図した。うなずいた紅が襖を開けてなにかを命じた。

控えていた女中によって、夕餉の膳が二人分ならべられた。

紅が、給仕係として脇に控えた。

聡四郎と相模屋伝兵衛は、無言で食事を終えた。話があるということがわかっているので酒は出なかった。

聡四郎は、茶碗についた飯粒の一つまで綺麗に取った。

「馳走でございました」

紅が入れてくれた白湯を喫して、相模屋伝兵衛が食べ終わるのを待った。

相模屋伝兵衛が箸を置いて、膳を片寄せた。

「では、お話をおうかがいしましょう」

聡四郎は、懐から書付を出した。

「これをご覧いただきたい」

書付を相模屋伝兵衛に向かって差しだした。

「ごめんくださいませ」

受け取った相模屋伝兵衛が、目を落とした。

「これは、貞享元年（一六八四）から元禄七年（一六九四）まで、十年分の御上の歳出控えではございませぬか」

相模屋伝兵衛が、聡四郎を見た。

「いかにも。お気づきになられたことはござらぬか」

聡四郎に言われて、相模屋伝兵衛がふたたび書付に目を走らせた。

「納高《おさめだか》は、ほとんど変わりませぬな。米と運上金《うんじょうきん》を合わせて、およそ千百七十万両」

米の相場の変動が原因で、多少の増減があるが、幕府の一年の年収は、十年経ってもほとんど同じであった。

「もっとも多い支払いは、当然ながら切米《きりまい》でございますか」

切米とは、知行所《ちぎょうしょ》を持たない旗本や御家人に与えられる米のことだ。金になおして三十五万両から四十万両になる。その差は、役人の数の増減によった。

「作事のところを見ていただけぬか」

なかなか核心に触れてこない相模屋伝兵衛に、聡四郎は焦《じ》れた。

「これは、凄い」

世慣れた相模屋伝兵衛が驚愕の表情を見せた。

「貞享年間には、四万四千両ほどだった作事代金が、元禄七年には二十七万両ほどにふくれあがっておりますな。実に六倍でございますか」

聡四郎が後を受けた。

「他の支払いは、見てのとおり変わっておりません。二条《にじょう》、大坂、駿府《すんぷ》ご入《い》り用《よう》など、まったく同じでござる。また、お賄方《まかないかた》入り用にいたっては三分の二に減じておりまする」

「ご入り用の五分ほどでしかなかった作事が二割にまで。たしかに大火のあと江戸中で槌音が絶えなくなり申したが、ここまでとは思いもいたしませんでした」

相模屋伝兵衛の驚きは、まだ消えていなかった。

「差し引きをご覧くだされ」

聡四郎は、書付の一番下を見てくれるようにと言った。

「貞享のころは、まだ一年に二十万両とちょっと、金が残っておりました。ですが、元禄に入ってからは、逆に十万両の不足が生じておりまする」

「上下で三十万両の差でございますな」

三十万両といえば、およそ五十万石の大名家一年の収入を凌駕《りょうが》する。十年ほどの間にこれほど費《つい》えが増えたのは異常であった。

「他の年の書付はございませぬのか」

相模屋伝兵衛の問いは当然であった。

「それが、不思議なことにこの年だけしか、対比は取っておらないようで」

聡四郎は首を振った。

太田彦左衛門に命じて調べさせた幕府の普請費用の書付は、勘定方にあるはずだが、いまだ荻原重秀の支配下にある勘定方は、聡四郎の求めにも応じなかった。

「多忙でございまして」

「探してはおるのでございますが、なにぶん書付も多く」

拒否の言葉ではなく、怠慢な態度ではぐらかすのだ。

「対比の書付は、勘定吟味方の書箱にあったのでございます。訊けば、この年だけ勘定方から、勘定奉行以下勘定所全員に配られたとのこと」

聡四郎の説明に相模屋伝兵衛が、考えこんだ。

「元禄七年、元禄七年」

つぶやいていた相模屋伝兵衛が、膝を打った。

「翌元禄八年に、小判の改鋳がございました」

明瞭な答えを出したような相模屋伝兵衛がなにを言いたいのか、聡四郎にはよくわからなかった。

「おわかりになりませぬか。なぜ元禄七年だけ、このような対比をおこなったか。いえ、なぜ元禄八年に小判の改鋳がおこなわれなければならなかったか」

そこまで言われて聡四郎はやっと気づいた。

「小判改鋳をおこなうための資料と」

「おそらくは」

「となると、この資料も荻原近江守どのが作らせた」

聡四郎の思案はそこに行き着いた。

「さあ、そこまではわたくしではわかりかねまする」

相模屋伝兵衛は、それ以上口を出すことを控えた。

「いや、本当に助かり申した。おお、もうこんな刻限。では、失礼をいたしましょう。今宵は馳走になり申した」

聡四郎は腰をあげた。

「たいしたおもてなしもできませんでした。紅、お見送りをな」

「はい」

相模屋伝兵衛に命じられて、紅が立ちあがった。

廊下を先に立って歩きながら、紅が口を開いた。

「お美しい方でございましたか」

「なにがでござる」

聡四郎にはわからなかった。

「お女郎さんのことでございます」

「ああ、吉原の。たしかに美しい女性《にょしょう》でござった」

聡四郎はすなおに応えた。

「それはよろしゅうございましたね」

紅のきげんがいっそう悪くなった。

「では、お気をつけてお帰りくださいませ」

聡四郎は、追い出されるように相模屋伝兵衛の家を出た。

「なんなのだろうか」

聡四郎は紅が怒っている理由がわからなかった。

新井白石の訪問を受けたことで、聡四郎は内座で疎外《そがい》されることになった。

勘定所の支配者荻原近江守重秀と新井白石の仲の悪さは、誰もが知っている。

また、新井白石の力が荻原重秀におよばないことも知られていた。

将軍家宣の信任厚い新たな権力者新井白石に与《くみ》することが、我が身にとって得なのか、今までどおり荻原重秀に従うべきなのか、旗幟《きし》を鮮明にするに二の足を踏む連中が、とりあえず聡四郎と距離をおいたのだ。

太田彦左衛門が、苦笑した。

「げんきんなものでございまするな」

聡四郎が勘定吟味役に補されたとき、最年少であったこともあってか、かなりの人が集まっていた。

「気楽でござる」

聡四郎は、笑った。

「太田どのもお気兼ねなく」

「いえいえ。もうこの歳でござる。いまさら媚《こ》びたところで出世があるわけではございませぬ。まさか、家をつぶされることはございますまい」

太田彦左衛門が、淡々と応えた。

聡四郎は、表情を引き締めた。

「やはり、改鋳のことを調べなければなりませぬ」

「はい。諸悪はそこに集約されるようでございまする」

二人の周囲に人の姿はなく、聞き耳をたてている者もいなかった。聡四郎と太田彦左衛門は、それでも小声で話し合った。

「荻原重秀どのを調べることは無理であろうな」

「目付でもできぬことでございまする。よほどの証《あかし》でもないかぎり、藪《やぶ》をつついて蛇を出すことになりかねませぬ」

太田彦左衛門が慎重にと聡四郎をなだめた。

「では、どこから手をつけましょうや」

聡四郎は、太田彦左衛門にすがった。

勘定方のことさえわからないのだ。聡四郎には何をどうしたらいいのかわかっていなかった。

「後藤庄三郎《しょうざぶろう》」

太田彦左衛門が、一人の名前を口にした。

「金座支配の……」

聡四郎は、言葉を続けることができなかった。

金座は、勘定奉行の支配下にあり、地金《じがね》の買い入れ、鋳造などをおこなう。江戸に居を決めた徳川家康が、文禄《ぶんろく》四年（一五九五）、京の金工師《きんこうし》後藤庄三郎光次《みつつぐ》を江戸に招き、その支配頭とした。代々後藤家の世襲《せしゅう》である。

当初は、京、駿河《するが》、佐渡《さど》にも金座はおかれたが、元禄八年（一六九五）に廃止され、江戸の金座が小判など金貨の鋳造を一手に引き受けることとなった。

小判の製造は、幕府から後藤家へ請け負わせるという形を取り、後藤家は製造した小判に応じて歩合《ぶあい》を受け取る。小判には後藤家の刻印が入り、刻印の判別できないものは、通用しなくなることもあった。

「後藤家のことは、まったく知らぬのでござる」

聡四郎は、隠すことなく言った。

「わたくしもそれほど詳しくはございませぬ。勘定奉行の配下とはいえ、金座の屋敷は後藤家の管轄でございますから」

「勘定方から、どなたか小判の質の検《しらべ》に出られませぬのか」

聡四郎は不思議そうに訊いた。

「後藤家は、小判、いえ金の鋳造と改役《あらためやく》を兼任しているのでございまする」

太田彦左衛門の答えを聞いて、聡四郎はあきれた。

作る者と検査する者が同じでは、したい放題である。

「これも神君家康公が、後藤家を招かれたことに発しておりますれば」

太田彦左衛門が、言外に触れてはいけないことだとにおわせた。

「後藤家は、家康さま以来の家柄ということでございますな」

聡四郎は確認した。

神君とあがめられる家康にかかわることに手だしをするのは、幕府のなかで禁《きん》忌《き》とされていた。

「はい。もともと後藤家は、代を重ねた京の金細工師《きんざいくし》でございまする。いや、江戸の後藤家は、ちがいまする。金座初代となった後藤庄三郎光次は、もとは、橋《はし》本《もと》と名乗っていた浪人者で、後藤家に職人として弟子入りし、豊臣秀吉《とよとみひでよし》公が天下を統一され、通貨を作ろうとなされたときに頭角を現したといいまする」

天下を掌握した者のすることの第一は、税を決めるために、全国の収入を把握すること、すなわち検地《けんち》である。

次におこなわれるのが、通貨の統一である。領国ごとに金の兌換率《だかんりつ》が違えば、ものの流通に困る。全国で使える通貨を作る。秀吉は、それを後藤家に命じた。

「天正《てんしょう》大判を作ったのでござる」

太田彦左衛門のいう天正大判とは、天正十六年（一五八八）に作られたもので、拾両《じゅうりょう》と言われた。この拾両とは通貨の単位ではなく、重さが四十四匁《もんめ》（約一六五グラム）あったことを意味している。

あまりの金額の大きさに、貨幣としてではなく贈答品として扱われた天正大判を作った功績は、橋本こと後藤庄三郎の名前を一気に知らしめた。

「それを家康さまも、認められたと」

「さようでござる。家康さまは、天正大判を作った橋本庄三郎に目をおつけになり、江戸に幕府を開くにあたって金座をお任せになったのでござる」

江戸本両替町《ほんりようがえちよう》に金座を与えられた橋本庄三郎は、京の後藤家からのれん分けを許され、後藤庄三郎光次と名乗った。

「京の分家ということになりもうすか」

「はい。ですが、家康さまと結びついたことは大きく、今では大判座の後藤家はもとより、京の本家よりも勢《せい》を張っておりまする」

太田彦左衛門が、実情を語った。

江戸には、金座、銀座の他に、大判を専門に作る大判座があった。大判座は、金座の後藤庄三郎の師匠である後藤徳乗《とくじよう》の息子が初代となっていた。

いわば、後藤庄三郎の本家筋に当たる。だが、それは幕府にとっては、まったくかかわりのないことであった。

家康さま、お声掛かり。

金座後藤家は、大判座後藤家の上に立ち、将軍家お目通りも金座後藤家が先に受ける慣習となっていた。

「……………」

聡四郎は、どこから手をつけてよいのかわからなくなっていた。

荻原重秀、紀伊国屋文左衛門、金座後藤。どれをとっても大物ばかりであった。勘定吟味役とはいえ、そろばんさえまともに使ったことのない聡四郎では、太刀打ちできそうになかった。

「まずは、紀伊国屋文左衛門から手をつけていくか」

聡四郎は、ふたたび江戸市中へと出ていった。


紀伊国屋文左衛門は、八丁堀に宏壮《こうそう》な屋敷をかまえていた。

その坪数は五百坪におよび、日本橋通り一丁目の近江屋《おうみや》、白木屋《しろきや》にも負けない宏壮さを誇っていた。

聡四郎は、江戸橋を渡って八丁堀へと入った。

八丁堀は江戸城呉服《ごふく》橋御門を東に五丁（約五四五メートル）ほど進んで楓川《もみじがわ》

を渡った、四方を堀と川に囲まれた土地である。

町奉行所に勤める与力、同心の屋敷が固まっていることで知られている。与力が四百坪、同心で二百坪の敷地を与えられ、決まった造りの屋敷が建ち並ぶなかで、紀伊国屋文左衛門の屋敷はひときわ目をひいた。

素人が見てもわかる柾目《まさめ》のとおった檜《ひのき》板をふんだんに使って建てられた紀伊国屋文左衛門の屋敷だが、身分に従って門は簡素である。武家のような冠木《かぶき》門は許されず、扉を支えるだけの門柱を二本建てただけであった。

「ここか」

聡四郎は、門を少し離れたところで立ち止まった。今日のいでたちは、小袖《こそで》を着流しにして、袴ははいていない。ちょっと世慣れた旗本の次男坊か、江戸詰の藩士のように見える。

聡四郎は首をかしげた。

「閑散としすぎてないか」

紀伊国屋文左衛門はここで店も開いている。

日本橋の呉服屋白木屋ほど客の出入りがあるとは思えないが、手代《てだい》や丁稚《でっち》の姿も大違いだ。

聡四郎は、屋敷の塀に沿って一周した。

敷地の広さに比べて建っている母屋はこぢんまりとしているが、要所要所に金がかかっていることは見て取れた。

まず、屋根が瓦葺《かわらぶ》きであった。江戸の周囲に瓦を焼くところが少なく、三河国から船で運んでこなければならないこともあって、瓦は非常に高価であった。町屋で瓦葺きにしている家など江戸でも数えるほどだ。その瓦が母屋だけではなく、離れと思われる建物にもすべて葺かれている。

「あれは、湯気出しだな」

母屋の屋根のすみに小さな櫓《やぐら》のような出っ張りがあるのを聡四郎は見つけた。火事の原因となることを嫌った幕府は、江戸府中の町屋に内風呂を作ることを禁じていた。

「権と結びつけば怖いものなどないか」

聡四郎は苦い顔をした。

紀伊国屋文左衛門は、勘定奉行荻原重秀だけでなく、老中阿部豊後守《あべぶんごのかみ》をはじめとする幕閣《ばつかく》の重鎮とも親交が厚い。

とくに三年前に大老格を降りたとはいえ、五代将軍綱吉の寵愛《ちようあい》を一身に受けた柳沢美濃守吉保との仲は深かった。

これだけ権力者と近ければ、なにをしてもとおる。

「八丁堀に屋敷を建てたは、皮肉か」

聡四郎は、あきれた。

江戸の庶民を管轄《かんかつ》する町奉行所の与力同心が集まるところに、ご禁制の内風呂を作る。紀伊国屋文左衛門の傲慢《ごうまん》さが聡四郎には、受け入れがたかった。

半日ほどうろうろした聡四郎だったが、得るものはなく、屋敷に帰ることになった。

「うるさいですな、あいつは」

去っていく聡四郎の後ろ姿を屋敷のなかから窺《うかが》いつつ、紀伊国屋文左衛門が独りごちた。

第三章　黄白《こうはく》の戦い

一

いまさらなにをと思わせる触れが、幕府より出された。

「奥女中の者ども出入りいたせし商人どもから、賄賂《まいない》ならびに物品を受け取ることを禁ずる」

十日をあけずして、次の触れが後を追った。

「御上御用の職人および商人どもから、お役にかかわる者どもへ金品の授与をなすことを禁ずる」

聞いた紅《あかね》が、あきれかえった口調で言った。

「なにをやっているんだか」

聡四郎は苦笑するしかなかった。

「当たり前のことをわざわざお触れで禁じなければならないほど、いろいろあるということだろうな」

聡四郎と紅は、ぐうぜん両国広小路で出会った。

なんとか紀伊国屋文左衛門と荻原重秀のつながりを見つけだして突破口を開けようと、聡四郎はいつものように江戸市中を探索していた。

紅は、相模屋が請け負った水戸《みと》家石揚場《いしあげば》での作業のようすを、伝兵衛に代わって見にいく途中であった。

「あんたも気をつけなさいよ」

紅の言葉には棘《とげ》があった。

「拙者がか。勘定方のいろはも知らぬ者に、頼みごとをするような輩はおらぬさ」

聡四郎は、苦笑した。

事実、就任当初は多かった同役、下役、商人たちからの誘いも、聡四郎が融通《ゆうずう》の利かぬ男とわかったのか、見事になくなった。

「吉原へ喜んで行ったのは、どこのどなたさまでしたっけ」

紅が、じろりと聡四郎をにらんだ。

「喜んで行ったわけではない。拙者は断るつもりだったのを、そなたの父御どのが、紀伊国屋文左衛門と会っておいた方がよいといわれるので、誘いにのっただけだ」

「父のせいにされる気ですか。ご自分が楽しんでおきながら」

紅の言葉遣いが変わった。伝法《でんぽう》な紅がていねいになったときほど怒っている。このことを聡四郎は最近になって知った。

「なにを怒っているのかは知らぬが、拙者は楽しんではおらぬ。考えてもみよ。命のやりとりをするかもしれぬ相手と、酒を酌みかわして酔えるわけなどあるまい」

理不尽《りふじん》な物言いに、聡四郎の声もきびしくなった。

「お女郎さんとしたくせに」

紅の声が急に小さくなった。

聡四郎は、紅は男女のひそかごとに不潔感を抱いているのだとここまできてようやく気づいた。

「しておらぬ」

聡四郎も急に恥ずかしくなった。

考えてみれば、吉原に行くということは、遊女を抱くことと同義なのだ。それに気づかなかったのは、聡四郎の鈍さゆえであった。

「えっ、でも吉原というところは、そのためにあるのでしょう」

紅が、うつむいていた顔をあげた。

「紀伊国屋文左衛門と会って話をしただけだ。酒も一杯しか飲まなかった。もちろん、なにもせずに帰ったわ。拙者、金や女でつられるほど、飢えてはおらぬ」

聡四郎は、紅を見ながら応えた。

「そう。そうよね」

紅の機嫌が、一気になおった。

若い男女が、並んで話をしながら橋を渡っていく姿は、目につく。

周囲の注目を集めていることを聡四郎は感じていたが、あまりに多すぎたため、悪意のあるものが混じっていることまでは見わけられなかった。

両国橋を渡ったところで、聡四郎と紅は立ち止まった。水戸家石揚場は、南に進んで一つ目《ひとめ》橋を渡ってすぐの大川端《おおかわばた》にある。

聡四郎は宝永二年（一七〇五）におこなわれた深川堤防普請を見たあと、深川上大島町《かみおおじまちょう》の吹き替え所へと、まわるつもりであった。

深川上大島町の金座は、元禄八年（一六九五）の改鋳で、大量の小判を製造する場所として作られたものだ。

「ではな」

聡四郎が別れを告げようとしたのを、紅が止めた。

「待って。これから何処へ行くの」

「深川堤防を見にいくつもりだ」

聡四郎は、応えた。

「なら、あたしも一緒に行く」

紅が一人でうなずいた。

「仕事はいいのか。石揚場人足のようすを見にいくのではなかったのか。相模屋どのに命じられたのであろう」

聡四郎は、娘が仕事を投げだしたと知っても、相模屋伝兵衛は怒らないだろうなと思ったが、もとが気まじめである、紅のことを心配して訊いた。

「大丈夫。相模屋の人足は江戸一だから、見張ってなくてもちゃんとやることはやるわ。あたしが顔だしするのは、お屋敷への義理立てみたいなもの」

「遊びではなく、役目なのだが」

聡四郎が止めたが、紅が聞くはずもなかった。

二人は、また肩を並べて両国橋袂を川に沿って北へと進んだ。

「深川堤防も相模屋が引き受けた普請。なにかけちをつけられたんでは、相模屋伝兵衛の名前に傷がつくから。それに、あたしがいた方が便利よ。本所深川で、あたしの顔を知らない者はいないんだから」

紅が自慢するのも当然であった。

ここ数年で見違えるほどひらけた本所深川では、どこかで必ず普請がおこなわれている。相模屋は、そのほとんどに人足や大工を出すことでかかわっていた。

それでなくとも、美しくお俠《きゃん》な紅は、よく目立っていた。

紅の顔は、聡四郎よりはるかに知られていた。

「危険があるやもしれぬ。やめておいた方がいい」

聡四郎は、木場で襲われたことを思いだしていた。

「護ってくれるのでしょ」

紅が、あっさりと聡四郎に返した。

「それに白昼堂々、襲ってくる馬鹿もいないわ」

自信ありげに、紅が笑った。

紅が一度言いだしたらきかないことを、聡四郎はよく知っている。

聡四郎は折れた。危なくなれば逃がせばいい。顔見知りの多い深川なら、手助けはすぐにでも現れる。

「大人しくしていてくれ」

聡四郎は、頼むように言った。

たしかに役人である聡四郎が尋問するより、顔見知りの紅が訊く方が答えやすい。聡四郎は、利点をとった。


徳川家康が江戸に入府するなり始められた深川の造成は、いまだに続いている。新たに生みだされる土地が、天下の城下町江戸の膨張を支えていた。

深川は江戸湾の浅い干潟《ひがた》を埋め立てて造られた。それだけに水はけが悪い。土地が脆弱《ぜいじやく》なのだ。

とくに海と大川に面したところは、土が波や川の流れで持っていかれてしまう。

幕府はそれを留《とど》めるために深川に堤防を設けた。

堤防といってもたいしたものではない。川岸近くに一定の間隔で打ちこんだ杭《くい》と杭の間に板をわたして、水の力から土地を護るだけのものだ。

「これしか方法はないのか」

聡四郎は大川沿いに歩きながらつぶやいた。

作事に素人な聡四郎の目から見ても、護岸は頼りなかった。

「いい方法じゃないのよ、これ」

紅が、聡四郎の言いたいことを引き取った。

多種の職人を取りあつかう人入れ稼業を取り仕切るものは、いろいろなことにつうじている。相模屋の跡取り娘として、紅も作事や普請にはくわしかった。

「簡単でお金のかからないやり方なんだけどね。職人にも修業というほどのものは要らないし。でもね、木は水に浸《つ》かっていると腐るの」

紅が川岸ぎりぎりに立った。

ここ最近、雨が降らず、大川の水量は少なくなっていたが、その流れは力を感じさせた。

紅の隣から覗きこんだ聡四郎の目に、水に押されてたわんでしまった板が見えた。

「そう長くは持たないということか」

聡四郎は、川岸に沿って目をはしらせた。

すでに護岸の何ヵ所かは、横板がなくなっていたり、割れていたりしている。なかには、船をつける邪魔になったのか、あきらかに人の手で杭ごと抜き去られてしまったところもあった。

「ええ。けっきょく、壊れたところを修繕して、壊れたらまた修繕しての繰り返し。際限なくお金がかかるわ」

紅が、辛そうな声をだした。

「なるほど。そうやってずっと御上から金を出させるのか」

聡四郎は、これを考えた人物の頭脳に感嘆した。

「言っておくけど、これを考えたのは父じゃないから」

「わかっているさ。相模屋どのが、このような姑息《こそく》なことをなさるお方でないことぐらいはな」

聡四郎は、わずかの間に相模屋伝兵衛という人物を理解していた。

「…………」

紅が嬉しそうに頷《うなず》いた。

「石を組めばすむことなのに」

紅が川に目をやりながら言った。

城の石垣でもそうだが、石を積むには、適当にその辺の石を組み合わせていく穴太《あのう》積みの野面《のづら》積みと、石を加工して互いにしっかりかみ合うように積んでいく二つの方法がある。

工程からもわかるように、穴太積みがしっかりとして崩れにくく長持ちする。だが、穴太積みには特殊な修練を積んだ石工が必要だった。費用も日時も段違いにかかる。

「こんな杭止めじゃ、大風や大雨、洪水にあえば、あっという間。そして崩れた堤から水が流れこんで、家も人も流してしまう」

紅が、寂しそうな顔を見せた。

江戸は乾けば火事に、雨が続けば洪水に悩まされていた。

「ほんの少し、手間とお金をかけてくれたら、すむことなのに」

つぶやきを漏らした紅に、聡四郎はなにも言えなかった。

二人の間に数瞬の沈黙が流れた。

「これには、どのくらいの金がかかっているのであろう」

聡四郎が口を開いた。

「ちょっと待ってて」

紅は御米蔵《おこめぐら》へ入る掘割に隣接している渡島国《おしま》福山《ふくやま》藩松前《まつまえ》家下屋敷の潜り門を叩いた。

「誰だ……お嬢さん」

顔を出した中間《ちゅうげん》が紅を見て驚きの声をあげた。

中間とは、武家の下働きをするもののことだ。藩から与えられた紋入りの印ものを着て、木刀を一本さすことが許されている。

戦が終わったことで、禄高が増えることもなくなり、経済を町人に支配された大名の内情は何処も苦しい。

自前の中間を雇えるところは減って、相模屋伝兵衛のような口入れ屋に年季で中間を頼むのが当たり前になっていた。

顔見知りだとわかった紅が躊躇《ちゅうちょ》なく、用件を切りだした。

「悪いんだけどさ、ここの中間部屋に深川堤防の工事をやったやつはいないかい」

「中間じゃなく、小者でやすが、たしか多作《たさく》の野郎が、そんなことを言ってやした」

「そうかい。呼んでおくれでないかい」

「ちょいとお待ちを」

中間が潜りのなかに引っこんだ。

聡四郎は、紅に近づいた。

「いいのか、お役目中ではないのか」

「かまわないの。どうせ、深川の下屋敷なんて、博打場《ばくちば》でしかないんだから」

紅の言うとおりであった。

藩主のいる上屋敷、重臣たちや上級藩士の長屋《ながや》のある中屋敷と、下屋敷は大きく違う。まず、下屋敷は藩士の数が少ない上に、小身《しょうしん》の者が多い。その上、下士たちは、中間頭《がしら》から十二分に鼻薬《はなぐすり》を嗅がされている。下屋敷の主は藩士ではなく、中間たちをとりまとめる中間頭なのだ。

「そうなのだろうが」

聡四郎は言葉をきった。侍が町人に侮られるだけではなく、鼻面を引きまわされている。金の力というものをまざまざと見せつけられた思いがした。そしてそれは、吉原で邂逅《かいこう》した紀伊国屋文左衛門を思い起こさせた。

「どうかしたの」

急にきびしい顔つきになった聡四郎を、怪訝そうに紅が見た。

「いや、なんでもない」

聡四郎は微笑んだ。武家の力が町人に侵されていくのは泰平の証と考えればいい。聡四郎は己で納得した。

そこへ中間が戻ってきた。中年の小者を後ろに連れていた。

「おい、相模屋のお嬢さまが、おめえに訊きたいことがあるとよ」

「なんでやしょう」

多作が、紅を見た。

「深川の堤防普請に、かかわったんだって」

「へい」

「この堤防に幾らかかったか、知っているかい」

紅が問うた。

「全部で幾らというのは、あっしらにはわかりゃしませんが、親方に聞いた話では、一丈《じょう》（約三メートル）あたり二両二分とか」

「二両二分、そうかい、ありがとうよ」

紅が多作に銭を握らせて、別れを告げた。

明暦三年（一六五七）に幕府は、大工や左官などの手間賃を一日銀三匁ときめた。一人前の職人が二十日働いて一両になる。それからいけば、材木代が入るとはいえ、一丈でその値は高いと聡四郎は思った。

「法外ではないか」

「職人の手間と口入れ屋の上前、そして普請を請け負った大本の商人のもうけを乗せるとそんなものでしょ」

紅が、ちょっと苦そうな顔をしながら応えた。

「そうか」

門外漢の聡四郎は、紅の言うことを信じた。が、聡四郎は、紅の言葉のなかにふくまれる苦いものを感じていた。

「こんなところか」

聡四郎は、もう一度堤防に目をやった。

金を生みだす仕組みはわかったが、それを荻原重秀や紀伊国屋文左衛門につなげることが、聡四郎には出来なかった。

二人は、無言で川沿いを歩いた。

聡四郎は背中にむずがゆいものを感じた。

「さて、このあとどうするの」

紅が立ち止まって、聡四郎の顔を見た。

御蔵《おくら》橋の袂に来ていた。

「拙者は、これから金座の吹き替え所を見てこようと思う。紅どのは、帰ってくれていい」

聡四郎は、これ以上、紅を巻きこむつもりはなかった。

「そう。そうね。じゃ、あたしは、石揚場を見て帰る」

あっさりと、紅は背中を向けて去っていった。

聡四郎は、その背中を見失わないていどにつけていった。人気がなくなったことで、両国広小路では気づかなかった気配を感じていた。

聡四郎は、紅が無事に水戸家石揚場に入るのを見て、竪川《たてかわ》に沿って東へと向かった。背中に貼りつくような目は、まだあった。

金座の吹き替え所は、竪川にかかる四《よ》つ目《め》橋を越えて、御材木蔵を右に曲がり、大島橋を渡ったところにあった。

もともと小判などの金貨製造は、常盤《ときわ》橋御門の外、金吹町《かねふきちょう》でおこなわれていた。

金座支配にある何人もの小判師といわれる金細工師が、おのおのの自宅で小判を鋳造し、御金改《ごきんあらため》役所に納めていた。

それでは、一日に五百枚作るのが精一杯のうえ、完成した小判にむらがあった。勘定奉行荻原重秀は、元禄の改鋳をおこなうにあたって、この非効率なやり方を改めた。

小判の質をそろえ、さらに小判の集配を一ヵ所にすることで無駄な手間を減らすことを目的に金吹き替え所をつくり、ここに金座の一部を移したのであった。

二千五百坪ほどの敷地を有する金吹き替え所の周囲は、ほとんどが田圃《たんぼ》である。小判は、金吹き替え所の正面を流れる小名木川《おなぎがわ》を船で運ばれ、永代橋を右に見ながら豊海橋《とよみ》、江戸橋、日本橋を潜って、本両替町にある金座に運ばれていく。

天下通用の小判を製造するにもかかわらず、金座は幕府の役所ではなかった。あくまでも後藤家の請負《うけおい》であって、金吹き替え所に幕府の役人は常駐どころか、足を踏みいれることさえまれである。もちろん、大番組や徒組《かちぐみ》などの警固《けいご》もなかった。

大量の金を護っているのは、後藤家が雇い入れた者たちであった。

「何者か。ここは、金座であるぞ。立ち止まるな」

六尺棒を手にした門番が、聡四郎を見とがめた。

聡四郎は、身分を名のらずに黙って去った。勘定吟味役であることを告げれば、なかに入れるが、それは後藤庄三郎光富《みつとみ》に己の動きを教えることになり、報せはすぐに荻原重秀のもとに届くことになる。

聡四郎は小名木川沿いを西へと向かった。

紅と会ったのが、中食《ちゆうじき》を食べてすぐであった。初秋の陽もそろそろ傾き始めている。田圃しかない小名木川沿いに人影はほとんどなかった。

「そろそろ来るか」

聡四郎は、太刀の鯉口を気づかれないように切った。

背後から足音が迫ってきた。

「待て」

聡四郎は声がかかったとたん、前に奔《はし》った。

「ま、待たぬか」

思わぬ聡四郎の行動に、迫っていた声に焦りがふくまれた。

聡四郎は二丁《ちよう》（約二一八メートル）ほど駆けて振り向いた。

「に、逃げるとは卑怯《ひきょう》」

三人の浪人者が近づいてきた。すでに太刀を抜いている。

聡四郎は、ゆっくりと気息《きそく》を整えた。

「三人で一人を襲うのは、卑怯ではないのか」

聡四郎は、息も荒く、すぐに言葉を返すこともできない三人を、鼻先で笑った。

「う、うるさい」

三人のなかで一番歳嵩《としかさ》の浪人者が怒鳴った。

「水城聡四郎だな」

別の浪人が、太刀を聡四郎に向けて突きだして確認した。

「違うと言ったら」

聡四郎はからかった。

「ずっと後をつけていたのだ、偽りを申すな」

浪人者が顔を赤くして怒鳴った。

「わかっているなら訊かずともよかろう。さて、抜いているならば死合うのだろ」

家を継ぐはずではなかった聡四郎には、しゃべり方や態度に崩れたところがある。とくに剣を構えたときの聡四郎は、普段とは別人のようであった。

「我ら三人とやりあって、勝てるつもりか」

歳嵩の浪人が、驚いた顔をした。

「高橋氏《たかはし》、人を斬ったこともない若造に、力の差などわかるはずもござらぬよ」

「そうじゃ。飯田《いいだ》どのの言われるとおりよ。まあ、気づいたときには遅いがな」

二人の浪人が、口を合わせて笑った。

聡四郎は、無言で間合いを詰めた。五間（約九メートル）あった間合いが、三間（約五・四メートル）になった。

「こいっ」

油断していた高橋と呼ばれた歳嵩の浪人が、たたらを踏んで後ろにさがった。

「おそれを知らぬというのは、度《ど》し難《がた》いものよ」

残りの二人の浪人も慌てて、太刀を青眼に構えた。

一目見て聡四郎は、ため息がでた。浪人者の構えは腰が浮いていた。

「ふざけているのか」

聡四郎はあきれるのを通りこして、腹がたった。

刺客が、獲物より後で太刀を構えるなど論外である。それも素人のような型と、心得がないにもほどがあった。

「話にならぬ」

聡四郎は、背を向けるとそのまま立ち去ろうとした。

「逃げるか」

飯田が、青眼から太刀を振りあげて追いすがってきた。

「遅い」

飯田の太刀が振り下ろされるより早く、聡四郎が身体を回した。

一放流の一撃は必死の間合いで闘うことを前提としている。敵の太刀よりも早くなければ、待つのは死であった。

居合いのように鞘走《さやばし》った聡四郎の太刀は、そのまま飯田の太刀を撥《は》ねあげ、その勢いを殺すことなく、切っ先を翻して落ちた。

「ぐえええ」

飯田の右首から入った太刀は、一尺（約三〇センチ）近く食いこんでいた。

「い、飯田」

「ま、まさか、そんな」

残った二人が愕然《がくぜん》とした。

聡四郎はわずかに太刀を動かした。すでに絶命していた飯田の身体が、太刀のくびきから放たれて崩れ落ちた。

聡四郎は、血塗られた太刀を右肩に担ぐように構えた。

「侍が刀を抜いた以上、決着がつくまで鞘に収まることはない」

「ば、馬鹿な。こんなに遣うとは聞いておらぬ」

高橋が、青眼に構えたが、腕ごと震えている。

太刀の茎《なかご》が柄《つか》のなかで小刻みに揺れて音を立てた。

「伊沢《いざわ》、お主からゆけ」

高橋が、顔を聡四郎から離すことなく命じた。

「せ、拙者《せっしゃ》からか」

伊沢が、悲鳴のような声を出した。

「お主が、引きうけた仕事だろう」

高橋が、泣きそうな顔で言った。

「で、では、二人同時にかかろうではないか」

伊沢が高橋に持ちかけた。すでに二人とも腰が引けていた。

「いくぞ」

「おう」

二人が青眼に構えたまま、足をひきずるようにして間合いを詰めてきた。仲間の動きを横目に見ながらだけに、動きが鈍い。

聡四郎は、動かず腰を落とした。間合いが二間《けん》（約三・六メートル）に縮んだ。

一放流の基本、膝と腰の伸びあがる力を剣先に伝え、聡四郎は、雷速《らいそく》の一撃を真っ向から放った。

「ひっ」

伊沢が、太刀で受けようとした。それを聡四郎の一撃は、まったく気にすることなくたたき落とし、そのまま伊沢の頭から顔を割った。

「くらえ」

伊沢の死と引きかえに得た隙を高橋は見逃さなかった。左半身になった聡四郎に真っ向から斬りかかった。

聡四郎は、その動きを予測していた。間合いをなくすように左足を大きく踏みだした。

「ち、近すぎる」

高橋が、焦りの悲鳴をあげた。

このままでは、太刀の刃先は聡四郎の身体をこえる。刀で切れるのは切っ先だけなのだ。高橋が慌てて肘を曲げた。

聡四郎と高橋の間合は、二尺（約六〇センチ）をきった。

聡四郎の太刀は水平になったと同時に、軌道を変え、横薙《な》ぎになった。

「ぬん」

気合いをともなった聡四郎の太刀は、高橋の曲げた肘を斬りとばし、さらに左脇腹を存分に切り裂いた。

「ひゅう」

肺腑《はいふ》をやられた高橋が、息を吸おうとして笛のような音を立てた。

聡四郎は、返り血を避けるために太刀をそのままにして、距離をとった。袖をまくる。柄頭《つかがしら》をもって、まっすぐに引き抜いた。

傷から血を噴きだしながら、高橋が大きな音を立てて地に伏した。

太刀についた血糊《ちのり》を懐紙で拭きながら、聡四郎は周囲の気配をさぐった。

聡四郎の腕がたつことを紀伊国屋文左衛門は、材木置き場での戦いで知ったはずである。その割に、この三人の浪人は手応えがなさすぎた。

「いないか」

敵意を向けてくる気配を感じられず、聡四郎は太刀を鞘に戻した。

「まさか」

聡四郎は、小さな叫び声をあげた。

刺客の仕事の結果を見届け、雇い主に報告する。その見聞《けんぶん》役の気配がまったくないのだ。

聡四郎は、狙われているのが自分だけではないことを思い出していた。

「しまった」

聡四郎は、紅の元へと急いだ。


水戸家石揚場は、大川に面した七百坪ほどの平地であった。太い杭を隙間なく打ちこんだ丈夫な護岸で仕切られている。

石揚場は近くは伊豆《いず》、遠くは播磨《はりま》から運ばれてきた石を用途に応じて加工するところだ。屋敷の石組みにすることが多い。

竹矢来《たけやらい》で囲まれた石揚場に入った紅が、職人のまとめをしている親方に近づいた。

「どうだい」

「これは、お嬢さん。親方のご名代《みようだい》ですかい。ご苦労さまで」

親方が、額に巻いていた手ぬぐいをほどいて礼をした。

「お屋敷から命じられた数は、期日までに間に合いそうかい」

紅が問うた。

今年初めに江戸で二度の火事があった。水戸家の屋敷が焼け落ちることはなかったが、駒込《こまごめ》にある中屋敷の外塀が焼け、石組みの一部が焦げた。それの取り替えのための石を切り出すことを相模屋伝兵衛が請け負っていた。

「大丈夫で。今日一日で数は揃えられやす」

親方が自信ありげに応えた。

「そうかい。じゃ、職人の怪我にだけは十分注意しておくれな」

紅は、職人たち一人一人に声をかけてから、石揚場を出た。

両国橋付近は、江戸でも繁華な場所である。出店も多い。

将軍家御成《おなり》のときは、ただちに取り除きますからとの条件でようやく認められた両国広小路の出店は、いろいろなものを売っていた。

花、うちわ、竹細工、端切《はぎ》れなど物品を扱うものが目立つが、元禄のころから増えてきた食べ物の出店も並んでいる。田楽《でんがく》、餅、焼き魚とうまそうな匂いをあげながら客を呼んでいるなかに、最近出だした甘露水《かんろすい》の屋台があった。

甘露水の屋台は、大川の上流や、多摩川《たまがわ》のきれいな水に砂糖をとかしたものを一杯十文で売るのだ。

砂糖などはほんのわずかに甘みを感じるぐらいしか入っていないが、甘いものなどめったに口にすることのない庶民たちには好評であった。

紅は、懐から銭入れを出すと、波銭《なみせん》三枚を取り出した。

「一杯おくれな」

「へい、どうぞ」

掌《てのひら》に入りこむほど小さな茶碗に、男が瓶《かめ》から水をすくって入れた。

「ありがとうよ」

紅が、白い喉をそらせるようにして、砂糖水を飲んだ。

「ごちそうさま」

紅は茶碗を返して、人混みのなかへ戻っていった。

時刻は、ようやく七つ（午後四時ごろ）を過ぎようとしていた。

七月の半ばともなると暑さも少し落ち着く。とはいえ、まだ日中は汗ばむ。少し通りを外れれば人影はまばらになった。

「おい」

背後から声をかけられた紅が振り返ったときには、すでに身体を抱えられていた。

「な、なにをする気……」

叫んだ紅の口が押さえられた。

「駕籠を早くしろ。紐《ひも》をよこせ」

男は手慣れていた。

てきぱきと指示を出しながら、手に持っていた手ぬぐいを紅の口の中に詰めこむ。さらに紅に当て身を喰らわせた。

手早く四肢《しし》を紐で括る。

「ぐっ」

気を失った紅が、駕籠の中に放りこまれた。

水戸家石揚場で紅の帰宅を聞いた聡四郎は、小走りに両国橋を渡った。

両国橋の袂、広小路に人は絶えない。

ざっと見回した聡四郎は紅の姿がないことを確認した。

紅の家、相模屋伝兵衛宅に向かうならとおる道は決まっている。聡四郎は、早足で向かった。

小半刻もかからずに、聡四郎は相模屋伝兵衛の家に着いた。

「御免、水城でござる」

障子戸を蹴りとばさんばかりに引き開けて、聡四郎は中に入った。

「これは、水城の旦那。いらっしゃいやし」

出迎えたのは、顔なじみになった相模屋の番頭であった。

紀伊国屋文左衛門も相模屋伝兵衛も同じであるが、名のしれた店となると主が顔を出すことはなく、仕事を任された番頭がすべてをとり仕切る。

番頭が訊いた。

「主に御用で」

「紅どのは」

聡四郎は息せききって尋ねた。

「お嬢さまは、水戸家の石揚場の見回りに……」

話し出した番頭の言葉を、聡四郎はさえぎった。

「いないのだ」

「なにを仰せで」

番頭がわけがわからないといった顔をした。

聡四郎は、紅と会ってからのことを話した。

「ちょ、ちょっとお待ちを」

番頭が慌てて、相模屋伝兵衛のもとへと消えていった。

すぐに相模屋伝兵衛が、姿を現した。

「水城さま」

「すまぬ。拙者の役目に巻きこんでしまった」

「いえ、それならばよろしいのですが、もし、わたくしどものことに水城さまを巻きこんだとなっては、申しわけがたちませぬ」

一度、紅は相模屋伝兵衛のもつ権益を狙った同業者、甲州屋の手の者に襲われたことがあった。

「とにかく、水城さまはお屋敷へお戻りくださいませ」

相模屋伝兵衛が、水城の家に傷がつくことを気にして勧めた。

「もし、拙者の役目にかかわることなら、いなければ都合が悪いであろう。かかわりがないとわかれば、すぐに立ち去るゆえ」

聡四郎は、頑《がん》としてきかなかった。

相模屋伝兵衛があきらめた。

「では、そのように。おい、手の空いているものを出して、紅の居所を探せ。石揚場から帰ったのは間違いない。両国広小路の出店から、通り沿いの商家、裏長屋もだ。一軒も手を抜くんじゃねえ」

相模屋伝兵衛の口調が伝法なものになった。旗本としての身分は与えられていても、気の荒い職人たちを束ねるのが仕事である。いざとなれば地が変わる。

「へい」

集められた十数人が、飛び出していった。

結果は意外と早くわかった。

最初に紅を見たのは、両国広小路の甘露水屋であった。

いい女は目をひく。甘露水屋のおやじは、紅の姿が消えるまで目で追っていた。おかげで紅の動きが読めた。

あらためて人が散った。

人入れ稼業の凄いところは、いろいろなところに手下がいることだ。御店《おたな》の女中から、武家屋敷の若党まであちこちに目があった。

皆、相模屋伝兵衛に恩を感じているから、知っていることは隠さずにしゃべる。

「お嬢さまは、四丁（約四三六メートル）手前の備前屋さんの前の辻を曲がったところで駕籠に連れこまれやした。丁稚《でっち》がのれんの陰から覗いていたそうで」

駕籠がわかれば後は早い。

「どこの駕籠屋だ」

番頭の問いに、

「丸に与の字の半纏《はんてん》を着ていたとか」

聞いてきた職人が応えた。

「駕籠与《かごよ》か。駕籠与は甲州屋の縄張りだ」

番頭が叫んだ。

駕籠屋の多くが、駕籠かきを人入れ屋から雇い入れていた。

「備前屋の二丁四方で駕籠与を見たやつがいないかどうか、聞きこんでこい」

番頭の命令に数人が走っていった。

「駕籠与の店はどこだ」

聡四郎は、残った職人の一人に問うた。

「日本橋小網町一丁目を一本東に入ったところで。いつも障子戸が開いていて、なかで駕籠かきがたむろしてやす」

職人は何気なく応えた。

「そうか」

聡四郎は、相模屋伝兵衛に気づかれないように店を出た。

元大坂町から小網町一丁目まで聡四郎は、走りとおした。

すでに日も落ちかけていた。多くの店が大戸を閉め始めたなかで、駕籠屋だけは、夜遊びの客をあてにして、店を開けている。

聡四郎は、すぐに駕籠与を見つけた。

「おい、紅をどこへやった」

聡四郎は、なかに入るなり訊いた。

「なんなんで、お侍さん」

店先で出待ちをしていた駕籠かきが、驚いて立った。

「相模屋伝兵衛の娘、紅をどこにやったと訊いている」

聡四郎は声に殺気をまじえた。

「ひっ」

駕籠かきが、奥へと逃げこんだ。

聡四郎は、雪駄を履いたまま後を追った。

駕籠が置いてある土間をあがれば、板の間になった店、その奥には薄べりを敷いた十畳ほどの間があった。

なかで駕籠かきが、騒ぎたてた。

聡四郎は、襖を蹴りとばした。

「な、なんでえ、てめえは」

でっぷりと太った初老の男が、煙管《キセル》で聡四郎を指しながら詰問《きつもん》した。

「勘定吟味役水城聡四郎だ。相模屋伝兵衛の娘紅どのを何処へ運んだ」

紅の名前を聞いた駕籠与の目が、一瞬動いたのを聡四郎は見逃さなかった。

「なんのことだか、わからねえな」

とぼけた駕籠与を聡四郎は蹴りとばした。

「ぐへっ」

壁に背中を打ちつけて駕籠与がうめいた。

「親方に、なにしやがる」

周囲にいた若いやつらが、いっせいに立ちあがって聡四郎に迫った。

聡四郎は無言で、叩きのめした。

間合いが狭いことが特徴の一放流は、太刀打ちだけでなく、拳打ち、蹴りわざ、投げわざも修行の内である。

聡四郎は腕をあげてかかってくるやつの脇の下に拳を、体当たりを狙ってくるやつの腹に蹴りを喰らわせた。

たちまち悲鳴をあげて三人が、転がった。残った二人も戦意を喪失していた。

「さて、話をしようか」

聡四郎は、壁際でうめいている駕籠与に冷たい声を投げた。

「なんのこと……」

まだとぼけようとする駕籠与の腹に遠慮なく蹴りをみまった。

「おい。紅は女だ。男と違って護るべきものがある」

聡四郎は、太刀を抜いた。

「女には命に代えても失うわけにはいかないものがある。紅なら自害するであろう。そうなる前に助けなければ意味がない。寸刻といえども惜しい。さっさと言え。今のような戯言《ざれごと》は聞かぬ。次は、斬る」

聡四郎の全身から殺気が陽炎《かげろう》のようにあがった。

「ひいい」

妙な匂いがした。配下の一人が失禁していた。

「わかった。相模屋の娘は、甲州屋の河岸蔵だ。場所は、松島町《まつしまちょう》の堀沿い。松島稲荷の隣だ。大きく甲と書いてあるから、すぐにわかる」

駕籠与が震えながらしゃべった。

「嘘だったり、間に合わなかったときは、生かしておかぬ」

聡四郎は、全員に当て身を喰らわせると駕籠与の店を後にした。

松島町についたとき、すでに紅がかどわかされてから一刻《いっとき》（約二時間）が過ぎていた。

薄暮《はくぼ》のなかに浮かんだ甲州屋の河岸蔵は、堀に面していた。

河岸蔵は、廻船《かいせん》問屋などが運んできた荷を売り先が見つかるまで、あるいは、荷出しの船が整うまで賃貸しする蔵である。

金を取るだけに盗難や火災への備えは厚い。屋根は瓦葺き、扉は火災に耐えるように漆喰《しっくい》で塗り固められている。その扉には頑丈な閂《かんぬき》がかけられていた。

聡四郎は、一目で状況を理解した。

河岸蔵の扉を護るように、ごろつきたちが四人たむろしていた。

駕籠がおかれていることから、二人は駕籠与の駕籠かき、残りの二人が甲州屋の手下と聡四郎は見た。

聡四郎は、無言で駆けよった。

「なんだ、てめえ」

聡四郎の姿を見つけた二人の駕籠かきが、脇に置いていた杖をかまえた。

「邪魔だ」

聡四郎は、走ってきた勢いのまま太刀を抜くと、左右から杖を振りおろしてきた駕籠かき二人の中央に躍りこみ、杖を斬りさげ斬りあげた。

乾いた音をたてて杖が半分になった。

聡四郎は、太刀の峰を返すと、駕籠かき二人を続けさまに撃った。

肩の骨を叩き折られて、二人は声も出さずに昏倒《こんとう》した。

「野郎、相模屋の娘にまとわりついている二本差しだな」

甲州屋の手下が、聡四郎の顔を見て叫んだ。

「しつけえ野郎だぜ」

「親方が、相模屋の娘を往生させちまうまで、けっして通すんじゃねえぞ」

二人が、顔を聡四郎に向けたまま会話した。

聡四郎の顔色が変わった。

「往生させるだと。ふざけるな」

聡四郎は、太刀の峰を戻した。殺気がほとばしった。

「やっちまえ」

聡四郎の殺気に感応した手下たちの顔色が紅くなっていく。頭に血が上ったのだ。

こうなると無頼は命を平気で捨てる。二人は懐から匕首を取りだして、鞘を投げた。

「ぎゃああ」

大声でわめきながら一人が突っかかってきた。

聡四郎は、太刀を真下に押すようにして、手下の肩を割った。

匕首から力は抜けたが、体当たりを聡四郎は受けた。

「死にやがれ」

間をあけずに残った一人が突いてきた。

紅のことで気が昂《たか》ぶりすぎていた。聡四郎が、わずかに遅れた。腰にあたっている先ほどの手下が、邪魔になった。

「くっ」

とっさに身体をひねったおかげで、匕首は聡四郎の脇腹をかすって流れた。

聡四郎は、太刀を下段から振りあげた。

「がふっ」

手下の喉が裂けた。

寄りかかったまま絶命した二人を振り払うと、聡四郎は脇の傷を気にすることなく、河岸蔵の扉の前で太刀を構えた。

河岸蔵の扉には、邪魔が入らないようにと鍵がかけられていた。

聡四郎は見張りの手下の懐を探る時間も惜しんだ。

腰を据えて太刀を真っ向から斬り落とした。

四つ胴を試す据えもの斬りに近い。重みのある一撃は、河岸蔵の鍵を二つにしたが、太刀も柄元《つかもと》から折れた。

聡四郎は惜しげもなく太刀を捨てて、脇差《わきざし》を抜いた。

扉を押し開けると、河岸蔵のなかは、四つの灯りで照らされていた。

中央の床のうえ、猿ぐつわを噛まされ、両腕を真後ろで縛られた紅の上に甲州屋がのっていた。

甲州屋は四十がらみの体格の大きな男であった。

紅の胸元ははだけられ、豊かな乳房があらわになっている。裾も大きくはだけられ、白い太股までさらけていた。

紅は声にならないうめきをあげて、必死に抵抗していた。

「おとなしくしろい。この甲州屋さまの女房にしてやろうというんだ。可愛がってやるからよ」

紅の抵抗を抑えることに夢中になっているのか、甲州屋は聡四郎が入ってきたことに気がつかなかった。

聡四郎は、叫んだ。

「紅」

呼びかけに反応したのは、紅よりも甲州屋が早かった。

「な、なんでえ、てめえは」

紅の上から起きあがり、横に置いてあった長脇差《ながどす》を手にした。

「黙れ。きさま、人としてしてはならぬことをやったな」

聡四郎の目が冷たく光った。

「ひっ。な、なにを言ってやがる。おい、誰かいねえのか」

扉の外に声をかけても応える者はいなかった。

聡四郎は、下段にかまえた脇差を撃ちあげた。甲州屋の手から長脇差がとんだ。

「げっ」

甲州屋が聡四郎の右をとおり抜けて、逃げようとした。

ひらめいた聡四郎の脇差が、甲州屋の右手をとばした。甲州屋が痛みのあまり、悶絶《もんぜつ》した。

「紅どの、大丈夫か」

聡四郎が、脇差を脇に置いて紅の側に屈《かが》みこんだ。

紅の顔に涙があふれていた。

聡四郎は、紅の目を覗いた。瞳に妙な力を感じた聡四郎は、静かな声で語りかけた。

「猿ぐつわを取るが、舌を噛まないでくれ。自害はするな。一人娘を失う父親のことを考えてやれ」

紅が濡れた瞳でじっと聡四郎を見つめた。

ふと紅の目が聡四郎の右脇に向いた。傷口から垂れた血が灯りを受けて光っていた。

紅が、大きく目を開いた。

「なにより、拙者に辛い思いをさせないでほしい」

聡四郎の言葉に紅がしっかりとうなずいた。

二

甲府藩二十二万八千七百六十五石の前藩主、柳沢美濃守吉保は、久しぶりに紀伊国屋文左衛門の訪問を受けていた。

「ご無沙汰いたしております」

紀伊国屋文左衛門が、深々と畳に頭をつけた。

「いやいや、無沙汰は互いじゃ。相変わらず稼いでいるようじゃの」

柳沢吉保が笑った。

「ご隠居さまこそ、お変わりもございませず、かくしゃくとなされておられまする」

紀伊国屋文左衛門が、まんざらでもない顔で言った。

柳沢吉保は紀伊国屋文左衛門よりも十一歳ほど歳上で、今年五十五歳になった。

家督を譲って三年になるが、跡を継いだ吉里《よしさと》は、まだ若く、藩の実権は柳沢吉保が握っていた。

「いやいや、もう、世捨て人よ」

「ご隠居さまにそのように申されては、わたくしどもなど冥土《めいど》に行っておらねばなりませぬ」

「俗世に未練があるという顔をしておるぞ。まだ金を欲しがるか、紀伊国屋文左衛門よ」

「これは、痛いところを」

二人が顔を見合わせて笑い声をあげた。

柳沢吉保が、紀伊国屋文左衛門を茶室に誘った。

「一服どうだ」

当主を退いた柳沢吉保が住む中屋敷の泉水《せんすい》際に建てられた茶室は、呼ばないかぎり人が来ることもなく、密談をするのに格好の場所であった。

柳沢吉保が、無言で点《た》てたお茶を、紀伊国屋文左衛門が静かに喫した。

「けっこうなお点前《てまえ》で」

「お粗末でござった」

茶道独特の挨拶をかわし、二人はふたたび顔を合わせた。

柳沢吉保が問うた。

「で、なにがあった。勘定吟味役のことか」

「……さすがは、ご大老さま」

柳沢吉保の的を射た問いかけに、紀伊国屋文左衛門が一瞬詰まった。

「なに、一度つぶした役目をわざわざ復活させたと聞いたからの。それも勘定吟味役とくれば、狙いは近江守か、そなたであろうからな。いや、両方か」

柳沢吉保が、にやりと頬をゆがめた。

「お人の悪い」

紀伊国屋文左衛門が、苦い笑いを浮かべた。

「儂は政から引退した身だからの。あまりくわしいことは知らぬが、剣術遣いらしいの」

柳沢吉保が、世間話のように言った。

「ちょっと手だしをさせてみましたが、ものの見事にやられました」

「相変わらずやることが早いな」

柳沢吉保が、感心した。

「もちろん、やられっぱなしではないのであろ。ちゃんと手なずけたのではないか。いつものように金と女を与えたのだろう」

「残念ながら、それも効き目がございませなんだ」

「いまどき珍しいやつじゃの。ならば近江守に申して、役目から降ろしてしまえばよいではないか」

柳沢吉保が、なぜという顔をした。

「それが、新井白石が裏で手を引いておりまして」

紀伊国屋文左衛門が言うように、新井白石の力は徐々に幕府に浸透しつつあった。

小役人のなかには、柳沢吉保や荻原重秀といった旧勢力と距離を取り始める者も出ていた。

「あの儒学屋か。家宣さまも、よぶんな者をつれてこられたものよな」

柳沢吉保が、嫌そうな声で言った。

五代将軍綱吉からとくに執政をと命じられた柳沢吉保を幕閣《ばっかく》から放りだしたのは、新井白石であった。

「町方を使おうにも、お旗本には手だしできませぬし」

紀伊国屋文左衛門に金で買われている町奉行所与力、同心、小者は多い。いや、ほとんどすべての町方役人が、紀伊国屋文左衛門の紐つきであった。

紀伊国屋文左衛門は、これを利用して、もめごとを有利に処理していた。

「そこででございますが、ぜひご隠居さまのお力をお借りいたしたく」

紀伊国屋文左衛門が、平蜘蛛《ひらぐも》のようになりながら、上目遣《うわめづか》いに柳沢吉保を見あげた。

「儂になにをさせようというのかの。一介の隠居にはなんの力もないぞ」

柳沢吉保が気のない返事をした。

「ご当主さまを、このまま一大名で終わらせるおつもりでございますか」

紀伊国屋文左衛門が、小さな声でささやいた。

「このまま、あの者を放置しておけば、わたくしはもとより荻原さままで手が伸びましょう。そうなれば、ご隠居さまにも……柳沢家に傷がつけば、ご当主さまのお生まれも無に帰しましょう」

「…………」

柳沢吉保がするどい目で紀伊国屋文左衛門をにらみつけた。

「ご当主さまにかかわる費えは、いかようにもご用立ていたしましょうほどに」

紀伊国屋文左衛門が、畳の目を数えんばかりに頭をさげた。

「考えておこう」

柳沢吉保が、一人茶を点て一気にあおった。

聡四郎は、内座に顔を出した後、江戸城を出て白金台《しろかねだい》に向かった。ここには普請奉行の配下である普請方同心の組屋敷があった。

拐《かどわ》かしの一件以来、聡四郎は紅をさけていた。紅のあられもない姿が、脳裏に焼きついてしまっていた。

相模屋に行きづらくなった聡四郎は、普請方の同心に直接話を聞こうと考えてやってきた。

組屋敷門を入ると中央の路地を挟んで、八軒ほど長屋が並んでいる。

同心の長屋は、どれも同じような造りになっている。

玄関を入って右に土間を兼ねた台所があり、その奥に十畳の板の間、向かい合うように床の間つきの八畳の間がある。

聡四郎は、門を入ってすぐ左の家に訪《おとな》いを入れた。

「御免、ご当主どのはご在宅か」

聡四郎は、ここが普請方同心の組屋敷だとは知っているが、誰の家かまではわかっていなかった。

江戸の武家屋敷で表札を上げている家は、まちがって死体を運びこんでもらっては困る、お試し御用山田浅右衛門《やまだあさえもん》、通称首斬り浅右衛門だけである。

「どちらさまでございましょうか。あいにく主人は、当番で出ておりまするが」

地味な小袖を着て現れたのは、この家の妻女であった。

「それは、申しわけのないことをいたした。ごめん」

聡四郎は詫びを言って長屋を出た。その足で向かいに入る。

「主どのは、おられるか」

聡四郎の声に奥から初老の男が姿を見せた。

「御貴殿はどなたかな」

玄関に膝をついた当主が、聡四郎を見て怪訝《けげん》な顔をした。

「お初にお目にかかる。勘定吟味役、水城聡四郎と申す」

聡四郎は名乗った。

「御勘定吟味役さま」

当主の目が大きく見開かれた。

「普請方同心榊半十郎《さかきはんじゆうろう》でございまする」

榊半十郎が名乗った。

「客人を迎える場さえございませぬゆえ、お上がりくださいませと申しあげることが出来ませぬ。玄関先で無礼とは存じまするが、本日はどのような御用で」

榊半十郎が申しわけなさそうに言った。

玄関をあがればすぐに生活の場である。三十俵二人扶持の禄では食べていくにはきびしい。非番の日は、内職にいそしむ。屋内には客の座るところもないのが普通であった。

「突然のことですまぬが、ちと訊きたいことがござってな。榊どのは永代橋の架橋にお携わりになられたか」

聡四郎は単刀直入に問うた。

「確かにかかわりはいたしましたが」

幕府がおこなう普請は大きい。普請方総出になることもあった。

「なにか不都合でも」

榊半十郎が、警戒で表情を硬くした。

勘定吟味役は、普請方であっても、御用金の動くところなら、手を出すことが認められていた。

聡四郎は、柔らかい顔で否定した。

「貴殿に問題があるわけではござらぬ」

「では、なにを」

あきらかにほっとした顔をしながら、榊半十郎が尋ねた。

永代橋の普請に、どれだけの金が費やされたかを伺いたいのだが」

聡四郎は話をした。

「はて、それならば、勘定方でお訊きになればよろしいのではございませぬか」

榊半十郎の疑念は当然であった。金にかかわる資料はすべて勘定方にある。

「お訊きくださるな」

聡四郎は、渋い顔で応えた。

理由を語ることは、勘定方のなかに不和があると教えることになる。

「どこも同じでござるな」

榊半十郎は、好意的な笑顔を浮かべて聡四郎に教えた。

「橋大工が出した見積もりを聞いたことがございまする。坪当たり三十両と申しておりました」

「三十両でござるか」

聡四郎は、その金額に驚いていた。

永代橋は坪数にするとおよそ四百三十三坪になる。単純に計算して一万二千両だ。この金額は、大工の手間賃だけで、木材、石組み、材料の輸送にかかわる費用は含まれていなかった。

「か、かたじけのうござった。御免」

聡四郎は挨拶もそこそこに、急いで江戸城へと戻った。

内座に戻った聡四郎は、太田彦左衛門を呼んだ。

「太田どの、新大橋か、両国橋の架橋にかかわる大工の手間を調べられませぬか」

「お待ちくだされ」

太田彦左衛門が聡四郎の前から立っていった。

勘定吟味役が執務する内座には、ごく一部ながら勘定方からあげられた書付が保管されている。

勘定方は、御用金の使い道と支払先を決定する。どちらも勘定奉行、勘定吟味役、御用部屋の三ヵ所に届け出なければならない。

御用部屋にあげられたものは、奥右筆《おくゆうひつ》によって管理され、老中、若年寄《わかどしより》と目付《めつけ》以外の閲覧《えつらん》は禁止されている。

また、勘定奉行のもとに出された書付は、印判を受けたあと勘定方に戻され、下勘定所《しもかんじょうしょ》で保管される。

残った一部が内座の勘定吟味役に回される。勘定吟味役の職務上、勘定方すべてに目を配らなければならないので当然なのだが、荻原重秀が勘定奉行になって、勘定吟味役を廃して以来、内座には、ほとんど書付が来なくなっていた。

「紀伊国屋文左衛門がらみは、まずありませぬ」

就任当初、保管所を見た太田彦左衛門が、ため息混じりに語ったほどだ。

監査する項目の多さにくらべて、勘定吟味役は少ない。

人手が足りない分を資料でおぎなうのだが、その資料がなければ勘定吟味役など張り子の虎も同然である。

荻原重秀は、勘定吟味役を足がかりに勘定奉行へと出世しただけに、勘定吟味役の弱点を心得ていた。

半刻ほどして、太田彦左衛門が戻ってきた。

「両国橋のものはございませなんだが、新大橋のものを手に入れて参りました」

太田彦左衛門が、書付を出した。

一目見て聡四郎は、それが勘定方のものではないことに気づいた。書式が勘定方のものではなかった。

「これは、ここのものではございませぬな」

「はい。御広敷《おひろしき》から大奥方書き上げの一部を拝借いたして参りました」

御広敷とは、大奥全般のことを取り扱う役目のことである。

大奥と表《おもて》役人衆をつなぐだけに、大奥から表に出された要望いっさいは、御広敷をとおすことになっていた。

「新大橋は、先代綱吉さまご母堂桂昌院《けいしょういん》さまが、庶民の難儀を助けようと願われて、綱吉さまに架橋をお勧めになったとか。ならば、広敷にその旨《むね》の書付が残っておるのではないかと考えまして」

太田彦左衛門が、少し得意げに言った。

「さすがでござる。おそれいり申した」

聡四郎は、その熟練の手配に感心していた。

太田彦左衛門は、長く勘定方下役を務めていた。

定められた仕事には有能であるが、おのれの範疇《はんちゅう》でないことには無関心になりがちな、手慣れた下僚とは一線を画していた。

だからこそ、荻原重秀ににらまれたのだ。

「ここをご覧くだされ。材木は御用材木蔵から支給することとして、橋大工の手間賃が、およそではございますが、書かれておりまする」

太田彦左衛門が指さす先を聡四郎は見た。

「二千八百五十両余りでござるか」

新大橋は、永代橋より二間（約三・六メートル）ほど短い。坪数にすると四坪ほど少ないが、あきらかに金額が違いすぎた。

「倍ではございませぬか」

驚く聡四郎に、太田彦左衛門が問いかけた。

「なぜだか、おわかりになりましょうか」

「紀伊国屋文左衛門や近江守どのが、上乗せを……」

「違いまする」

太田彦左衛門が、聡四郎を途中でさえぎった。

「新大橋が造られたのは、元禄六年。永代橋は元禄十一年に架けられ申した」

太田彦左衛門が、じっと聡四郎を見た。二十歳ほど歳上になる太田彦左衛門の顔は、弟子を見守る師匠のようであった。

「五年の間にあったことでござるな。となれば……」

聡四郎の頭によぎるものがあった。

「改鋳でござるか」

「ご明察《めいさつ》でござる」

太田彦左衛門が、嬉しそうに笑った。

「慶長小判一枚を、元禄小判一枚と引き替える。幕府は最初そのようにして慶長小判を集めようといたしましたが、実質の目減りを喜ぶはずもなく、幕府が思うほど小判は集まりませなんだ。前にも申しましたが、そこで、慶長小判二枚を元禄小判三枚にすると言いだしたのでございまするが、巷《ちまた》では、慶長小判百枚が元禄小判百二十枚に交換されていたのでございます」

太田彦左衛門の説明は、一両の価値が、元禄八年の小判改鋳前後で倍から違うということを示していた。

「なるほど、だから架橋費用も倍になったと」

聡四郎は納得した。

「ものの値段が倍になったのと同じ」

「さようでござる」

太田彦左衛門が、首肯《しゆこう》した。

「それでは、永代橋の架橋を請け負うた、紀伊国屋文左衛門のもうけが増えたわけではございませぬな」

聡四郎は、腑に落ちないものを感じていた。

「永代橋は寛永寺根本中堂の余材でござる。その寛永寺根本中堂の普請は、元禄十年。普請が決まったのは、元禄九年。材木の準備はその前からなされていなければなりませぬ。紀伊国屋文左衛門は、寛永寺の普請をいつ知ったのでございましょう」

太田彦左衛門が、聡四郎をみちびくように問うた。

「木材の準備に一年はかかりましょう。となると早くとも元禄八年、いや、元禄七年のうちかも知れませぬ。ご大老柳沢吉保どのと親交があれば無理な相談ではござらぬ」

「前もって材木を準備しておかねば、御上の普請は請け負えませぬ。紀伊国屋文左衛門が江戸一の材木商とはいえ、寛永寺に使うような良質な材木を大量に抱えていることは難しいでしょう。となると山の木を買って切り出したと考えるのが通常」

さらに太田彦左衛門が、聡四郎を後押しする。

「元禄七年に山の木を買ったと考えるべきでござるな」

聡四郎は結論にいたった。

「何万両をこえる取引でございまする。現金で支払うことはまずありませぬ。輸送の費用や安全を考えれば当然、切手《きって》を使ったでしょう」

太田彦左衛門が言った。

切手とは、遠方の取引相手に金を支払うのに使うもので、紙に印判と金額が書かれており、指定された両替商に持っていけば現金に換わる。

「なるほど。慶長小判の価値で約定《やくじょう》したものを元禄小判で支払ったのでござるな」

元禄八年、九年は、幕府が元禄小判の価値の維持にやっきになっていたときだ。世間でどれほど安かろうが、元禄小判一両は一両の価値だと言いはっていた。そんなとき、御上の普請にかかわるものが、小判の値打ちにけちなどつけられるはずもなかった。

「紀伊国屋文左衛門は、半額もうけたということになり申す」

太田彦左衛門が、答えを聞かせた。

紀伊国屋文左衛門が、寛永寺と永代橋の普請で得た金は五十万両だといわれていた。

粗利《あらり》を商いの慣習三割だとすると、そのうち材木の代金、職人の手間賃などを抜いても手元には十五万両ほど残る。

その上、小判の改鋳の差額を得たとなると、紀伊国屋文左衛門の手元に残った金は、三十万両というとてつもない金額になった。

「紀伊国屋文左衛門は、改鋳のことを前もって知っていたと」

聡四郎は、太田彦左衛門の顔を見た。

「確証はございませぬが」

太田彦左衛門も聡四郎の目をじっと見た。

「やはり、金座から取りかからねばならぬか」

聡四郎は、両手を握りしめた。

三

柳沢吉保は、徒目付永渕啓輔と中屋敷の庭にある四阿《あずまや》で会っていた。

「そうか、御広敷の書付をな」

「はい。そのように御広敷番の者から報せがありましてございまする」

徒目付は御目見得以下の身分ながら、その職制上、大奥と御用部屋以外のどこにでも入ることが許されていた。

「それと、水城聡四郎が親しくしている者がわかりましてございまする」

「それは重畳《ちょうじょう》じゃ。で、誰ぞ」

「御上お出入りの口入れ屋、相模屋伝兵衛とその娘紅でございまする」

「ほう。それはまたおもしろい取り合わせじゃな」

柳沢吉保が興味深げに言った。

「詳細はわかっておりませぬが、相模屋伝兵衛の娘を襲った者から、水城が助け出したとのことで」

永渕啓輔が、告げた。

「使えるかも知れぬな。のう、水城は独り者か」

柳沢吉保が訊いた。

「はい。婚姻の約束もまだのようでございまする」

「二十六歳だと聞いたが、遅くはないか」

旗本の当主の大事な仕事に跡継ぎを残すというのがある。嗣《し》なきは絶《た》ゆ。これは、徳川の祖法《そほう》であった。

「元は、水城の兄が家督を継ぐはずでございましたが、病を得て急逝いたしておりまして。代わりに四男であった聡四郎が、当主になったのでございまする」

「やっかい叔父《おじ》だったか。御上も長男に継がすことばかり考えずに、有用な者を掘りおこすようにせねばの。水城のように役にたつ者が、何人となく埋もれていよう」

柳沢吉保が、嘲るように笑った。

「その死んだ兄は独《ひと》り身《み》であったのか」

柳沢吉保が重ねて訊いた。

「約束を交わした相手はいたようでございまするが、死を以て話は流れたはずでございまする」

永渕啓輔が応えた。

「つかえるな」

柳沢吉保の目が冷たく光った。


紀伊国屋文左衛門は、荻原重秀を自宅に招いた。

荻原重秀は、町駕籠を木戸門まで入れさせ、顔をさらすことなくなかに入った。

「ようこそのお見えで。ありがたく存じあげまする」

母屋ではなく、離れに荻原重秀を案内して、紀伊国屋文左衛門が平伏した。

「お互いやりにくい世の中になったの」

荻原重秀が、小さな笑いを浮かべた。

「柳沢さまもとんと表には出られなくなられました」

紀伊国屋文左衛門が、ため息をついた。

柳沢吉保と荻原重秀は、共に五代将軍徳川綱吉によって見いだされて、立身出世を果たした。

寵臣は、その主を失えば失脚するのが世の常である。大老格として幕政を壟断《ろうだん》してきた柳沢吉保は、綱吉の死後直ちに役目をはずされ、隠居せざるをえなくなった。

「いつ御役御免になるかわからぬ。まるで平家物語よの」

荻原重秀も勘定奉行の役目こそ続けられているが、一度、御目見得停止《ちょうじ》という罰を与えられた。

「お気の弱いことを申されますな。勘定奉行さまとも思えませぬ。まだまだもうけさせていただきませぬと」

紀伊国屋文左衛門が、鼓舞《こぶ》するように言った。

「底なしよな、そなたの欲の深さは。これだけ稼いでおいてまだ足りぬか。残す子供もおらぬであろうに」

紀伊国屋文左衛門には、正妻、妾《めかけ》ともに子供がいなかった。

「だからこそでございまする。年老いたからと申して面倒をみてくれる子供がおりませぬゆえ、金に頼るのでございまする。金さえあれば、歩けなくなったとて駕籠を雇えまするし、病に伏したとて名医にかかることもよい薬を飲むこともできまする」

紀伊国屋文左衛門が、きびしい顔をした。

「もう十分であろうが。一生遊んでも使いきれぬほど、財を築いたのではないか」

「とんでもございませぬ。仰せのとおり慎ましく、その日その日を静かに生きて参るならば、家内と二人なんとかなりましょうが、そんな生き方をするつもりは毛頭《もうとう》ございませぬ。わたくしも紀伊国屋文左衛門、紀文大尽《きぶんだいじん》と呼ばれた男でございまする。後世の語りぐさとなるような生きざま、死にざまをいたしてみとうございますゆえ」

「そうか。まあ、武士にとっての家は、商人の看板という。紀伊国屋の屋号を継ぐ者がなくとも、人の噂にでも残れば一代の豪商の面目躍如《めんもくやくじょ》と言うところか」

荻原重秀が、感心した。

「さようで」

紀伊国屋文左衛門が、強くうなずいた。

「ところで、今日、拙者を呼んだのは、決意を聞かせるためではあるまい」

荻原重秀が、表情を引き締めた。

「水城さまのことでございますが」

「勘定吟味役のか」

荻原重秀が、うっとうしそうな顔をした。

「はい。若いお人、とくに重要なお役に抜擢されたばかりのお方によく見られまする、ひとときの発奮《はっぷん》と見逃しておったのでございますが、最近、永代橋のことに目をつけられたようで。そのうえ、寛永寺根本中堂の普請にまで手を伸ばして参られました」

紀伊国屋文左衛門が、困惑の表情を浮かべた。

「永代橋と寛永寺根本中堂だけでなく、紀伊国屋、そなたの携わった作事にかかわるすべての書付を、勘定吟味役にはあげぬようにと申しつけてあったのだが。勘定方はまだ、儂の腹心で固めてある」

荻原重秀が、意外だという顔を見せた。

「お勘定方から漏れたのではございませぬ。外から攻めてきたのでございまする」

「外からとは、いかなることか」

荻原重秀の声にきびしいものが混じった。

「相模屋伝兵衛とつながったようで」

「なに」

荻原重秀が驚きの声をあげた。

「相模屋伝兵衛か。ならば、作事のほとんどを知られてしまっておるのと同じではないか」

「それだけではございませぬ。とうとう金座にまで目をつけたとの報せが参りましてございまする」

「まずいの」

荻原重秀が、苦りきった。

勘定奉行在任中、かなりあくどいことに手を染めた荻原重秀である。

作事の落札には、いつも手心をくわえていたし、上納金を減らしてやる代わりに賄賂を受け取ったりもした。そのていどなら誰でもがやっていることだ。

だが、小判改鋳の一件だけは、そうはいかなかった。あきらかに幕府をだましたのだ。ばれれば、御役御免《おやくごめん》どころではすまない。

「なんとしてでも止めねばならぬな」

荻原重秀が、紀伊国屋文左衛門を見た。

「はい。それについて、お力をお借りいたしたく」

「力など、儂から借りぬとも、お主の手元には、なまじの剣術遣いなど足元にも及ばぬ連中がたむろしておるではないか」

荻原重秀が、言った。

紀伊国屋文左衛門は、江戸一の豪商とはいえ、新参者である。いろいろなところで古くからの利権を握る連中と火花を散らしてきた。ときには命のやりとりとなったこともあった。

紀伊国屋文左衛門の手元には、荒ごとを専門とする男たちが何人も飼われていた。

「いつものように、腕の一本も叩き折ってやればよいではないか」

荻原重秀が、あっさりと口にした。

「一度、七人だしましたが、見事に四人やられましてございまする」

紀伊国屋文左衛門が、顔をゆがめた。

「ならば、金で抱きこめばいい」

「吉原に誘いましたが、女も抱かずに帰られましたわ」

万策《ばんさく》尽きたと紀伊国屋文左衛門が、ため息をついた。

「堅物《かたぶつ》か。困ったものだ。世の中の動きの仕組みを知らぬ」

荻原重秀が、吐き捨てるように言った。

「殺して死体をそこらに捨てるわけにも参りますまい。勘定吟味役といえば、ご老中支配の重いお役目。その勘定吟味役さまが、市中で殺されたとなると、町方はおろか、目付衆も躍起《やつき》になられるに違いありませぬ。そうなったら、いくら町方を金でおさえてあるとはいえ、隠しおおせるものではございませぬ。いずれは、わたくしのもとに捕り方がやって参りましょう」

「それはまずい。そなたに司直《しちよく》の手がおよべば、それは儂にまで来る」

荻原重秀が、手を振って止めた。

「そうなりませぬように、お力をとお願いしておるので」

紀伊国屋文左衛門の声が低くなった。

「何をしろというのか知らぬが、儂の力などおよばぬぞ。とくにあやつは新井白石が、選んだ男だ」

荻原重秀が、重ねて拒否した。

「後藤さまと会わせていただきたいのでございまする」

紀伊国屋文左衛門が、望みを口にした。

金座の後藤庄三郎光富は、その役席上、かぎられた人物以外との交際を断っている。これだけ勘定方に食いこんでいる紀伊国屋文左衛門でも、会えなかった。

「金座のなかに引きこんで、あのお方を片づけてしまえば、外に漏れることもございますまい」

「金座の後藤か。難しいことを申すの。わかった、何とかしよう。だが、そなたもしっかりと手だてを考えてくれよ」

荻原重秀が、気弱な声で頼んだ。

「承知いたしておりまする」

紀伊国屋文左衛門の見送りを受けて、荻原重秀が帰っていった。

「思い切りが悪くなられた。昔ならば、こちらから言わずとも、さっさと片付けろと命じられたのだがな。やれ、麒麟《きりん》も老いては駑馬《どば》に劣るというが、あのようすでは、荻原さまも長くはないか。見きりどきかも知れぬ」

紀伊国屋文左衛門は、手を叩いて番頭を呼んだ。

「お呼びで」

紀州から紀伊国屋文左衛門について江戸にきた番頭が、顔を出した。二十年以上仕えている紀伊国屋文左衛門腹心の男であった。

「山村《やまむら》さんを呼んでくれないか」

紀伊国屋文左衛門が、瞳を光らせた。

茶を一服するほどの間で、紀伊国屋文左衛門のもとに一人の浪人者がやってきた。

「お呼びか」

その声は、先日聡四郎を脅したのと同じものであった。

「山村さん、勘定吟味役はどうでした」

紀伊国屋文左衛門が訊いた。

「なかなか遣うぞ」

山村次郎右衛門《じろうえもん》が応えた。

紀伊国屋文左衛門が、続ける。

「山村さんとなら、どうです」

「そうよな。腕は互角か。あるいは、あやつがちょっと上かも知れぬ」

「一刀流道場で、無双《むそう》とうたわれた山村さんがで」

紀伊国屋文左衛門が、驚きの声をあげた。

「ただ、儂《わし》より若い」

山村次郎右衛門がはっきりと言った。

紀伊国屋の用心棒をしている山村次郎右衛門は、生まれついての浪人者であった。

仕官のために幼少から剣を学んだが、それだけでは禄にありつけず、紀伊国屋文左衛門に誘われて用心棒というより、刺客をするようになって久しい。表向きは、霊巌島《れいがんじま》で算勘の術を指南していた。

「やれますか」

「紀伊国屋どのが命じられるならな」

山村次郎右衛門が淡々と応じた。

「今、別の手を打ちました。それで駄目ならお願いしますよ」

「承知した。下準備に入っておこう」

紀伊国屋文左衛門から、小判を一枚手わたされた山村次郎右衛門が腰をあげた。

聡四郎は、金座に後藤庄三郎光富を訪ねていた。

金座は奥行き七十二間（約一三〇メートル）、幅四十六間（約八三メートル）、建坪四百三十坪あまり、長屋門をかまえた堂々たる建物である。

内部は、金座の事務一式を取り仕切る金局《きんきょく》、実際に金貨を作製する吹所《ふきどころ》、そして後藤庄三郎光富の屋敷の三つに大きく分けられていた。

勘定奉行から派遣される勘定方役人の詰め所は金局にあったが、聡四郎は、後藤庄三郎光富の屋敷に案内された。

後藤家屋敷は、幕府から賜ったもので、そのすべてが勘定奉行の管理下にあった。

当然、屋敷内にも御金改役詰め所、宿直《とのい》座敷である常式方《じょうしきかた》詰め所など、公のことにかかわる部屋もあるが、聡四郎は、後藤家内玄関を上がった客間にとおされていた。

「お初にお目にかかる。勘定吟味役、水城聡四郎でござる」

聡四郎は、礼儀をただして名のった。

勘定吟味役は、金座でもさえぎられることなく入ることが許されているが、あえて聡四郎は、権力を使わず、後藤庄三郎光富の案内にしたがっていた。

「こちらこそ、お初にお目通りいたしまする。金座支配、後藤庄三郎光富めにございまする」

出迎えた後藤庄三郎光富がていねいに腰をおった。

後藤家は家康のお声掛かりということもあって将軍家御目見得格であるが、身分はそう高くはなかった。聡四郎を上座にして下座に控えていた。

六代目後藤庄三郎光富は、延宝七年（一六七九）生まれの三十四歳である。

しかし、初代後藤庄三郎光次の直系ではなかった。

後藤家もかなり入り組んだ相続を、繰り返してきた。

初代光次と妻青山善右衛門《あおやまぜんえもん》娘《むすめ》との間には子供がなかった。

それを憐《あわ》れんだ家康が自分の妾の一人大橋《おおはし》の局《つぼね》を下賜《かし》し、その間に二代廣世《ひろよ》が生まれた。

廣世は子だくさんであったが、その子供が皆病弱で、役目を継げず、三代目は大判座の後藤家から養子を迎えることとなった。

三代目良重《よししげ》は、無事に代をその子に譲ったが、四代目光重《みつしげ》に男子が生まれず、五代目は、二代目廣世の三男で長井《ながい》家に養子に出ていた廣規《ひろのり》の長男廣雅《ひろまさ》に継がせた。

この五代目廣雅が早世してしまった。

結果、今の六代目後藤庄三郎光富は、四代目光重の弟、大判座後藤家の分家良泰《よしやす》の次男であった。

後藤庄三郎光富は、聡四郎より八つ歳上になる。家康によって江戸に招かれた後藤家を継ぐだけあって、なかなかに落ちついていた。

「さっそくでございますが、ご用件をお聞かせいただきたく」

後藤庄三郎光富が、話をきりだした。

「うむ。忙しいところ申しわけないが、ちょっと教えて欲しいことがある。慶長小判から元禄小判への改鋳についてでござる」

聡四郎も単刀直入に言った。

後藤庄三郎光富の眉が一瞬動いた。

「改鋳の、何についてお聞きになりたいのでございましょうか。あれは、四代目光重が代のことでございまして、わたくしはあまり詳しいことを存じあげておりませぬが。なにせ、元禄八年（一六九五）と申しますれば、わたくし十七歳で、実家におりましたので」

後藤庄三郎光富が、申しわけなさそうに頭をさげた。

「さようでござるか」

聡四郎は、残念とばかりに顔を伏せた。

後藤庄三郎光富が金座支配の座を継いだのは、宝永《ほうえい》二年（一七〇五）である。元禄の改鋳は、元禄八年のことだ。

「光重どのから、なにか聞いてはおられぬか」

聡四郎は重ねて問うた。

「先代廣雅ならば、なにかと話を聞いていたとは思いまするが」

元禄の改鋳を担当した四代目後藤庄三郎光重と、その跡を継いだ五代目廣雅は、不思議なことに共に宝永二年に亡くなっていた。

「ご存じのとおり、わたくしめは、義父廣雅の危篤《きとく》をうけてあわてて家督相続をいたしたものでございまして、金座のことは、なにも存じておりませなんだ。また、光重はその一月《ひとつき》ほどまえにみまかっておりまして」

後藤庄三郎光富が、繰り返すように知らないことを強調した。

「そうでござったか。それは残念でござるが、いたしかたございませぬな」

聡四郎は、それ以上の追求を断念した。

「お役にたてませず」

後藤庄三郎光富が、聡四郎の退去を急《せ》かすように立ちあがった。

聡四郎は腰をあげながら、言った。

「せっかく参ったのでござる。小判の製造を見せていただこうか」

願いではない、命として聡四郎は、後藤庄三郎光富に告げた。

「こちらでは、小判の吹きはやっておりませぬ。吹き替え所から送られてきた小判の検査と刻印打ちのみでございますので、ご覧いただいても……」

後藤庄三郎光富が口籠《くちご》もった。

「勘定吟味役として拝見したいと申しあげているのだが」

聡四郎は、強権を使った。

「申しわけございませぬ。すぐに案内の者を」

後藤庄三郎光富が、手を叩いて家人を呼んだ。

「勘定吟味役さまを打《う》ち物場《ものば》まで、ご案内してくれるように」

後藤庄三郎光富が、やってきた職人頭に命じた。

「では、わたくしはこれで」

「ご苦労であった」

後藤庄三郎光富に見送られて、聡四郎は座敷を出た。

内玄関まで見送って戻った後藤庄三郎光富を、父後藤良泰が迎えた。

「父上」

「あやつが、勘定奉行さまよりお話のあった、かの吟味役か」

後藤良泰が口を開いた。

「はい」

後藤庄三郎光富が短く応えた。

「ただの若造ではないか。どうせ役人どもに小判のことなどなにもわからぬのだ。適当にあしらっておけばよい」

後藤良泰が小さな笑いを浮かべた。

「いえ、侮れぬと感じました。吹き替えを深川でやっていて幸いでございました。職人どもの口からなにが漏れるかわかりませぬ」

「口を割りそうな職人は、早いうちに始末しておいたほうがいい」

「そうは簡単には参りませぬ。職人一人雇うにも勘定奉行さまのお許しが要るのでございますよ」

後藤庄三郎光富が、父後藤良泰をたしなめた。

「そのお奉行さまが、我らにはついているのではないか。毎月おわたししているあれは、そのためにあるのだろうが。積み重なってどれほどの金額になっていると思う。勘定奉行といえども、金座には指一本だせるものか」

後藤良泰が、うそぶいた。

「父上、そのことを口にされるのは、おやめくだされ。どこで誰が聞いていないとも限りませぬ」

後藤庄三郎光富が、寒そうに周囲を見回した。

「大丈夫だ。儂とて刻《とき》と場所は心得ておるわ」

後藤良泰が、胸を張った。


金座を出た聡四郎は、屋敷に向かって歩きながら、後藤庄三郎光富とのやりとりを思い出していた。

「どうやって攻めるかだな」

聡四郎は、本両替町の角を曲がると、金座の長屋門を見張った。

半刻もしないうちに一台の駕籠が門から出た。

聡四郎は、大きめに間を空けると見失わないように駕籠のあとをつけた。

「やっぱり」

しばらく進んだ駕籠は、荻原重秀の屋敷前で止まり、なかから出た後藤庄三郎光富が潜り門を開けて消えていった。

三千石を超える旗本ともなると、長屋門の脇、門番所にたえず数名の足軽《あしがる》や中間が詰める。

聡四郎は、門前まで行かずに、少し離れたところから見張った。

「長いな」

聡四郎はつぶやいた。後藤庄三郎光富が、入っていってからかなりになる。屋敷のなかでは、荻原重秀と後藤庄三郎光富が対峙《たいじ》していた。

「そうか、水城が参ったか」

荻原重秀の声は重かった。

「紀伊国屋文左衛門からも、言われておった」

荻原重秀が、漏らした。

「あの紀伊国屋文左衛門どのからもでございますか」

後藤庄三郎光富が意外そうな表情を浮かべた。

それほど紀伊国屋文左衛門の力は知られていた。

「そうだ。でな、紀伊国屋文左衛門からそなたに会いたいと、仲介をしてくれぬかと言われておったのよ」

「わたくしとお会いになりたいとは、また妙な」

後藤庄三郎光富が首をかしげた。

「なにやら、水城を排除する打ち合わせをしたいとか申していたが」

荻原重秀が、言った。

「どういうことでございましょうか」

「外で水城を殺したのでは、目付や町方がうるさいので、金座のなかで罠をしかけたいらしい」

荻原重秀が、紀伊国屋文左衛門の考えを伝えた。

「なるほど。金座のなかなら塀も高く外から見ることはかないませぬ。また、死体も炉《ろ》を利用して焼いてしまえば、骨も残りませぬ」

後藤庄三郎光富が、納得した。

金を鋳《い》つぶすには、かなり高い温度が要る。燃えさかる火は、人など骨も残さず焼き尽くすに違いなかった。

表沙汰になっていないが、旗本の当主の失踪は、毎年のように起こっていた。

旗本にとって家は、当主の命など比べものにならないほど重い。

病気届け、隠居届け、相続届け、たった三枚の書付で、一人の旗本の存在は消えてなくなる。

「もちろん、そのときは、お奉行さまもお見えいただけましょうや」

後藤庄三郎光富が、念を押した。

「儂が行っても、役にはたたぬぞ」

荻原重秀が、首を振った。

「いえ、ぜひとも、お見えいただきたく存じまする」

後藤庄三郎光富は、強く願った。

「一蓮託生《いちれんたくしよう》か」

荻原重秀のつぶやきに、後藤庄三郎光富はじっと顔を見ることで応えた。

「わかった。では、紀伊国屋を来させよう」

荻原重秀が、重いため息と共に手を叩いて家臣を呼んだ。

第四章　閨《けい》の鎖

一

五百石取りの旗本ともなれば、登城には最低でも槍持ちの小者、挟み箱持ちの中間、そして主家の用をなすときだけ侍身分として両刀をさせる若党の三人が要った。

水城家は、相模国と甲斐《かい》国の境に近い農村に知行地を与えられており、小者、中間は、人入れ屋から年季奉公として紹介された者を使うが、若党だけは、知行所からの若者を雇い入れていた。

「殿さま」

若党の佐之介《さのすけ》が、戻ってきた聡四郎に声をかけた。手に取ったばかりの瓜《うり》を持っていた。

百姓の次男だけに佐之介は、土いじりが得意である。水城家の庭隅につくられた菜園の面倒も佐之介が見ていた。

聡四郎は、瓜好きであった。軽く洗って大まかに切って味噌につけて食うのだ。今宵の食事に思いをはせて聡四郎は、ほっと気を緩めた。

「どうした」

聡四郎は、少し歳下ながら、働くことをいとわない純朴《じゅんぼく》な佐之介を気にいっていた。

「ご隠居さまが、お待ちでございます」

聡四郎の父功之進のことを、使用人たちは隠居と呼んでいた。

「そうか」

聡四郎は気が重くなった。

期待をかけていた長男の死が響いたのか、功之進は聡四郎にむやみやたらと出世を求めてきていた。

それに拍車を掛けたのが、二十六歳で家督相続をしたばかりの若輩に与えられた勘定吟味役という重職であった。

勘定奉行の次席あつかいをされる勘定吟味役は、出世の糸口としては、十分である。

聡四郎の年齢で目につくほどの功績をあげれば、旗本の顕官《けんかん》の一つとされる勘定奉行も夢ではなかった。当然家禄も増える。

祖父が勘定組頭をしたおかげで、三百石だった水城家が五百石になった経緯《いきさつ》もある。

功之進の望みは夢ではなかった。

佐之介がなだめるように言った。

「ご機嫌はずいぶんおよろしいと、お見受けいたしましたが」

「なにかあったのか」

毎朝の挨拶でも、苦虫をかみつぶしたような顔しかしない父功之進の機嫌が良いことに、聡四郎は首をかしげた。

「勘定方に勤める者のところには、朝晩と挨拶の品を持った来客が絶えないのだ。だが、一向に来ないではないか。これは、下役どもはもとより出入りの商人たちからも、そなたになんの力もないと侮られている証拠。早急に役目のうえでの成果をあげぬと、配置換え、場合によっては御役御免になりかねぬぞ」

今朝も叱られたばかりだ。

「お昼前に、ご来客がありましたが」

「相模屋伝兵衛か」

聡四郎は勢いこんだ。

相模屋伝兵衛とは、あの後、折れた聡四郎の太刀の代わりにと、無銘《むめい》ながら備前ものを持って挨拶に来てくれて以来会っていない。

紅が襲われて、危うくその身を汚されそうになってから、すでに半月になるが、いまだに聡四郎は紅に会えないでいた。

訪ねてくることはもとより、思いきってこちらから行っても顔さえ見せないのだ。

「いえ、見知らぬお方でございました。お身形はお旗本、それもかなりのお家柄のお方ではないかと」

「誰か」

聡四郎には、思い当たる相手がいなかった。

「まあいい。行ってみればわかるであろう。もういいぞ」

佐之介を下がらせて聡四郎は、庭隅に建てられた離れへと出向いた。

「ただいま戻りましてございまする」

離れの縁側に座して聡四郎は、帰着を告げた。

「お役目ご苦労に存ずる。まあ、お入りあれ」

功之進の口調がいつもと違い、ねぎらうような口調であることに聡四郎はより疑念を深くした。

「お呼びとうかがいましたが」

聡四郎は、離れに入った。

佐之介の言うとおり、功之進の顔はにこやかであった。

「ご当主。お祝いを申しあげる」

功之進が、居ずまいを正した。言葉遣いもふだんと違って、慇懃《いんぎん》である。

聡四郎には、なんのことかまったくわからなかった。

「長崎《ながさき》奉行、上阪山城守《うえさかやましろのかみ》さまが、ご当主に縁談をお持ちくださったのだ」

「はあ」

聡四郎は、父功之進の言っていることがわからなかった。

長崎奉行上阪山城守が、次の勘定奉行といわれている切れ者だということぐらいは知っている。

しかし、水城の家とでは石高も家格も違う。今まで親しくどころか行き来したこともない人物と縁談が結びつかなかった。

「しかもご当主。そのお相手というのが、驚くなかれ、寄合《よりあい》旗本三千石立花修理《たちばなしゅりの》太夫《だいぶ》どのが、ご息女じゃ」

功之進が、興奮を抑えきれないとばかりに腰を浮かせた。

「まさかに」

聡四郎も驚きを隠せなかった。あまりにも釣り合いが取れなすぎた。

寄合旗本とは、名門高禄ながら無役の旗本のことである。

小普請組と違い、役につくまでの控えの意味合いが強く、奉職《ほうしょく》のおりは、書院番組頭、小姓組頭、大目付《おおめつけ》などの大役についた。

屋敷も数千坪をこえ、五位の太夫に任官するのが通例であり、家臣も数十名におよぶ。旗本というより大名に近い存在であった。

「戯《たわむ》れではないぞ。あちらさまから、ぜひにとのことじゃ」

喜色満面《きしょくまんめん》の功之進は、言葉遣いがもとに戻ったのにも気づいていなかった。

「おかしなお話ではございませぬか。わたくし、上阪さまとも立花さまとも一度もお目にかかったことなどございませぬ。なのに、ぜひにと望まれるのは……」

聡四郎は、腑《ふ》に落ちなかった。

五百石の水城家の縁談相手を考えると、下は三百石ぐらいから上はせいぜい千石ぐらいまでだ。

聡四郎の母は四百石取りの旗本の娘であったし、婚姻にいたらなかったが、兄の相手は七百石で当主は遠国奉行の任にあった。

いかに将来の出世がのぞめる勘定吟味役とはいえ、三千石は格が違いすぎた。

「そのようなことはどうでもよいではないか。肝腎《かんじん》なのは、それほどの家柄から妻を娶《めと》れるということなのだ」

功之進の声が大きくなった。

「よいか、聡四郎。立花修理太夫どのが本家は、外様《とざま》ながら九州柳川《やながわ》で十万石余りを領する大名じゃ。縁戚には御三家はもとより要所《ようしょ》の家柄が多い。そこに水城家も加われるのだ。大名とまでは言わぬが、七百石、いや千石に手が届くかも知れぬ」

「父上、お喜びのところ申しあげにくいのでございますが、わたくしいまだ任について三十日を数えたばかりでございまする。右も左もわからぬ若輩が、婚儀などと申しては、お役目をおろそかにすると言われても申し開きができませぬ。わたくしめにはもったいないほどのお話とは重々承知いたしておりまするが、このお話はなかったことにしていただきたく存じまする」

聡四郎は、縁談を断ろうとした。

「たわけ」

功之進が怒鳴った。

「そなた世間がわからぬにもほどがある。よいか、この泰平の世で家禄を増やそうと思えば、どうすればいい。役目のうえで大きな功績をあげるのがよいことは、誰でもがわかっていることだが、なかなかに難しい。勘定奉行荻原近江守どののようなことは、まずないのだ。となれば、残るは縁故を頼るしかないではないか。水城家は、三河以来の家柄ではない。縁戚も少なく、どこも似たり寄ったりよ。小姓組や書院番組のような、栄誉ある役目からは、はずされているのだ。だからこそ、婚姻は唯一の手段なのだぞ。まして、向こうから願ってくれるなどということは、ありえぬほどの好機ぞ」

功之進の声はうわずっていた。

「父上のおっしゃりたいことはわかりまするが、とにかく今はそれどころではございませぬ。このお話、正式にお断りいたしまする」

当主として聡四郎はきっぱりと言いきった。

「待て、そう申してはなる話もならぬ。性急にことを運んでは、間に立ってくださった上阪さまのお顔をつぶすことになる」

こう言われては、聡四郎も言い返せない。

「では、この話は儂が預かるぞ」

功之進が宣した。

紀伊国屋文左衛門と後藤庄三郎光富の顔合わせは、二人が訪れてもおかしくない荻原重秀の屋敷でおこなわれた。

床の間を背にした上座に荻原重秀が、右手に後藤庄三郎光富、左に紀伊国屋文左衛門が座を占めた。

「お初にお目にかかりまする。紀伊国屋文左衛門でございまする」

最初に口を開いたのは、紀伊国屋文左衛門であった。

「こちらこそ、後藤庄三郎光富でございまする」

後藤庄三郎光富が受けた。

身分からいけば、当然金座支配後藤家が格上であった。

「堅苦しい挨拶は、そこまでにせよ。あとは、酒など酌みかわしながらにせぬか」

荻原重秀が手を叩くと、家臣が三人分の膳をささげてきた。

家臣が片口から、それぞれの杯に濁り酒を満たしてさがっていった。

「一杯参ろう」

荻原重秀の音頭で一杯目が空けられた。

「では、儂はこれで失礼いたす。詳しい話は二人でな」

一杯だけ喉を湿すと、そそくさと荻原重秀が、立っていった。

頭をさげて見送った後藤庄三郎光富と紀伊国屋文左衛門は、荻原重秀の姿が見えなくなると顔を見合わせて失笑した。

紀伊国屋文左衛門が、言った。

「お気弱になられましたな」

「わたくしは、あまりお勘定奉行さまを存じあげませぬ」

後藤庄三郎光富が、首を振った。

「後藤さまの祖父さまのころは、豪儀なお方であられましたが。先代上様がお亡くなりになられて急に気弱くなられました」

「さようでございましたか」

後藤庄三郎光富が、手にしていた杯をおいた。

「まずはお話をして、それから座をかえて宴といたしませぬか」

「けっこうでございます。吉原にでも繰りだすことにいたしましょう」

紀伊国屋文左衛門も同意した。

「勘定吟味役の水城さまを、排除するによい案をお持ちとか」

後藤庄三郎光富が訊いた。

「はい。それには、後藤さまのお力添えを願わなければなりませぬ。深川の金吹き替え所を使わせていただきたいので」

紀伊国屋文左衛門が、さっそく本題にはいった。

「金吹き替え所は、御上の命により、かかわりなき者の立ち入りは禁じられておりますゆえ、いかにお勘定奉行さまのお声掛かりとはいえ……」

「表むきの話はやめましょう。お互い臑《すね》に傷を持つ身ではございませぬか」

後藤庄三郎光富の建前を、紀伊国屋文左衛門が一蹴《いっしゅう》した。

「失礼いたしました」

後藤庄三郎光富が頭をさげ、二人の話し合いが始まった。

聡四郎は、新井白石に呼びだされていた。

「どうだ」

新井白石の言葉はいつも短い。それにすぐに応じないと、怒声《どせい》がとぶことになる。

聡四郎は、間髪《かんはつ》を容《い》れずに応えた。

「このようなことがございました」

聡四郎は、荻原重秀と紀伊国屋文左衛門の癒着《ゆちゃく》、荻原重秀と金座後藤家のかかわりについて話した。

「そうか。急げ。冬までには埒《らち》を明けたい」

それだけ言うと、新井白石は指先だけで聡四郎にさがれと伝えた。

「日にちがないではないか」

聡四郎は、ため息をついた。

すでにお盆も過ぎ、九月までは残すところ四十日余りしかなかった。

内座に戻った聡四郎を、太田彦左衛門がむかえた。

「新井さまのご用件は、なにごとでございました」

かった。

太田彦左衛門が問うた。

聡四郎と太田彦左衛門も、一蓮托生である。内座では、他にしゃべる相手もなかった。

「冬までに何とかせよとの仰せだ」

聡四郎は、力なく応えた。

「それは、無理なことを」

太田彦左衛門も目を見張った。

「だが、やらねば、我らが見捨てられよう」

聡四郎にも新井白石の酷薄さが見えてきていた。

将軍が代わってから新井白石によって抜擢され、そして無能の烙印《らくいん》を押されて追われた者は、相当な数にのぼっていた。

「太田どのは、書付を一から洗いなおしていただきたい」

「承知つかまつりました」

太田彦左衛門が首肯した。

「拙者は探索に出て参りまする」

聡四郎は、江戸城を出た。

城門前の広場で控えていた佐之介たちに先に帰るように申しつけ、その足で元大坂町の相模屋伝兵衛を訪ねた。

相模屋伝兵衛の顔は今日も曇りがちだった。

「二度も助けていただいておりながら、お礼も申しあげませず」

相模屋伝兵衛が、娘の不義理を詫びた。

「いや、そのようなことは気にされずとも。紅どのが無事であったのなら、それでよい」

甲州屋に襲われた日は、一言も口を利くことなく別れたので、詳細を知らなかったが、聡四郎は後日相模屋伝兵衛から、紅の貞操《ていそう》は守られたと聞かされていた。

「お傷は、いかがでございますか」

相模屋伝兵衛が問うた。

聡四郎は、目を小さく見開いた。脇腹を怪我したことを知られているとは思っていなかった。

「娘から聞きまして。お旗本の身体に傷をと、娘が悔やんでおりまして」

相模屋伝兵衛が、おずおずと口にした。

「傷はもういい。動いても痛むこともござらぬ。紅どのにお気になさるなとお伝えくだされ」

聡四郎は、紅が顔を出さない理由を知って安堵した。

紅の性格だ、すなおに謝ることができないのだ。

だが、こちらもかかずらっている暇はなかった。

聡四郎は、紅のことを頭から追い出した。

「今日、ここに参ったのは……」

聡四郎は、相模屋伝兵衛に包み隠さず、新井白石の命を話した。

「きびしゅうございますな」

相模屋伝兵衛がうなった。

「さようでござる。新井さまは、いったいなにを焦っておられるのでございましょうか」

聡四郎は、とまどった。

新井白石の狙いが、荻原重秀であることはわかっていた。将軍の懐刀として幕政を専断している新井白石でさえ、排除できなかった大物である。じっくりと調べて、周りを埋めて逃げ道をふさいでおかないとしっぺ返しが怖い。

「水城さまを便利な道具かなにかとお考えなのでしょうか」

相模屋伝兵衛が、あきれた声を出した。

「かもしれぬが、だまって役立たずの汚名を着るわけにも参りますまい」

聡四郎は、出世に興味はまったくないが、使い捨てにされる気はなかった。

「よくぞ、申された。この相模屋伝兵衛、喜んでお役に立ちましょう」

相模屋伝兵衛が、力強く言った。

「かたじけない」

聡四郎は、相模屋伝兵衛の好意を喜んで受けた。

「で、わたくしはなにをいたしましょうか」

「人を貸してほしい」

聡四郎の味方は、太田彦左衛門だけだ。当初は聡四郎に従っていた勘定吟味下役たちも、いまでは敵にまわっていた。

「よろしゅうございます」

「では……」

聡四郎は遠慮なく指示を出した。相模屋伝兵衛がそれを番頭に伝え、心利いた者が駆けだしていった。

「水城さまはどうされますので」

相模屋伝兵衛が尋ねた。

「荻原近江守、紀伊国屋文左衛門、後藤庄三郎光富にかかわりのあるところを、取り敢えずうろついてみようと思いまする」

「向こうから手だししてくるのを待つおつもりでございますな」

相模屋伝兵衛の眉がひそめられた。

「…………」

聡四郎は無言で首肯した。

「それは危険ではございませぬか」

「虎穴《こけつ》に入《い》らずんば虎児《こじ》を得ずと申しまする。相手は、勘定奉行に江戸一の商人、そして金座支配。命と引き替えても不足はございませぬ」

聡四郎は、応えた。

「それはいけませぬ。手柄を立てても生きておらなければ意味はございませぬ。残された者の悲哀を考えてくださらねば」

相模屋伝兵衛が聡四郎をいさめた。

「なれど……」

言いかけた聡四郎の口を相模屋伝兵衛がさえぎった。

「娘についた死に神をはらってくださったのは、水城さまでございまする。なればこそ、水城さまが死に神にとらわれては本末転倒。水城さまになにかあれば、娘はまちがいなくあとを追いましょう」

「なにを言われる」

聡四郎は狼狽《ろうばい》した。

相模屋伝兵衛の言ったことがなにを意味するかわかったからだ。

「ご縁談がお進みだそうで」

相模屋伝兵衛が、不意に言った。

「よくご存じだ」

「ご隠居さまが、あちらこちらでお話しでございますから。たいそうなお相手だとか」

何処の屋敷にも、人入れ稼業から使用人がいれられていた。

相模屋には、江戸中の噂が集まってくる。

「父上は、なにをしてくれているのだ。断ってくれと申しあげたのに」

聡四郎は頭を抱えた。

「お断りになられたので」

相模屋伝兵衛が、ちょっと驚いた顔をした。

「三千石のお姫さまの相手など拙者には無理だ。なによりも、そのような話をしているときではないではないか」

聡四郎は、ため息をついた。

「とにかく、頼みまする」

聡四郎は、逃げるように相模屋を出ていった。


徒目付永渕啓輔が、柳沢吉保のもとに呼ばれた。

「御用の向きを仰せつけられますように」

「水城のようすはどうだ」

「立花家との縁談に舞いあがっておるようでございまする」

永渕啓輔が報告した。

「そうか。本家に恩を売っておいたのが、役にたったたな」

柳沢吉保が笑った。

「恩でございますか」

永渕啓輔が首をかしげた。

「たばこの栽培を許可してやったのよ。元禄十六年（一七〇三）のことだがな。あのころ、柳川藩は、大洪水でひどい目にあっていた。田は流され、家はつぶれる。金はない。そんな年だったわ」

柳沢吉保が、鼻先で笑った。

歴代将軍一の勉学好きだった綱吉に寵愛された柳沢吉保は、儒学で一家をたてられるほどの学識をもっていた。だけではなく、好き嫌いの激しい綱吉に重用されるだけの手腕もあった。

柳沢吉保に取りこまれた大名、旗本は多い。立花家もその一つだった。

「近江守や紀伊国屋文左衛門などの動きはどうだ」

柳沢吉保が報告をうながした。

「はっ。勘定奉行荻原近江守重秀さまと紀伊国屋文左衛門、さらに後藤庄三郎光富がなにやら一堂に会されたようでございまする」

永渕啓輔が告げた。

「ほう。三人が力を合わすか。それはおもしろいな。なにをたくらんでいるのやら」

柳沢吉保がほくそ笑んだ。

「五日に一度は、吉原の大三浦屋を買いきって、紀伊国屋文左衛門と後藤庄三郎光富が密談をかわしておりまする」

「後藤は、まだ若いが、紀伊国屋は一筋縄ではいかぬ。なにを考えておるやらわからぬ。油断するな」

「承知つかまつりましてございまする」

永渕啓輔が、頭をさげた。

「動きが派手に過ぎるあやつは、真から金もうけがしたかったのか」

柳沢吉保の独り言に永渕啓輔が反応した。

「なにか仰せられましたか」

「いや、なんでもないわ。ご苦労であった。さがってよい」

柳沢吉保が永渕啓輔をねぎらった。

「どうした」

いつもなら用が終われば、退出していくはずの永渕啓輔が動かないことに、柳沢吉保が不思議そうな顔をした。

「お願いがございまする」

永渕啓輔が、今一度居ずまいを正した。

「申してみよ」

柳沢吉保が、永渕啓輔をじっと見た。

「一度、水城聡四郎と仕合ってみたく、お願い申しあげまする」

永渕啓輔が、額を畳に押しつけた。

「剣士としての血がさわぐか」

柳沢吉保が、柔らかい声で訊いた。

「はっ」

「馬鹿め。おまえは、儂の犬でしかないことを忘れておるのではないか。飼い犬は、主の命がなければなにもしてはならぬのだ」

柳沢吉保が冷たい声で言った。

「申しわけございませぬ。身のほどを知らぬことを口にいたしました」

永渕啓輔が、震える声で詫びた。

「わかれば、さっさと行くがいい」

柳沢吉保が犬を追うように、手先で永渕啓輔を下がらせた。

二

紀伊国屋文左衛門が、苦い顔をした。

今日も紀伊国屋文左衛門のあとを聡四郎がつけていた。

「もう五日になるぞ。いいかげんしつこいな」

八丁堀の屋敷を出て吉原に向かいながら、紀伊国屋文左衛門が番頭に言った。

「へい。今日は、後藤庄三郎光富さまとのお約束でございますから、さすがにちょっとまずいと存じますが」

番頭とはいえ、紀伊国屋の供を務めるほどの男である。目つきが違った。

「船で行かれますか」

番頭が問うた。

「いや、船ではかえってあとをつけられやすかろう」

紀伊国屋文左衛門が、首を振った。

八丁堀から吉原に行くには、陸路と船があった。

陸路なら浅草寺の境内を抜けて、日本堤から五十間道を進む。

船は永代橋の袂あるいは、大川沿いの河岸で客待ちをしていることが多い。大川をさかのぼって今戸《いまど》で山谷堀に入れば、吉原はすぐそこだ。名の知れた商人ともなると自前の船も持っていた。もちろん、紀伊国屋文左衛門も数艘の船を楓川《もみじがわ》河口に舫《もや》ってあった。

「足止めをするか。山村さんに働いてもらいなさい」

「へい」

番頭が、すっと離れていった。

聡四郎は、十間（約一八メートル）ほど離れたところから見ていた。

「どちらのあとをつけるかだが……紀伊国屋文左衛門は、連日吉原に出向いて二刻（約四時間）ほど遊んでは帰っていくのを繰り返しているだけ。ならば」

聡四郎は、番頭のあとを追った。

番頭は紀伊国屋文左衛門と別れたあと、江戸橋を渡らずにまっすぐ深川に向かった。

紀伊国屋ほどになると江戸中に蔵や分店がある。南茅場町《みなみかやばちよう》の河岸にも蔵が並んでいる。そのほとんどが、紀文ののれん、あるいは看板を掲げているが、まったくかかわりのわからないところもあった。

だが、番頭はどこにも立ち寄ることなく歩みを続け、霊巌《れいがん》橋をこえた。

「深川へ行くつもりか」

聡四郎は、あとをつけながら独りごちた。

番頭は、深川にいたることなく霊巌島で足を止めた。

聡四郎は、少し離れた大名屋敷の門前に身を隠した。

番頭が姿を消したのは、ごく普通の民家であった。

聡四郎は、しばらく待って番頭が出てこないことを確認して、大名屋敷の門番に声をかけた。

「率爾《そつじ》ながら、ちとおうかがいいたしたい。あの家には、どなたがお住まいかご存じでござろうか」

うさんくさげに聡四郎を見ていた門番が、面倒くさそうに答えた。

「あれは、浪人山村次郎右衛門どののお宅でござる。算勘の塾を開いておられる」

「どのような御仁で」

聡四郎は重ねて問うた。

「当家からも何人かかようておる者がおりまする。なかなかにていねいな教え方だと聞いており申す」

門番が話した。

「かたじけのうござった」

聡四郎は、礼を言って門前を離れた。

小半刻ほどして番頭が出てきた。元来た道をたどっていく番頭を目で追いながら、聡四郎は山村次郎右衛門宅の門に気を配っていた。

番頭の姿が見えなくなりかけたころ、ようやく山村次郎右衛門宅の格子戸が開いて、恰幅のよい中年の浪人が出てきた。着ているものも絹物ではないが、つぎあてもなく、刀の拵《こしら》えも気の利いたものである。

「これは、山村先生、お出かけでござるか」

とおりかかった若い藩士が声をかけた。

「いやいや、出かけると言うほどのものではござらぬ。暑さしのぎに、ちと川沿いでも散策してみようかと思いましただけで」

山村次郎右衛門が、にこやかに応じた。

「では」

藩士と別れて山村次郎右衛門が歩きだした。聡四郎は、少し離れてあとをつけることにした。

江戸の庶民はよく働く。日が昇ると起きだし、日が落ちるまで仕事にはげむ。だが、ここ数日、夏が戻ったようなうだる暑さにはさすがに参ったのか、夕刻には仕事をあげて、夕涼みに出てきていた。

川面にわたる風を期待して、大川端には庶民たちの姿が鈴なりになっていた。

山村次郎右衛門が、その人だかりをかき分けるようにして進んでいった。やがて永代橋の袂に至った。

大川に架かる橋は、川を上り下りする船の通行を考えて、どれも大きく反っていた。

永代橋も中央で大きく盛り上がっている。荷車泣かせではあったが、そこからは富士や筑波《つくば》が手に取るように見える。また、高さがあることで風も吹き、夕涼みには最適であるが、通行のじゃまになると橋の上で立ち止まることは禁止されていた。

そこは、抜け目のない庶民である。止まらなければいいのだろうと、橋の上を往《い》ったり来たりしていた。

おかげで橋の上はかえって混んでいた。山村次郎右衛門は、集まっている庶民たちの間をゆうゆうとおって永代橋を深川に渡った。

聡四郎も続いた。

山村次郎右衛門が、橋を降りて少し入り組んだ路地の中にある煮売り屋ののれんをくぐった。聡四郎は、外から見張った。

民家の多いこの付近には、このような煮売り屋が軒を並べていた。夕餉のころあいともあって、どの店も混雑していた。

普請続きの深川には、仕事を求めて日本中から男たちがやってきていた。国で食いはぐれた者、江戸で一旗揚げてやろうと考えた者がひしめき合っている。

仕事にあぶれる者も多くなってきた。

幕府も深川を江戸城下である御府内にくわえず、町奉行所も力をいれて巡回しない。当然、新開地である深川の治安は良くなかった。深川の掘割に死体が浮いているなど、珍しいことではなくなっている。

山村次郎右衛門が入った煮売り屋は、評判がいいのか、人の出入りが激しかった。

半刻ほどたって、聡四郎は、周囲の気配が変わったことに気づいた。雑然とした雰囲気に紛れて、殺気が聡四郎を囲んでいた。何人もの男たちが聡四郎を睨みつけてきた。

「………」

無言で一人が体当たりをしてきた。

身体で刃物を隠していたが、聡四郎にはつうじなかった。

聡四郎は太刀に手をやることなく、足さばきで身体をかわした。目標を失ってたたらを踏む男の背中を聡四郎が蹴った。

「ぎゃっ」

転んだ男がうめき声をあげた。

見ると持っていた匕首で、自らの太股を刺していた。

「おおっ」

血を見た男たちが興奮した。

「どけ」

太股を押さえてころげまわる男を、別の男が、聡四郎を囲む輪の外へと蹴り飛ばした。

背中一面に南無阿弥陀仏の刺青《ほりもの》が入っている男は手斧《ちような》を手にしていた。手斧は、一尺ほどの柄に五寸四方ほどの斧《おの》がついたものだ。大きさも手頃で斧よりも軽く、あつかいやすい。当たれば命にかかわる。

聡四郎の臑ぐらいはありそうな腕で、手斧をすりこぎのように振りまわした。

「覚悟しやがれ」

刺青の男が叫んだ。

太刀の鯉口《こいぐち》をきった聡四郎が抜かなかったのは、太刀を打たれては困るからだ。手斧とぶつかっては、太刀など簡単に折れてしまう。

聡四郎は、間合いをはかった。

「活人剣《かつじんけん》などあると思うな。太刀を抜いてのやりとりは、どちらかが死ぬか、立てなくなるかするまで終わらぬ。敗者はすべてを失うのが理《ことわり》。負けたくなければ、みょうな仏心をだすな」

師入江無手斎の言葉を聡四郎は、まざまざと思いだしていた。

間合いが二間（約三・六メートル）になった。風を切る手斧の音が聡四郎の耳を打った。

「………」

聡四郎は鞘ごと太刀を前にのばし、一放流得意の構えをとった。

「おじけづきやがったな」

背をそらし腹を突き出すような構えに、刺青の男が嘲笑を浮かべた。

聡四郎は、二尺近く向こうを過ぎていく手斧を見送ってから、右手で柄を摑むと、片手薙ぎに太刀を鞘ばしらせた。

聡四郎の太刀は、振りおろした手斧を引きあげようとした刺青の男の両腕を斬りとばした。

「あぎゃっ」

刺青の男は、なくなった両腕を見て、気を失って倒れた。切り口から血があふれて、地を染めた。

「強いぞ、こいつ」

男たちの間に緊張がはしった。

「逃げてくれるなら追わぬぞ」

聡四郎は語りかけた。

「やかましい」

男たちに聞く耳はなかった。

ため息をついた聡四郎は、太刀の峰を左肩にのせるような一放流独特の袈裟《けさ》に構えた。

得物《えもの》を手に聡四郎を取り囲む男たちは、残り四人であった。

野次馬は数えきれないほどいた。そのなかにも敵が紛れているかもしれない。

聡四郎は野次馬にも気を配った。

殺気が野次馬のなかからも出ていた。よほどの達人か忍びでもないかぎり、殺気を隠すことは難しい。

「うわああ」

聡四郎を取り囲んでいたなかでもっとも若い男が、長脇差を振りあげてかかってきた。駆けながらの一刀は十分に聡四郎に届いた。

聡四郎は振りおろされた長脇差に合わせるように太刀を振りだした。

刃がふれあうなり、手首をかえして長脇差を巻き落とした。

鉄と鉄がぶつかりあう音がして、長脇差が地に刺さり、空中にのの字の軌跡を描いた聡四郎の太刀が、若い男の首の血脈を断った。

「ひゅううう」

口笛を吹くような声を細くあげながら、若い男が絶命した。心臓が一瞬で止まったのか、流れ出る血は思ったよりも少なかった。

「矢五《やご》。息子を。てめえ、もう許さねえ」

それを見た歳嵩の男が、大声でわめいた。

「殺してやるぜ」

匕首を腰だめにした。

「権三《ごんざ》のやろうが、本気になったぜ」

「ああ、頭に血が上った権三はみさかいがねえからな。気をつけねえとこっちまでやられちまうぜ」

残った二人が顔を見合わせて、少しさがった。

「俺は、両手の指じゃたらねえほど、人を殺《や》っているんだ。おめえなんぞ、どういうことはねえ」

権三が、わめいた。

聡四郎は、叱りつけた。

「人殺しを自慢するな」

「うるせえ。くたばれ」

権三が背を丸めて、聡四郎めがけてぶつかってきた。

背中ならば、斬りつけられたところで致命傷になることは少なく、そのままの勢いでつっこめる。まさに捨て身の攻撃であった。

無頼同士の喧嘩や、庶民相手ならつうじたそれも、剣術遣いには無駄でしかなかった。

すばやく下段に構えをかえた聡四郎は、左足を一歩踏みだして、刃を上に天を目指して太刀を振りあげた。

「けふっ」

鎖骨を下から断ち割られて、権三の身体が止まった。桶の水を撒いたように血が噴き、権三が板のように倒れた。

聡四郎は、返り血をさけて後ろに跳んだ。

「吉《きち》よ、まずいな」

「ああ、三両じゃ安すぎたな。竜《たつ》」

残った二人が、長脇差を手に相談を始めた。

「前金をもらったからなあ。このまま尻《けつ》をまくるわけにもいかねえ」

深川では、人殺しも強姦も日常茶飯事で、誰も気にとめることもないが、前金をもらって受けた仕事から逃げることは許されなかった。

江戸を売ってしまえばなんとか逃げられるが、二度と江戸の地を踏むことは許されない。舞い戻ったことを依頼人、あるいは仕事の仲介に入った顔役に知られれば、かならず殺された。

「やるしかあるめえ」

吉が大きく嘆息した。

「ああ」

竜が重々しく応じた。

悲壮な覚悟を二人が決めているにもかかわらず、野次馬のなかから増援が出てこないことに聡四郎は、奇異な思いを抱いていた。

「おまえたちで最後か」

聡四郎は、太刀をふたたび肩に担いで、訊いた。

竜が、目をむいた。

「もの足りねえか」

吉の顔色も変わった。

「なめたことを言ってくれるじゃねえか」

聡四郎の言葉を挑発と受けとった二人が、怒った。目をつりあげた二人が走って、聡四郎を前後で挟むように位置取った。

「妙だな」

聡四郎は、野次馬の気配を再度探った。

野次馬のなかから放たれる殺気に二種類あることに気づいた。一つは、吉と竜と同じく直接聡四郎にあびせて来るもの。もう一つは、まったく異質な冷たいものだった。

聡四郎は、最初の殺気が見届け人のものだと推測した。だが、もう一つがわからなかった。

思考に入った聡四郎の気がそれるのを見て、吉と竜が長脇差を手に斬りかかってきた。

「わああ」

吉が前から、竜が後ろから、息を合わせて襲ってきた。

聡四郎は一歩前に踏みだしながら、太刀を肩で押すようにして出した。

一放流の一撃は稲妻にたとえられるほど疾い。

長脇差が振りおろされる前に、聡四郎の太刀は吉の首筋を斬り裂いていた。

聡四郎は、吉の身体を両断した太刀の勢いに引きずられるようにして、三歩前に出て、振り返った。

顔から落ちた吉の向こうで、間合いを外された竜が長脇差を地面に撃ちこんでいた。

「あわあわわあ」

吉から噴きだした血をまともに浴びて、竜がおかしくなった。瞳が開ききり、上にあがっていた。

竜が長脇差を振りまわして暴れだした。

近づきすぎていた野次馬の何人かが、長脇差に擦《かす》られて悲鳴とともに逃げだした。野次馬の陣形が崩れた。

聡四郎は、狂ったように暴れる竜に向かって走った。

これ以上、けが人を増やすことはできなかった。

「おい」

聡四郎に声をかけられた竜が、血走った目で聡四郎を見た。

「ひいいい」

恐怖の悲鳴を漏らしながら、竜が長脇差を振りかぶった。

聡四郎は、振りおろされた長脇差を難なくかわすと、切っ先を小さく突きだして竜ののどを破った。

声もなく竜が死んだ。

聡四郎は、軽く頭を傾けて哀悼の意を表した。

「…………」

野次馬たちは声をなくして聡四郎を遠巻きにしていた。

懐紙で太刀の血脂《ちあぶら》を拭いながら、聡四郎は二つの気配を探した。

「消えたか」

殺気は二つともなくなり、かわりに恐怖の目で見る野次馬が聡四郎を取り巻いていた。

太刀を鞘に戻して、その場から歩きだしながら、聡四郎は、紀伊国屋文左衛門の思惑にみごとにはまったことを知った。

今から向かったところで、一日に千人が出入りする吉原である。紀伊国屋文左衛門と会っている人物を特定することは難しい。

聡四郎は念のため山村次郎右衛門が入っていった煮売り屋を覗いてみたが、

とっくにその姿はなくなっていた。

聡四郎は自嘲《じちょう》するしかなかった。

「子供並みだな、これでは」

聡四郎は深川をあとにした。

沈みかけた日に照らされて、悄然《しょうぜん》と永代橋を渡っていた聡四郎に、前から職人体《てい》の男が寄ってきた。

「水城さまで」

「そうだが、そなたは誰だ」

聡四郎は見覚えのない男を、誰何《すいか》した。

「お初にお目にかかりやす。相模屋の職人頭をつとめさせていただいておりやす袖吉《そできち》でござんす。以後お見知りおきを」

袖吉が名乗った。

「水城聡四郎だ。よくわかったな」

「そりゃあ、お嬢さんから朝晩念仏のように旦那の姿形、お身形《みなり》、刀の拵えまで聞かされたんでさ。相模屋の職人で旦那を見分けられねえやつなんぞ、いやしやせんよ」

袖吉が苦笑いをした。

「それは悪かったな」

聡四郎も笑った。身体にまとわりついていた殺気が霧散していくのを聡四郎は感じて、少し気楽になった。

二人は顔を見合わせて微笑んだ。初対面の緊張がとけた。

「袖吉、おぬしは鳶《とび》か」

聡四郎は、問うた。

袖吉は、張りつくような股引《ももひき》に紺染めの腹掛け、上から半纏を羽織っていた。

「へい」

袖吉がうなずいた。

「仕事帰りか」

「季節はずれのこの暑さで。仕事は早じまいにして、深川へ夕涼みに出かけたら、お嬢さんから聞かされたとおりのお侍さまが、大立ちまわりをやっておられるじゃありやせんか。驚きやした。ですが、旦那、すさまじいお腕前で」

袖吉は、まだ興奮からさめていなかった。

「ずっと見ていたのか」

「野次馬が騒ぎだしてからでやすから、最初の一人は見てやせん。それと最後の一人も」

聡四郎は、袖吉の言葉に引っかかった。

「最後の一人だと」

「さようで。野次馬のなかに甲州屋の番頭がまぎれてやがったんで。そいつが、最後まで見ずに離れたので、ちょいとあとをつけやした」

袖吉が誇らしげに言った。

「甲州屋の番頭だと」

聡四郎は驚いた。

先日、拐《かどわ》かされた紅を救いだしたとき、手を斬りとばしたまま甲州屋を放置してきたが、死んだという噂は聞いていなかった。

すっかりおとなしくなったと、相模屋伝兵衛から伝えられていただけに、聡四郎を見張っていたというのが思いのほかであった。

「で、どこへ行った」

聡四郎は、顔をつきだした。

「勘弁してくだせえよ。男と顔をつきあわせるのは、どうも。旦那と顔をつきあわせて喜ぶのは、お嬢だけでさ」

袖吉に言われて聡四郎は、赤面した。

「やっぱり、旦那もまんざらじゃなさそうで」

袖吉がうれしそうにつぶやいた。

「あのお嬢が、借りてきた猫みたいにおとなしくなりやしたからねえ。それこそ、銀杏髷《いちょうまげ》を結っていたころから知ってやすが、あの気性でやしょ。どうして男に生まれてこなかったかと、みんなで残念がったもので。そりゃあもう、じゃじゃ馬なんてものじゃございせんでしたからねえ」

袖吉が懐かしむようにほほえんだ。

銀杏髷とは、女児が娘になるまで結う髪型である。初潮を迎えると島田《しまだ》に結いかえるのが慣習であった。

「紅どののことは、今はいい。甲州屋の番頭はどこへ」

聡四郎は、あわてて話を戻した。

「霊巌島で算勘を教えているとかいう、浪人者の……」

袖吉の言葉を、聡四郎がとちゅうで奪った。

「山村次郎右衛門か」

袖吉が驚いた顔をした。

「ご存じのお方で」

聡四郎は、袖吉に紀伊国屋文左衛門と紀伊国屋の番頭が別れてからのことを話した。

「なるほど、そうでやしたか」

袖吉が納得した。

「山村次郎右衛門という浪人者のことを知らぬか」

「申しわけありやせんが」

袖吉がすまなそうに応えた。

二人は永代橋を渡り終えた。

「旦那、相模屋までご足労《そくろう》いただけやせんか」

袖吉に誘われて、聡四郎は首肯した。

永代橋から崩《くずれ》橋を渡れば、相模屋は近い。二人は、日が完全に落ちる前についた。

相模屋伝兵衛は、いつもの居間で聡四郎を迎えた。

「おいでなさいませ」

「袖吉どのに誘われてきた」

聡四郎は、相模屋伝兵衛の顔を見た。

「なにか、わかったのでござろうか」

紅があからさまに避けているときに、聡四郎を呼ぶということは、なにか進展があったとしか思えなかった。

相模屋伝兵衛がうなずいた。

「時分どきでもございまする。夕餉をしながらお話を」

「せっかくだ、馳走になろう」

聡四郎は、遠慮しないことにした。

「酒はお出ししませぬ」

相模屋伝兵衛の言葉に聡四郎はうなずいた。

「わたくしどもが調べましたことをお伝え申しましょう」

出された膳を前に相模屋伝兵衛が口を開いた。

「まず、紀伊国屋文左衛門ですが、今宵は、後藤庄三郎光富と吉原の大三浦屋で話をしておりまする。さすがに話の中身まではわかりませぬが」

「後藤庄三郎光富か」

聡四郎は驚きの声をあげた。

今まで一度も、聡四郎があとをつけてくることを気にしていなかった紀伊国屋文左衛門が、今日にかぎってあのような罠をはったのだ。よほどの相手であろうと聡四郎は読んでいた。が、これほどの大物とは思っていなかった。

「続いて、勘定奉行荻原重秀さまは、下勘定所に出務したあと屋敷に戻り、誰とも顔を合わせておりませぬ。これも六日変わりませぬ」

聡四郎は、黙って聞いた。

「柳沢美濃守吉保さまも、表だってはなにもなされてはおられませぬ。もっとも、あの御仁は、見えないところで手を動かしておられましょうが」

相模屋伝兵衛も幕府お出入りとなっている関係上、側用人《そばようにん》時代の柳沢吉保となんどか顔を合わせていた。

「そして、その手の先に操られている立花修理太夫どのでございまするが、大目付への猟官《りょうかん》をなされておられるようでございまする」

相模屋伝兵衛の調べは、聡四郎の縁談相手の実家にまでおよんでいた。

「大目付でござるか」

聡四郎は、あきれた。

寄合旗本とはいえ、立花家は外様大名柳川藩立花家の分家である。すべての大名が将軍の家臣となったが、徳川譜代でない外様は幕府で冷遇されている。それは分家にもおよんでいた。

将軍近くに仕える、小姓組、書院番組になることはまずありえなかった。大番組頭になれればよい方である。

「外様の筋ではつける役ではございませぬ」

大目付は、大名の非違《ひい》を監察《かんさつ》するのが役目である。譜代の、それもよほど将軍の信頼厚い旗本だけが任じられた。大監察といわれるゆえんであった。

「ついでと申しては失礼ながら、水城さまのご縁談相手、由里姫《ゆりひめ》さまについても調べておりまする」

相模屋伝兵衛の顔が少しだけ緩んだ。

「ご当主修理太夫どのが、ご長女。今年で十四歳になられる、お美しいお方だそうでございます」

「十四歳……子供ではないか」

聡四郎は、目を見張った。今年で二十六歳の聡四郎とは、干支《えと》で一回り違う。

驚きと同時に、聡四郎は腹立たしい思いがした。

「本人の意志などないというのか」

「お武家のご縁組みは、人と人ではなく、家と家でございますから。新郎と新婦の年齢や、想いなどは、最初からないも同然で」

相模屋伝兵衛が、感情を表すことなく言った。

「……………」

聡四郎は言い返せなかった。五百石取りの旗本の血筋として、その手の話を嫌というほど見てきたからであった。

「上阪さまの面目、立花さまの思惑、水城さまのご隠居さまの願い。この縁談は、止まることなく進みましょう」

「それは困る」

聡四郎は、力なくつぶやいた。

「ですが、この縁談の後ろにおられるのは、柳沢吉保さまでございまする。かのお人の狙いが何処にあるのかは知りませぬが」

「もし、拙者がこの縁組みを承諾したら、どうなるのでござろうか」

聡四郎は、柳沢吉保が五百石勘定吟味役の縁組みに口出ししてくる理由がわからなかった。

「水城さまは、柳沢さまのご陣営に入ったと見られることになり、新井白石さまのお立場はぐっと悪くなりましょう」

「新井さまのお立場がでござるか」

聡四郎は、首をかしげた。

たかが縁談で、新井白石にまで影響が出るとは聡四郎は思っていなかった。

「水城さまらしいと申しましょうか、世の中を気になさすぎまする。よろしゅうございますか。世間では水城さまを、新井白石さまのご配下と見なしておりまする」

相模屋伝兵衛の顔に、苦笑が浮かんでいた。

「そうなのでござるか」

聡四郎は、まだ納得がいっていない。

新井白石と会ったことなど、三度しかないのだ。

「周りはそう見ているということでございまする。本人の思惑や、真実などはどうでもよろしいので。十人中八人がそうだと認めれば、それは世間にとって真となるのでございまする」

相模屋伝兵衛が諭した。

そこまで言われて、ようやく聡四郎は、先日、新井白石が内座まで聡四郎を訪ねてきて以来、同役たちの態度があからさまに変わったことに思いあたった。

「思いあたられたようでございまするな」

「……………」

聡四郎は無言で首肯した。

「ご当代将軍さまの懐刀、新井白石さまはまさに飛ぶ鳥を落とす勢いで政《まつりごと》を進めておられまする。しかしながら、いくつか出された令の効果のほどはいかがでしょうか。上辺だけでまったく成果のあがっていないものが多くはございませぬか。発せられてすぐに役人どもが動いたのは、生類憐みの令の撤廃ぐらいでは」

相模屋伝兵衛が、言いきった。

五代将軍綱吉最大の悪法、生類憐みの令は、遺言で続けるようにと残されたにもかかわらず、綱吉の死去した宝永六年（一七〇九）一月末に廃されていた。

綱吉の死去が一月の十日だったことからみても、いかに早いかわかる。

「しかし、将軍職が六代さまに代わられてすでに三年半、いまだに荻原重秀どのは、罷免《ひめん》されておられませぬ。代が変われば、先代に寵《ちょう》されたお方は退き、新しいお方が権を握られるのが通例なのにもかかわらず」

「なるほど」

聡四郎は、世慣れた相模屋伝兵衛の見方に感心した。

「これを見ていた者たちが、どのように考えるかおわかりでございましょう。新井白石さまには、荻原重秀どのを廃するだけのお力がない。六代将軍家宣さまのご体調は、ここ数年来すぐれられていない。ならば、新井さまにつくより荻原さまについていた方がよいのではないかとなるのでございまする」

相模屋伝兵衛が、聡四郎に教えるように語った。

「ううむ」

聡四郎はうなるしかなかった。

思いあたるふしが多すぎた。一時は新井白石に近づいた者たちも距離をおきはじめている。

「また、累代《るいだい》のお旗本というわけでもなく、甲府宰相家ご譜代でもなき新井白石さまには、お味方となる方がおられませぬ。直接お目にかかったことのないわたくしが申しあげるのも、よろしくはございませぬが、この場だけということでご容赦願います。新井白石さまは、ずいぶんとご狷介《けんかい》なご性分《しょうぶん》だとか。これでは、人は集まりませぬ」

相模屋伝兵衛の話は、聡四郎の目についていた鱗《うろこ》をはがしていった。

「新井白石さまが、荻原重秀どのが牙城、勘定方のなかにゆいいつ打ちこんだのが、水城さま。その水城さまが、柳沢吉保さま、すなわち荻原重秀どのが方に回ったとなれば、新井白石さまの名前は地に落ちたも同然となりましょう」

「拙者の縁談がそこまで政にかかわってくるとは」

聡四郎は、愕然《がくぜん》とした。

家を継ぐ覚悟のなかった聡四郎が知ろうともしなかったもの、それがいつのまにか牙をむいてせまっていた。

「相模屋どの」

聡四郎は気を取り直して、やっと気がついた。

「もしや、相模屋どのも拙者のかかわりと見なされておられるのでしょうや」

相模屋伝兵衛が、苦笑した。

「さようでございまする。相模屋伝兵衛は、水城さまをつうじて新井白石さまとつながりを持ったと巷で噂されておりまする」

「それは、申しわけないことをしました」

聡四郎は、己の油断を心から後悔した。

「お気になさらずとも。どのような家、どのような生活《たつき》でもいつかは終わりがくるものでございまする。将軍家でさえ、ご本家は絶え、二代にわたるご養子になられました。この相模屋がつぶれたところで、職人どもは腕のある者ばかり。喰うに困る者などおりませぬ」

相模屋伝兵衛が、聡四郎の懸念を笑いとばした。

「それに、わたくしも少しは貯えもございますれば。どのみち、わたくしには家を継がす息子がおりませぬ。気がかりといえば……」

そこまで言って相模屋伝兵衛が、口籠《くちご》もった。

「…………」

聡四郎も応えなかった。

相模屋伝兵衛の気がかりが、紅であることはわかっていた。

聡四郎とて、紅のことが気にならないわけではない。だが、今の聡四郎はなにも言えなかった。

「かたじけのうございました。では、これにて」

聡四郎は、気まずい雰囲気をあとに残すことを承知で、席を立った。

三

屋敷に戻った聡四郎を上阪山城守が待っていた。長崎奉行は定員三人、二人が長崎に赴任《ふにん》、一年ごとに一人が江戸へ帰り、江戸にいた者が長崎へ出向く。

「お待たせいたしまして、申しわけございませぬ」

聡四郎はていねいに詫びた。

父功之進と歓談していた上阪山城守が、笑いながら首を振った。

「いやいや、突然お邪魔したのだ。気にしないでくれ」

上阪山城守は、今年で三十五歳になった。

元は八百石取りの御使者番《おししゃばん》であったが、柳沢吉保の目にとまり、宇治山田《うじやまだ》奉行から長崎奉行へと栄達《えいたつ》を重ねた。

遠国奉行のなかでもっとも重要といわれる長崎奉行をすでに五年務め、ここ数年の内に勘定奉行へ抜擢《ばってき》されると噂される傑物《けつぶつ》である。

「聡四郎よ、山城守さまは、わざわざ先日のご縁談の話を直接、そなたに伝えたいとお忙しい御用の合間をぬってお見えくださったのだぞ。失礼のないようにな」

功之進が、聡四郎を牽制《けんせい》した。

「いやいや、そう言われるな。今日は、水城聡四郎どのとはどのようなお方か、拝見に参っただけよ」

上阪山城守が、鷹揚《おうよう》に功之進を制した。

「とはいうものの、儂の江戸番もこの十月までじゃ。十一月の頭には長崎へ向けて旅立たねばならぬ。あまりのんびりとはしておれぬがな。なにやらの支度もあろう。九月の半ばまでには、話を決めていただきたい」

上阪山城守が、圧力を聡四郎にかけてきた。

鎖国を祖法としている幕府のなかで、唯一海外へと開いているのが長崎である。清《しん》国とオランダだけとはいえ、交易《こうえき》もおこなわれている。

その交易を管轄《かんかつ》、海外からの情報を収集、異国からの防衛と、長崎奉行が遠国奉行中、もっとも大役とされるのは、このためであった。

また、交易にかかわることで余得も多く、長崎奉行を三年やれば、孫の代まで蔵がもつと言われていた。

「父御から聞いてはくれておるであろうが、縁談の相手は……」

上阪山城守が、先だって功之進が語ったのと同じことを話した。

「立花どのがご息女は由里どのと申されてな、今年で十四歳になる。先日縁談の仲立ちをするものが顔を知らぬでは、相手に申しひらきができぬと強引にねじこんでの。茶席に呼びだしてもらったが、いや、もう、あれほど見目《みめ》麗《うるわ》しい娘《おなご》を見たことはないわ。妻がおらねば、儂が嫁に欲しいぐらいであった。いやいや、見た目だけではないぞ。旗本の娘には珍しく、習いごとも得手《えて》のようで、書では、ちと名前が知れておるという。年若すぎると言われるか知れぬが、なかなかどうして落ちついた風情であったぞ」

上阪山城守が、縁談の相手を盛大に持ちあげた。

「それはそれは、ありがたいことでございまする」

功之進が聡四郎に代わって返事をした。

「言い忘れていたが、由里どのが母は、立花どのがご正室じゃ。ご実家は、かの本庄因幡守《ほんじょういなばのかみ》どのよ」

上阪山城守が、わがことのように誇った。

本庄因幡守宗資《むねすけ》。綱吉の母桂昌院の義弟であった。

京の名門二条家の家司《けいし》をしていたが、桂昌院の縁をもって綱吉に仕えた。八百俵から累進して元禄元年（一六八八）に下野国《しもつけのくに》足利《あしかが》で一万石、元禄五年（一六九二）には、常陸笠間《ひたちかさま》の城と二万石の加増、七年にさらに一万石と計五万石を与えられた。

宗資は元禄十二年（一六九九）に亡くなったが、跡を継いだ次男資俊《すけとし》も寵愛され、二万石を加増されただけでなく、徳川にとって由緒ある浜松《はままつ》城主となっていた。

「なんともはや、畏《おそ》れ多いことで」

功之進が、畳に額を押しつけた。

「どうであろうかの、水城どの。相手も見ぬうちに話を決めよというのも、とまどわれようが、この山城に任せてはくれぬか。きっと悪いようにはせぬ」

上阪山城守が、胸を張った。

「四の五のございませぬ。息子になり代わりまして、このお話……」

功之進が承諾を述べかけたのを聡四郎がさえぎった。

「しばらく考えさせていただきとうございまする」

「聡四郎、そなた、なんということを」

功之進が絶句した。

上阪山城守が、口をつよく結んだ。

「わけを聞かせて、いただきたいが」

「ご存じのとおり、わたくしめがお役につきまして、まだ一月ほどしか経っておりませぬ。わたくしにとって勘定吟味役は重すぎまするが、御上のご信任とあらば、命を賭《と》して務めるが旗本の責務。情けなきことながら、今はお役目のことで手一杯でございまして、とても妻《めと》を娶るような余裕がございませぬ」

聡四郎は、役目を盾《たて》に断った。

「生意気なことを、申すな」

功之進が、聡四郎を怒鳴りつけた。

「待たれよ。ご子息の言われることにも一理ござろう」

興奮している功之進を抑えて、上阪山城守が聡四郎を見た。

「いま申されたのは、お役目が落ちつきさえすれば、縁談に否やはないとのことでござるな。ならばけっこう。さっそくに立花どのにお報せいたさねばなりませぬゆえな、これにて御免」

上阪山城守が、聡四郎や功之進に口を開かせることなく、座を蹴って去った。

相模屋伝兵衛の危惧《きぐ》は、数日後に現れた。

内座に出務した聡四郎のところに同役や下僚たちが集まってきたのだ。

「おめでとうござる」

しめしあわせたように祝いの言葉を述べて、そのあと、かならず笑うのだ。

「勘定のなんたるかも知らぬ儒者崩れに、勘定方を思うようにはさせませぬ」

聡四郎にも、儒者崩れが新井白石のことだというのは、すぐにわかった。

「これで、素人が口出ししてくることも、なくなりましょう」

普段は大手門脇の下勘定所に詰め、城中の内座にまず来ることのない者まで、顔を出してきた。

「どうなっているのだ」

聡四郎はとまどうしかなかった。

ようやく人が散った。そこへ太田彦左衛門がやってきた。

「水城さま、やられましたな」

「なにがなんだかわかりませぬ」

聡四郎は、とまどいをあらわにした。

「ご存じございませぬか。昨日、表御右筆部屋に立花修理太夫さまから、ご息女由里さまと水城さまのご婚姻の許可願いが、内々ながら上がったとのことで」

太田彦左衛門が、告げた。

表右筆とは、大名旗本の家禄、家格、相続、婚姻などをあつかう。若年寄支配で三百俵高、役料百五十俵を給される。重い身分ではないが、相続などの書類をどのように差配するか胸三寸だけに、大名や旗本にとって誼をつうじておくべき存在であった。

「内々か」

聡四郎は、ほっと一息ついた。

内々とは、次には正式な書類を出しますが、こういうことになりましたので、よろしくご手配くださいと前もって報せることで、この段階でなにかあれば、なかったことにできる。

太田彦左衛門が、きびしい目を聡四郎に向けた。

「内々が出たということは、そう刻をあけずに本書付《ほんかきつけ》をあげるとのことでございまする。余裕はございませぬぞ」

「どのくらい刻はございましょうか」

聡四郎は、長く役について慣習に詳しい太田彦左衛門に訊いた。

「いつもなら、三十日以内というところでございましょうが、表右筆部屋は、いまだに柳沢さまが手のうちにございますれば、まず十日とお考えになられるべきでございましょう」

隠居したとはいえ、柳沢吉保の力は、まだ江戸城に根強く残っていた。

さすがに政にかかわる奥右筆部屋は、家宣の命を受けた側用人間部《まなべ》越前守《えちぜんのかみ》詮房《あきふさ》が手にしたが、表右筆部屋は、それほど重要ではないと見てそのままにされていた。というより、そこまでするだけの力が、まだ家宣の腹心たちにはなかった。

「十日か」

聡四郎は嘆息《たんそく》した。

新井白石から命じられたのは、冬までに荻原重秀を追い落とすだけの証拠をみつけだせとのことであったが、今、目の前につきつけられた新たな期限は十日に縮んだ。

聡四郎は、必死にならざるを得なかった。

荻原重秀は、久しぶりに柳沢吉保の元を訪れていた。

「ご無沙汰いたしております る」

荻原重秀は、家宣にするよりもていねいに頭をさげた。

「いやいや、健勝《けんしよう》そうでなによりだ。どうだ、近頃は。隠居してしまうと、とんと世間に疎《うと》くなるのでな」

柳沢吉保が、にこやかに笑った。

「おかげをもちまして、なんとかなりそうでございまする」

荻原重秀が顔をあげた。

新井白石と丁々発止《ちようちようはつし》のやりとりをした三年前と違って、ここ一年ほどは表に出ないで相手を蹴落とそうとしていた。どちらも止《とど》めをさすだけの力に欠けている。

荻原重秀が新井白石を江戸城から追いだせないように、家宣から師とまで呼ばれている新井白石も荻原重秀を勘定奉行の座から引きずりおろせていなかった。

「功罪をはかれば、功がまさるのではないか」

何度も荻原重秀の罷免《ひめん》を願った新井白石に、家宣は首を縦に振らなかった。

理由は簡単であった。疲弊した幕府の金蔵をなんとか保てているのは、荻原重秀がおこなった元禄の改鋳のおかげであったからだ。

六代将軍家宣は、父綱重《つなしげ》の仇《かたき》として綱吉を嫌ってはいたが、それに凝《こ》り固まるほど頑迷《がんめい》な人物ではなかった。

綱吉取り立ての者でも有能であれば、手ずから使おうとした。

荻原重秀は、能吏《のうり》として家宣の眼鏡にかなったのだった。

それでも新井白石はあきらめない。

もちろん、荻原重秀も家宣の信頼にあぐらをかいているだけではなかった。

新井白石との争いに負ければ、役職を失うだけではなく、せっかく手にした加増まで奪われてしまう。

荻原重秀は、つちかった人脈を最大限にまで活用し、貯めた金を惜しげもなくまいて、味方を増やしていった。

「新井白石が最後の手駒、勘定吟味役、水城聡四郎も御前のおかげをもちまして、排除いたせそうでございまする」

荻原重秀が、ふたたび低頭した。

「このままご当代さまに万一のことがあれば、お世継ぎさまは、いまだ四歳と、とても天下の大事の支えになられませぬ。となれば、西の丸さまにかわって七代さまをお選び申しあげようという声が起こってくるのは間違いのないこと」

荻原重秀が言葉をきった。

「ぶしつけながら、ご当主吉里さまには、貞享四年（一六八七）のお生まれで、当年とられて二十六歳におなり。体力も気力も何一つ欠けることもなく、ご聡明《そうめい》でいらっしゃいまする。天下に号を発せられるにふさわしいかと」

荻原重秀が、世辞《せじ》をならべたてた。

「なにを言いたいのかよくわからぬがな」

柳沢吉保がとぼけた。

甲府藩主、柳沢吉里は、柳沢吉保が長男である。

貞享三年、五代将軍綱吉は、子供のなかった柳沢吉保に、寵愛していた側室を与えた。そして生まれたのが吉里であった。

月足らずで生まれた吉里は、当初から柳沢吉保の子ではなく、綱吉の種だと噂されていた。

綱吉が側室を柳沢吉保に下げわたしたとき、すでに身ごもっていたというのであった。

その噂を裏付けるかのように、綱吉は足繁く柳沢吉保の屋敷にかよった。

天和六年（一六八六）九月二十一日を皮切りに、実に五十八回も御成《おなり》を繰り返していた。家臣の屋敷を訪れることを好んだ綱吉だが、柳沢吉保は格別であった。

また、綱吉は、訪れるたびに吉里にいろいろなものを下賜していた。

名刀、名馬、衣類だけではない。吉里の成人の祝いには、松平《まつだいら》の称号と諱《いみな》の一字を与えている。

将軍の諱を与えられるのは、御三家、御親藩《ごしんぱん》が原則である。まれに外様の大大名に下賜されることもあるが、よほどのことだ。

さらに、吉里を江戸城の奥の御座《ござ》に招いて酒を酌みかわしたり、御成のおり、吉里の居室まで出むいたこともあった。

御三家や譜代名門でさえ、これだけの厚遇にあずかったことなどない。

まさに格別。血を分けた我が子とでも考えなければ、ありえないあつかいであった。

「これは、要らぬことを申しました」

荻原重秀が、詫びた。

「ですが、いざというとき、勘定方は一枚岩として新将軍家に忠誠を誓いまする」

荻原重秀が、胸を張った。

「うむ。旗本として見事なお覚悟。この柳沢吉保、感服つかまつった。その心根を、かならずや新将軍家も愛《め》でられるであろう」

柳沢吉保が、しっかりと応えた。

「ありがたいお言葉でございまする。この近江守、粉骨砕身《ふんこつさいしん》いたしますれば、なにとぞ、今少しのお力添えを」

荻原重秀が、柳沢吉保を見あげた。

「わかっておる」

柳沢吉保がうなずいた。

「では、よろしくお願い申しあげまする」

荻原重秀は面目を果たして、帰っていった。

四

聡四郎は、再考を求めるための面会を上阪山城守に願うことさえしなかった。会っても話をはぐらかされるのはわかっていたし、その手間さえも惜しかった。余裕のなくなった聡四郎は、目標を小判改鋳にしぼった。

永代橋の不正、寛永寺のこと、勘定吟味役廃止の問題と荻原重秀を追いつめる材料はたくさんあったが、すべてに手を伸ばして真相にたどり着くには時間が足りなすぎた。

また、永代橋にせよ、寛永寺にせよ、これらの不正は、罪を紀伊国屋文左衛門に押しつけることができる。

さらに、この二つを深く追及すると、普請に人足を出した相模屋伝兵衛に話が飛び火しかねなかった。

「御免、邪魔をする」

聡四郎は、日本橋にある両替商に入った。

「勘定吟味役、水城聡四郎である。ちと尋ねたいことがある」

名乗った聡四郎に、両替商は蜂の巣をつついたようになった。勘定吟味役の名前はそれほどまでに大きく、その権も大きい。

「し、しばらくお待ちを」

番頭があわを喰って奥へと駆けこんだ。

「これはこれは、御勘定吟味役さま。ようこそ、お出《い》でくださりました。さて、本日は、どのような御用向きでございましょう」

報された主人が、あわてて出てきた。

「ああ、急なことですまぬが、ちと教えて欲しいことがあってな」

聡四郎は、主人の緊張をほぐそうと微笑んだ。

「吟味役さまにお教えするようなことが、当家にあるとは思えませぬが」

主人が、逆に身を引いてしまった。

「かたくならんでくれ」

聡四郎は店の中を見回した。客の姿はなかった。

両替商とはその名のとおり、両替をおこなうところである。

両替が商売として成り立つ理由の一つに、幕府が作製している通貨が、多種にわたることがあった。

金、銀と銭の三種だが、そのうち、金と銀は、使っている内に目減りしてしまうために、重さで交換することになる。

他にも、金と銀は相場が立ち、ほとんど毎日価格が変わる。

さらに混乱に拍車をかけているのが、金貨の金額が高すぎることだ。小判でさえ銭になおせば六千文、大判にいたっては、手に持つことさえ無理なほどの銭の数になってしまう。

こうなると素人では、計算することさえ難しい。

両替商は、そのすべてを承知したうえで、その日その日の相場に応じて小判を銭に、小判を銀に交換して、手数料を貰うことでもうけていた。

最近では、困窮《こんきゅう》している大名や旗本に金を貸して利ざやで稼ぐのが本業となっていた。

「店先でよいかな」

聡四郎は訊いた。

主人の目が、すっと細められた。聡四郎の言いたいことを理解したのだ。

「よろしければ、奥でお茶なと」

主人に先導されて聡四郎は、店の奥にある客間にとおされた。

香り立つ茶が目の前に出された。聡四郎の家で使っているような赤茶けた安物ではなく、高価な葉を使っていた。この一事をみても経済の中心が武士から商人に代わったことがよくわかった。

聡四郎は茶を口にふくんだ。

「で、ご用件のほどは」

主人、山本《やまもと》屋幸右衛門《こうえもん》が、問いかけてきた。

「慶長小判をどのくらいお持ちかな」

聡四郎は真っ向から切りこんだ。

「えっ……なんのことでございましょう」

山本屋幸右衛門が一瞬詰まったあと、とぼけた。

「隠しても無駄よ。慶長小判と元禄小判では値打ちが違いすぎるからな。どこの両替商も、いや、どの商家も蔵の奥にひそかに積んでいることは、周知のことだ」

権というものの力を聡四郎は少しは覚えた。日頃と違うきびしい言葉遣いをした。

山本屋幸右衛門は沈黙を続けた。

「吟味下役を呼んで、家捜しさせようか」

聡四郎は脅しをかけた。

「そのようなことをなされては、逆にご身分にかかわりましょう」

山本屋幸右衛門が、聡四郎に鋭い眼光をあびせた。

「わたくしどもとおつきあいをいただいておりますなかには、ご老中さまを始め、ご身分の高いお方がいらっしゃいまする」

山本屋幸右衛門が、逆に脅しをかけてきた。

「おもしろい。拙者が役目を奪われるのは、望むところだ。だが、お主のところはどうかの。慶長小判の隠匿《いんとく》は、罪ぞ。闕所《けっしょ》追放は免《まぬか》れまい。それに名前を出されたお方も無事ではすまぬであろうな」

聡四郎は、にやりと笑った。

改鋳による差額を狙った幕府は、意図しての慶長小判隠匿をきびしく咎めていた。

二人のやりとりは、剣の応酬を思わせるほど緊迫した。

山本屋幸右衛門が、無表情で言った。

「金をご所望《しょもう》ではなさそうでございまするな」

「ああ。拙者の欲しいのは金ではない。見聞よ」

聡四郎は、真顔で応えた。

「なにをお知りになりたいので」

「元禄小判と慶長小判の差が、きっちりと出ているかということだ」

聡四郎の言葉を聞いた山本屋幸右衛門が、驚愕した。

「あなたさまが初めてでございますよ。お勘定方のお役人を含めて、そのことを訊いてこられたお方は」

「どうなんだ」

聡四郎は、重ねて問うた。

「お話をする前に、おうかがいいたしとう存じます」

山本屋幸右衛門が、聡四郎の顔を見つめた。

「このお話をするということは、おそらく勘定方のお偉いお方を敵にまわすことになりまする」

山本屋幸右衛門の言うのが、荻原重秀であることは聡四郎にもわかった。

「あなたさまは、どなたさまのご命で」

「言わぬわけにもいくまい。新井白石さまだ」

聡四郎は、肚《はら》を割って話をしないかぎり、相手も胸襟《きょうきん》を開いてくれないことを相模屋伝兵衛とのつきあいで学んでいた。

「やはり、そうでございましたか」

山本屋幸右衛門が、うなずいた。

「わかっていたか」

「当然でございましょう。御上の勘定奉行さまが代わられるか、代わられないかの瀬戸際でございまする。我ら商人としては、どなたがなられるかは大きなこと。それによって商いの道筋が変わりまする」

山本屋幸右衛門が真顔になった。

「どうだ、話してくれぬか」

聡四郎は山本屋幸右衛門をうながした。

「…………」

山本屋幸右衛門は、じっと聡四郎を見つめたままであった。

「話が他に漏れることはない」

聡四郎は約した。

「あなたさまが、お裏切りにならないという保証がございませぬ」

山本屋幸右衛門がきびしい声で言った。

「信じてくれと申すしかない」

聡四郎は、言葉がいかに脆《もろ》いものかわかっていて、そう言うしかなかった。

「初見のあなたさまを信用するだけのものが、わたくしにはございませぬ」

「どうすればいい」

聡四郎は、素直に訊いた。

「さようでございますなあ」

山本屋幸右衛門が、少し思案した。

「わたくしどもから、金を借りていただきましょう」

「金をか。拙者、金には困っておらぬが」

聡四郎は、山本屋幸右衛門の要請を聞いてとほうにくれた。

家を継ぐまで、よほどのことでもないかぎり小遣い銭など貰えなかった聡四郎は、金を使う習慣がほとんどなかった。

当主になってからいつも紙入れに二分金と小粒《こつぶ》が少し入っているのは、喜久の心遣いである。それも太田彦左衛門と煮売り屋で飲むぐらいでは、ほとんど減らなかった。

「あなたさまがお金に困っていようがいなかろうが、それはかかわりのないことでございまする。商人にとって、金はお武家さまの刀と同じ。わたくしどもは、金を使って戦うのでございまする」

山本屋幸右衛門が、強い声で語った。

世が泰平になると人は贅沢になる。贅沢は物価の上昇を招き、相応する増収の手段を持たない武士は貧窮の一途をたどっていた。

足りなければ借りる。武家の多くは両替屋、あるいは札差《ふださし》から金を借りることでその日その日を暮らしていた。

だが、借りたところで、禄が増えなければ返せなくなる。金の代わりに差しだすものがある場合は良いが、なければ踏みたおすことになる。

幕府は、その手の訴えの多さに頭を抱えていた。

「あなたさまが、裏切られたときは、証文を手に評定所《ひょうじょうしょ》あるいは、お目付に訴えさせていただくというわけで」

商人からの訴えがあれば、少なくとも御役御免、一つ間違えれば、御家断絶《おいえだんぜつ》になる。

「なるほど」

聡四郎は、山本屋幸右衛門の言うことに納得した。

「どのくらいの金を借りればいいのかさえ、わからぬが」

聡四郎の話に山本屋幸右衛門が、見定めるように聡四郎を上から下まで見た。

「なにかご入《い》り用《よう》なものでもございませぬか」

「さて、とりたてて欲しいものもないが……」

聡四郎は、断じかけて口をつぐんだ。

「山本屋どの」

聡四郎は思いきって問いかけた。

「なにでございましょうか」

山本屋幸右衛門が、受けた。

「女《おなご》の身につける櫛《くし》などは、いかほどするものでござろう」

聡四郎は、生まれて初めての質問に照れた。

「さて、ものによりまするが、奥さまにでございましょうか」

女のもつものにも身分的な区別があった。女中に五両をこえるようなかんざしは似合わないし、旗本の妻に何百文ていどの櫛は不釣り合いである。

「妻はまだおらぬ」

「お許嫁《いいなずけ》さまにで。となりまするると、やはり十両ほどはかかりましょう」

山本屋幸右衛門が、答えた。

「そうか。では、十両を貸してくれ。それと、そのようなものを売っている店を教えてくれぬか」

聡四郎は、頼んだ。

聡四郎が両替商に入っていったのを、あとをつけていた徒目付永渕啓輔が見ていた。

永渕啓輔は、聡四郎が出てくるのを待たずに柳沢吉保にそのことを報せた。

「ほう。両替商にか。なかなかよき目をしておるな」

柳沢吉保が、感心した声で言った。

「見過ごすわけにもいくまい。永渕、近江守にも教えてやれ。それでどうにもならなければ、あやつもそこまでだったということだ」

「はっ」

平伏《へいふく》した永渕啓輔が、柳沢吉保の元から荻原重秀の屋敷へと向かった。

永渕啓輔からことを伝えられた荻原重秀は、急いで紀伊国屋文左衛門と後藤庄三郎光富を呼びよせた。

「よくありませんな」

紀伊国屋文左衛門が、嘆息した。

「お奉行さま。もう猶予《ゆうよ》はなくなったと考えるべきでございましょう」

後藤庄三郎光富が、覚悟を決めた顔で言った。

「うむ。もう少しで新井白石を片づけられたのだが、もう待つだけのときはなくなった。紀伊国屋、後藤、急ぎ水城を始末してしまえ」

荻原重秀に命じられた、紀伊国屋文左衛門と後藤庄三郎光富が顔を見合わせてうなずきあった。

第五章　命の軽重《けいちょう》

一

両替商山本屋を出た聡四郎は、紹介された小間物屋で赤漆に貝で螺鈿《らでん》を入れた櫛を購入した。

生まれて初めて買った櫛が九両二分もしたことに、またそれを惜しいとも思っていないことに、聡四郎は驚きを感じていた。

翌日、聡四郎の元に後藤庄三郎光富から使者が来た。

「吹き替え所をご覧にいれたく存じまする。つきましては、明後日、四つ（午前十時ごろ）お待ち申しあげておりまする」

聡四郎は、罠だと知りつつ受けた。

「承知した」

聡四郎は、登城の用意をせず、小袖と小倉袴のまま離れに行った。

「出て参りまする」

聡四郎の姿を見た功之進が、妙な顔をした。

「なんだ、その格好は」

「道場に参ろうかと存じまして」

聡四郎は、素直に答えた。

「お役目はどうした」

功之進が、顔色を変えた。

勘定方一筋に務めてきた功之進は、勘定吟味役が連日勤めであることを知っている。

「新井白石さまから、きまま勤めを許されておりまする」

「なにを申しておる。新井白石どのは勘定方のことなど、なにもご存じないではないか。勘定方のことは勘定筋の家柄のものが仕切る。聡四郎、まちがうではない。そなたが従うは、勘定方の頭、勘定奉行さまなのだぞ」

勘定筋で五百石。水城家の望める出世は、祖父が経験した勘定組頭か、よくて遠国奉行が限界であった。それもよほどの実力と運と引きがないと無理である。

ときの権力者に気にいられても、勘定方で浮いてしまえば、終わりなのだ。

仕事の足を引っ張られ、成果があがらなければ、権力者は股肱《ここう》の臣《しん》でもあっさりと見捨てる。

「勘定吟味役の役目は、幕府勘定にかかわる非違を糺《ただ》すことでございまする。勘定奉行どのに盲従することではございませぬ」

聡四郎は、きっぱりと父功之進の意見を否定した。

「正論だがな。世の中は正義だけでは動かぬ。よいか、聡四郎。そなたは今、出世の入り口に立っているのだ。立花どのの姻戚となるということは、ひいては柳沢さまのお手内に入るということなのだ。ご隠居なされたとはいえ、柳沢さまのお力は、新井白石どのがおよぶところではない。そして、勘定奉行荻原近江守さまは、その柳沢さまが懐刀……」

「行ってまいりまする」

聡四郎は、大声でわめいている功之進を残して、屋敷を出た。

「筋というものが、悪癖の原因ではないか」

重い気持ちを抱えながら、聡四郎は道場に着いた。

「情けない顔をしておるな」

道場に入ってきた聡四郎を見た入江無手斎が、苦笑した。

「師匠」

聡四郎は、頭をさげて道場の隅に座った。

どこの剣道場でも同じだが、朝のうちは、弟子たちが集まって稽古をする。

一放流入江道場も数少ない弟子たちが、袋竹刀を使って撃ちあったり、木剣で基本の型を繰り返して練習していた。

聡四郎は、無言でその動きを見ていた。

甲高い音がして袋竹刀がぶつかった。

「そこ、竹刀をあてるな。竹刀で防ぐ癖がついては困るぞ。よいか、真剣は撃ちあえば折れるものだ。これを忘れるな。間合いをよく読み、敵の太刀先を見切れ。かわすときは、ぎりぎりでかわせ。一尺でも一寸でも当たらなければ同じだが、一尺かわすための動きは、無駄が多くなる。間合いの変化も大きくなる。相手の足の踏み出しを見れば、見切りは難しいものではない」

入江無手斎が、若い侍に指導をつけた。

聡四郎にも見覚えがあった。八十俵取りの御家人の息子で大宮玄馬《おおみやげんば》、なかなか筋がいい。

柳生新陰流や、小野派一刀流のように名の知れた道場ならいざ知らず、一放流などの無名の道場に集まってくる弟子は、旗本の次男三男以下、小禄の御家人、剣術をならってみたいと考えた町人ばかりである。熱心な者もいれば、とりあえず竹刀を振って気分を高揚させているだけという者もいる。

入江無手斎は、熱心な弟子にはきびしく、楽しみにかよってきている者には優しく教えていた。

正午の鐘が聞こえてきた。

鐘つき役人辻源七《つじげんしち》が日本橋本石町《ほんこくちょう》でつく時の鐘ではなく、それを受けて鳴らす寺院の鐘だ。

入江無手斎が、声をあげた。

「よし、本日はそこまで。道具を片づけよ。本日は、床掃除をせずともよい」

動きを止めた弟子たちが、一斉に上座に向けて礼をした。道具を片づけて、三々五々道場を去っていった。

大宮玄馬が、聡四郎のもとに近づいてきた。

「ご無沙汰いたしております」

聡四郎の目の前に膝をそろえて玄馬が、挨拶をした。

「いや、拙者が顔を出さなくなったからな」

「遅れましたが、お役目ご就任、おめでとうございまする」

玄馬がわがことのように喜んだ。

旗本御家人にとってなによりの祝いごとが、無役から脱することであった。

「玄馬、まだおったのか」

一度奥へ入った入江無手斎が戻ってきた。

「ちょうどいい。見ていくがいい。得るものもあるであろ」

入江無手斎が、床の間を背にして立った。すでに袋竹刀を手にしていた。

「来よ、聡四郎」

誘われて聡四郎は、道場の壁にならべてあった袋竹刀の一つを手に、入江無手斎の前に進んだ。

「参れ」

二間（約三・六メートル）の間合いで対峙した二人は、入江無手斎の声を合図に試合を始めた。

入江無手斎から、抑えこむような気迫が襲ってきた。

聡四郎は、動けなかった。

入門して二十年経つが、これほど恐ろしい顔をした入江無手斎を見たことがなかった。両足が小刻みに震えるのをこらえるのが精一杯で、一歩も踏み出せなかった。

聡四郎は、入江無手斎の眼《まなこ》が、大きくなっていくような気がした。

どのくらいときが経ったのか、聡四郎は乾坤一擲《けんこんいってき》に撃ってでることさえかなわずに、一歩退いて膝をついた。

「参りました」

聡四郎が、頭《こうべ》を垂れた。

「達したようだな」

入江無手斎が、笑っていた。

「はあ」

聡四郎は、入江無手斎の言葉の意味がわからなかった。

「玄馬、見えたか」

入江無手斎に声をかけられた玄馬が俯《うつむ》いた。

「無理もないか。まだ、そこまで達しておらぬからの。恥じずともよい。玄馬、今日の聡四郎を覚えておけ。いつか、わかるときがこよう」

入江無手斎が、聡四郎の前に腰をおろした。

「聡四郎よ。未練ができたであろう」

入江無手斎に言われて聡四郎は、目を見開いた。

「金や身分ではないな。おまえは、そんなものにまどわされるほど、浮世慣れしておらぬ。女か。そうか、女か」

入江無手斎が、嬉しそうに口にした。

聡四郎は、否定することもかなわず、真っ赤になった。

入江無手斎が笑いを消して、引き締まった顔をした。

「聡四郎、おぬしは儂が教えることのできる最後の段をのぼった。よくやったとほめてつかわす」

聡四郎は、なんのことかわからずにいた。

「よいか。剣は人殺しの道具、剣術はその術。それ以上でも、それ以下でもない。だがな、剣をあつかうは人なのだ。人は、なんのために剣を振るう。楽しみのためか。それとも、なにかを得るためか」

入江無手斎が、聡四郎の顔をじっと見た。

「違うであろ。人は、護りたいものがあればこそ、剣を学び、太刀を遣うのだ。いままでのお主にそれはなかった」

「はい」

聡四郎は、うなずいた。

「玄馬、ここで間違ってはならぬのは、護るもののためなら、己が命を捨ててもよいと考えることだ。これは、覚悟とは言わぬ。ただの捨て身よ。剣を遣う者として捨て身にならねばならぬときはある。だが、常時それではいかぬのだ。よいか、護るということは、その者の人生が終わるまでつきあって初めて成る。どのような状況、危難におちいっても生きて帰ろうとする意志。それが剣術遣いの心構えなのだ」

入江無手斎が、口を閉じた。一拍の後、入江無手斎がおごそかに告げた。

「水城聡四郎。一放流免許皆伝を与える」

聡四郎は、道場の床に額を押しつけて平伏した。

「玄馬、遠慮せい」

入江無手斎に命じられて、大宮玄馬は、道場から去った。それを見送って、入江無手斎が、ゆっくりと声を出した。

「生き死には、足の送りにあると知れ。一歩進めば、彼岸遠のく」

一放流に伝わる古歌を入江無手斎が、聡四郎に伝えた。

「よいか、駄目だと思うときほど前に出よ。退くは、機を失うだけではなく、気も萎《な》えるからの」

「かたじけのうございまする」

聡四郎は、すべてを感じ取ったうえで、手向《たむ》けの言葉を授けてくれた入江無手斎に、心からの礼を述べた。

「無事にすめば、おぬしが気に入った女を連れて参れ。よいな」

「はい」

聡四郎は、重い気分を霧散させて、道場をあとにした。


「なにがあったのだ」

徒目付永渕啓輔は、聡四郎のあとをつけながら、独りごちた。

聡四郎は、明日に備えて、深川の金座吹き替え所周辺のようすを調べに向かっていた。

「気配が変わった」

聡四郎の背中から立ちのぼる気は、明らかに道場に入る前と後で違っていた。

「仕合ってみたい」

永渕啓輔が、眼に力をこめて聡四郎をにらみつけた。

聡四郎は背中がちり立つのを感じて振り返ったが、多くの人にまぎれて永渕啓輔には気づかなかった。

永渕啓輔は、聡四郎の目からそっとはずれるように路地の奥へ足を踏みいれた。

表通りを一本入るだけで、深川の雰囲気はかなり変わる。

水路で細かく区切られた路地は狭く、人が二人並んで歩くのが精一杯であった。

永渕啓輔は、柳沢吉保から聡四郎の行き先を金座吹き替え所と報されていた。

先回りしようと路地を小走りに駆けていた。

「痛いな」

その永渕啓輔の肩に浪人者が当たった。浪人者は三人で道いっぱいに、歩いて来ていた。

「おい、黙って行く気か」

割るようにして浪人の壁を破った永渕啓輔は、そのまま行きすぎるつもりであったが、浪人者に声をかけられて足を止めた。

「なにか」

永渕啓輔の血は、たかぶっていた。

「ぶつかっておいて、挨拶もなしとは……」

永渕啓輔と当たった浪人の声がとぎれた。永渕啓輔が、目にもとまらぬ疾さで太刀を抜いていた。

音もなく浪人の首が落ちた。

「げっ」

残った浪人が、血刀を手にしている永渕啓輔に目を向けて、うめいた。

「おい、なにを……」

浪人者二人が柄に手をかけるまもなく、斬り伏せられた。

永渕啓輔が刀を浪人者の小袖でぬぐいながら、言った。

「手応えのない」

永渕啓輔は転がっている浪人の死体に、目をくれることもなく走った。

深川の金座吹き替え所は、人の背丈をはるかにこえる高さの塀と堀によって外界と完全に遮断されていた。

聡四郎は、さりげなく前をとおりながら、気をさぐった。あきらかに人の気配が増えていた。

「殺気がこもっている」

聡四郎は、あらためて罠だと感じていた。

金貨の製造はおこなわれている。その証拠に、吹き替え所のなかほどに建てられている煙突からは煙があがっていた。

「やるだけやるしかないな」

聡四郎は、屋敷に戻ることにした。

永代橋を渡った聡四郎は、袖吉に声をかけられた。

「旦那」

「袖吉か」

聡四郎は苦い顔をした。これ以上、相模屋伝兵衛たちを巻きこみたくはなかった。

「やれやれ、親方の言われるとおりじゃありやせんか。まったく、お武家さまっていうのは、融通がきかねえというか、頭が固いというか」

袖吉が嘆息した。

「親方が、後悔されてやした。旦那に要らない気遣いをさせてしまったって」

あれ以来、聡四郎は、相模屋伝兵衛と顔を合わせていなかった。

「……………」

聡四郎は、無言を通した。

「深川でやすか」

袖吉が訊いたが、聡四郎はこたえなかった。

「旦那、ちょっと寄ってもらえやせんかねえ」

遠慮がちに、袖吉が言った。

「いや、やめておこう」

聡四郎は、きっぱりと断った。

もう決戦が見えている。明日にはすべての片がつく。

勝てばいいが、負ければ、水城の家はもちろん、聡四郎にかかわった相模屋も何らかの形で報復を受けるに違いなかった。その報復をこれ以上大きくしたくはなかった。

「やっぱり。固すぎやすね、旦那は。まあ、そんなところがいいんでしょうが」

袖吉が、にやりと笑った。

「仕方ありやせんね。無理にお願いはいたしやせん。ただ、一つだけ。山村次郎右衛門が、昨夜《ゆうべ》から屋敷を出て、行方知れずになってやす。見張っていた仲間が、両国広小路でまかれやした」

「そうか。あやつがな」

聡四郎は、袖吉に礼を言って別れた。


一度屋敷に帰って着替えた聡四郎は、勘定吟味役の控え所である内座ではなく、新井白石が元へと向かった。

御殿坊主をとおして面会を求めた聡四郎だったが、多忙な新井白石はすぐには会えず、下部屋でしばらく待たされた。

半刻ほどして、せかせかと忙しげな新井白石が入ってきた。

「待たせたか。で、なんの用だ」

挨拶もなしに新井白石がきりだした。

「明日、後藤庄三郎光富の招きで、金座吹き替え所に行って参りまする」

「よいのか。水城、そなた、立花修理太夫が娘と縁談があるようだが」

新井白石が、鋭い目つきで聡四郎を見た。

「詳細を話している間はございませぬ。ですが、わたくしは、勘定吟味役というお役目に忠実でありたいと存じております」

聡四郎は、胸を張った。

「まあいい。で、どうなのだ」

新井白石にせかされて、聡四郎は両替商から聞いた話などをした。

「わかった。よいか、明日なんとしてでも、近江守が不正の証拠を得て参れ。命に代えてもじゃ」

新井白石は、それだけ言うと下部屋を急いで出ていった。

「危険に挑む配下への気遣いもない。あれでは、人はついて行かぬぞ」

聡四郎は、あきれるしかなかった。

相模屋伝兵衛と入江無手斎、聡四郎を導いてくれる二人とあまりに言うことが違いすぎた。

「新井白石さまが配下と言われるのも、よい気持ちではないな」

聡四郎は太田彦左衛門に会うために、内座に行った。

「太田彦左衛門どの」

与えられた席に着いて聡四郎は、太田彦左衛門を呼んだ。

「深川の金座吹き替え所に招かれた」

これだけで太田彦左衛門にはつうじた。

「お一人でよろしいのでございまするか。わたくしも同行を」

太田彦左衛門の好意を聡四郎はさえぎった。

勘定一筋にきた太田彦左衛門が、剣を遣えるとは思えない。まして人を斬ることなど無理である。

「二人で行ったところで、結果は変わりませぬよ。十分な用意をいたしておりましょうから」

「しかし……」

なおもすがる太田彦左衛門だったが、聡四郎はきっぱり断った。

「それよりも太田どのには、お願いしたいことがござる」

「なんでしょうや」

聡四郎は、両替商山本屋幸右衛門から聞いた小判の秘密を話した。

「やはり、さようでございましたか」

太田彦左衛門が、納得した顔をした。

聡四郎は太田彦左衛門に小声でささやいた。

「ご存じよりの金細工師に、小判の中身を確認して貰っていただきたい」

聡四郎は、懐から元禄小判と慶長小判を取りだした。ともに家から持ち出してきたものだ。

勘定方に勤めていたこともあって、水城家は、屋敷にある内蔵《うちくら》に慶長小判をあるていど貯めていた。

「婿の葬儀にきてくれた細工師がおりまする。そのものに頼んでみましょう」

太田彦左衛門が、辛そうな顔を見せた。

「すまぬ」

「いえ。お預かりいたしまする」

太田彦左衛門が、さがっていった。

聡四郎は下城の途中、研ぎ師のもとを訪れた。

「白研《しろと》ぎにしてくれ」

聡四郎は差料《さしりょう》を研ぎ師にわたした。

白研ぎとは、日本刀の刃にわざと細かい研ぎ傷を付けることだ。

日本刀の刃は鋭すぎて、切れ味が持続しにくかった。数人斬ると、その血脂で斬れなくなることが多々ある。そこであらかじめ刃に傷をつけて、多少切れ味を犠牲にするが、その持続をはかるのだ。

いつもそうしていないのは、表面に傷がつくことで錆びやすくなり、手入れが難しくなるからであった。

研ぎ師が刀を抜いて、なめるように刀身を見ていく。

「斬りなすったね」

初老の研ぎ師は、一目で刃に残った微《かす》かな血脂に気がついた。

「まだ斬るつもりですかい」

研ぎ師の冷たい目が聡四郎に向けられた。

「ああ。生きるためにな」

聡四郎は目をそらさずに応えた。

研ぎ師が、ふっと息を吐いた。太刀の目釘《めくぎ》を抜いて拵えをはずした。

「ちょっとお待ちくだせえ」

研ぎ師は、水瓶から桶に水をくみ、荒砥《あらど》石を十分に湿らせると、聡四郎の刀をゆっくりと沿わせた。数回動かしては、刀身をたてて様子を観る。

小半刻ほどで白研ぎは終わった。

「無銘《むめい》ながら、この刃筋と地肌の色、備前ものでやしょう。いい刀だ。本研ぎに戻すときにも、あっしにさせてくだせえよ」

「そうしよう」

研ぎ師に見送られて、聡四郎は屋敷に帰った。

二

聡四郎が研ぎ師のもとにいたころ、袖吉は相模屋に顔を出していた。

「水城の旦那にお目にかかりやした」

奥の居間には、相模屋伝兵衛だけが座っていた。

「そうかい。どうだった」

「駄目でやすね。思いこんでいらっしゃいますぜ」

「そうか。無理もない、まだお若いからな」

相模屋伝兵衛が、ため息をついた。

「知らなくてすむなら、世の中の汚れごとなんぞに触れて欲しくはないがな。水城さまがお役目は、見たくないもの、隠したいものをあばきたてるが仕事よ。今のままじゃ、そう遠くない先につぶれてしまう」

「生きていくためには、染まっていくしかありやせんからね」

「ああ。とくに金のことは、人を変えてしまう。水城さまが金を気にしないのは、家を継げるご身分ではなかったからだろうが」

相模屋伝兵衛と袖吉の会話を、紅は耳をそばだてて聞いていた。偶然隣室にものを取りに来て水城の名前を耳にして、紅は動けなくなっていた。

「ああいう珍しいお方をなんとかしてやりてえと思いやす」

「儂もだ。紅のこともあるが、女のために命をはれるお旗本なんぞ、まずいねえからな」

相模屋伝兵衛の話を聞いて、紅の顔が小さくゆがんだ。

「お見えにはならないのか」

相模屋伝兵衛が、問うた。

「お誘い申しあげたんですが、断られやした。なんだか鬼気《きき》迫るというか、殺気だっているというか」

「どこで会ったんだ」

「永代橋でお目にかかったんでやすが、深川からのお帰りだったようで」

袖吉が答えた。

「また深川かい。あそこになにがあったかねえ」

相模屋伝兵衛は、先日の深川での争いを袖吉から耳にしていた。

「あのとき、旦那を罠にはめた山村次郎右衛門って野郎の姿も、見張っていた奴の話じゃ、消えたそうで。両国広小路で見失ったといいやす」

「霊巌島に住んでいる、算勘の師匠という奴か」

「へい。紀伊国屋とつながっている野郎で」

袖吉が応えた。

「そいつも深川だろうな」

「おそらく」

「荻原さまも新井さまも切羽《せっぱ》詰まってきておられる。どちらが生き残るかの争いに水城さまは巻きこまれた。命がけのな。その決戦の場に深川が選ばれた」

「人を出しやすか」

「いや、やめておこう。水城さまは、それをのぞまれまい」

相模屋伝兵衛が、首を振った。

「深川……」

紅が音を立てないように立ちあがって、そのまま外へ出た。

一日の仕事を終えた職人たちが雑然と出入りする夕暮れどきと重なったために、紅がいなくなったことに気がついたものはいなかった。

夏の日は長いとはいえ、六つ（午後六時ごろ）近くになると、傾きもきびしくなり、路地の奥などは薄暗く、人の顔を判別することも難しくなる。

紅は、足早に南茅場町を過ぎて、霊巌島に渡った。

霊巌島は、家康、秀忠、家光の三代にわたって信頼されていた浄土宗の名僧、雄誉《ゆうよ》松風霊巌《しょうふうれいがん》が、土地を開墾《かいこん》して堂宇《どうう》を建てたことに由来していた。

当の霊巌寺は明暦の大火で焼失し深川に移転、今はなくなったが、名前だけが残っていた。

霊巌橋を渡った紅は、道行く人に山村次郎右衛門の屋敷を問うた。

「ここね」

山村次郎右衛門の家は、屋敷と言えるほど大きなものであった。さすがに浪人の身分で冠木門とはいかないが、木戸門があり、なかの家も平屋建てながら板葺き屋根ではなく、茅葺きになっていた。

紅は、山村次郎右衛門の居宅のある東湊町《ひがしみなとちょう》二丁目が見わたせる、円覚寺《えんかくじ》門前に身をひそめた。

すでに日は、名ごりを残すだけとなり、夕涼みに出ていた庶民たちも帰宅の途についていて、人影はまばらとなっていた。

紅の不幸は、山村次郎右衛門の顔を知らないことと人目につく美貌だった。

そこへ駕籠に乗った山村次郎右衛門が、戻ってきた。夏のことだ、左右の垂れをあげていた。

「妙な娘だな」

年頃の目立つ容姿の娘が、夜のとばりのなか、門の閉まった寺の前でじっと通りを見つめていれば、気がつかれて当然であった。

「ありゃあ、相模屋伝兵衛の娘、紅でやすぜ」

駕籠をかいていた先棒が言った。

「親方の右手の仇《かたき》だ」

後棒が、駕籠を降ろして駆けだそうとするのを、山村次郎右衛門が抑えた。

「まあ、待て。あの娘、たしか、勘定吟味役水城の情婦《いろ》だな。よし、そこの辻を左に入ってくれ」

山村次郎右衛門が、命じた。

「えっ、旦那のお屋敷は、まっすぐですぜい」

「いいから、言うとおりにしろ。で、曲がったらすぐに降ろしてくれ」

山村次郎右衛門を乗せた駕籠は、紅の目から消えた。

「あれって駕籠与の印だった」

紅が恐怖を思いだして震えた。

駕籠与に運ばれた先は、甲州屋の蔵だった。あのとき、聡四郎が来なければ、間違いなく紅は汚《けが》されていた。

駕籠が曲がったことに紅がほっと一息ついているのを、路地から目だけのぞかせた山村次郎右衛門が見ていた。

「用があるのは、儂か」

山村次郎右衛門は、紅の目が自宅に向けられていることを悟った。

「おまえたち、もう一度吹き替え所へ戻ってくれ。紀伊国屋どのに、相模屋の娘をおびきだしていくと伝えてくれ」

山村次郎右衛門は、駕籠かきに酒手を握らせて、裏道から帰した。

「儂にあの娘が用があるはずもなし。となれば、想い男のために役に立ちたいという女心というやつか。あさはかよな。それがかえって足手まといになるともしらず」

山村次郎右衛門が、下卑《げび》た笑いを浮かべた。

路地を出た山村次郎右衛門は、まっすぐに自宅の門を潜った。

紅が身体を乗りだした。

「あいつが山村次郎右衛門ね」

紅が山村次郎右衛門の屋敷に足を向けようとしたとき、山村次郎右衛門がふたたび出てきた。紅が、すばやく身を隠した。

山村次郎右衛門が、後ろを振り返ることもなく、深川へと向かった。紅は十間(約一八メートル)ほど間をあけて、あとをつけていった。

江戸の町は、天下の城下町として灯籠は整備されていた。辻ごと、屋敷ごとに立てられた灯籠によって、日が暮れてからも提灯《ちょうちん》なしでも歩けた。

やがて山村次郎右衛門は、深川の人家を離れ、田圃の奥へと入っていった。ここらあたりまで来ると辻灯籠もないが、半月ほどの月明かりで十分であった。

「やっぱりね」

紅は、つぶやいた。

深川の土手を見て回った日、聡四郎は紅と別れた後、深川の金座に行くと言っていた。そのことを紅は忘れていなかった。

紅は、山村次郎右衛門の背中を見失わないように足を早めた。

やがて前方右に、黒々とした大きな建物の影が見えてきた。山村次郎右衛門の姿が、なかに吸いこまれていった。

紅は、山村次郎右衛門の消えた潜りの前に駆けよると、そっと押した。潜りは音もなく開いた。

耳を澄ましていた紅が、一瞬躊躇《ちゅうちょ》したのち、身体を滑りこませた。

足音を殺して数歩進んだ紅は、背中で潜りが閉まる音に身体を硬くした。

「相模屋伝兵衛どのが、ご息女、紅どのでございますな。お初にお目にかかりまする。紀伊国屋文左衛門でございまする」

振り向いた紅の前に大門脇の門番控えから、紀伊国屋文左衛門が現れた。

「気づかぬと思っていたか」

隣で山村次郎右衛門が、笑っていた。

日暮れになって、相模屋伝兵衛は娘、紅の行方がわからなくなっていることに気づいた。すぐに職人たちを奔《はし》らせたが、杳《よう》としてしれなかった。

「紅め」

相模屋には、いま二十人からの職人やお店者《たなもの》が寝泊まりしていた。誰にも気づかれずに紅を攫《さら》っていくことは難しい。自分から出ていったと考えるしかなかった。

「先ほどの話を、聞かれていたか」

相模屋伝兵衛が、つぶやいた。

「申しわけありやせん」

袖吉が詫びた。

「おまえのせいじゃねえよ」

相模屋伝兵衛が、責任を感じている袖吉に言った。

「お嬢さんは、深川に……」

「おそらくな。水城さまに怪我させたことを、負い目にしてやがったからな」

「負い目だけでやすか」

「わかっていたか。紅は男手一つで育てただけに、娘らしい仕草の一つもできやしねえ。男にどうやって心を伝えたらいいのかわからねえのさ。だから、惚れた男の役にたとうなんて馬鹿を考えやがる」

相模屋伝兵衛が、なんとも悔しい顔をした。

「水城さまのお屋敷には、お報せしなくてよろしいんで」

袖吉が問うたが、相模屋伝兵衛は、首を振った。

「これ以上、ご負担をおかけするわけにはゆかぬ。暗くなった今からでは十分に動けやしねえ。深川は広いからな。明日から人を集めて探すしかあるめえ」

一夜の間、娘の行方をあきらめる。

親としてつらい選択を、相模屋伝兵衛はせざるをえなかった。夜中、むやみやたらに人を出して、甲州屋や駕籠与と出くわせば、騒動のもととなる。

「へい」

袖吉が、膝をついた。

三

明日の手配を指示した袖吉は、一人本郷御弓町にいた。

聡四郎の家が見張れる寺の屋根上を今宵のねぐらに選んだ。陽気に照らされた瓦だが、さすがに夜になって冷え始め、袖吉の安眠を妨げていた。

決戦の夜が明けた。

聡四郎は、白研ぎに出した太刀をていねいに手入れしたあと、軽く湯漬けを二膳食して、屋敷を出た。

いつも父に出がけの挨拶をしていくが、今朝は、わざと行かなかった。

聡四郎のようすでなにかを感じているのか、喜久が、緊張した顔で見送った。

「四郎さま、お気をつけて」

「ああ」

佐之介が、供をしようと出てきたのを制した。

「今朝は、お城にはあがらぬ。昼過ぎには戻れるであろうゆえ、供するにおよばぬ」

聡四郎は、一人で屋敷を出た。

「……お出でですね」

袖吉が、あとをつけた。鳶職の袖吉は、高いところでも平地と変わらずに動ける。身も軽い。屋根の上からなら、かなり離れていても聡四郎を見分けられた。

「お嬢さんの身になにかあったら、旦那といえども只じゃすませやせんぜ」

袖吉の目には鋭い光が宿っていた。

聡四郎は、一気に東に進み、両国橋を渡って深川へ入った。

袖吉が、離れすぎた間合いを詰めようと足を早めた。

「おや、あれは……」

袖吉は、聡四郎の後を見え隠れにつけていく甲州屋の手下を見つけた。

「三、四、五人か。旦那のあとを追っているだけのようだが、やっぱり甲州屋の野郎、まだあきらめてやがらねえか」

甲州屋は、一代で相模屋に迫る人入れ稼業にのしあがっただけに、強引な手段や、あくどいことも平気でやってのける。

「こりゃあ、いよいよ、お嬢さんの身があぶねえな」

袖吉が身をひきしめた。

聡四郎は、背後に気配を感じていたが、無視していた。戦いは金座吹き替え所のなかと決めていた。

半刻ほどで聡四郎は、深川上大島町の金座吹き替え所についた。

「後藤庄三郎光富どのが、お見えであろう。勘定吟味役、水城聡四郎である」

「お待ちいたしておりました。どうぞ、お入りくだされ」

聡四郎は、門番に誘《いざな》われてなかへ入った。聡四郎に続いて、甲州屋の手下五人も続いた。

開かれていた大門がゆっくりと閉められた。小判の吹き替えがおこなわれているなら、聞こえるはずの槌音がなかった。

「職人まで巻きこむわけにはいかぬわの」

聡四郎は、玄関前の庭で足を止めた。

玄関脇に後藤庄三郎光富と紀伊国屋文左衛門が、立っていた。

「後藤どの、お招きを感謝する。それと、久しいな、紀伊国屋文左衛門どの」

聡四郎は、気張ることなく、二人に話しかけた。

「…………」

「ようこそのお出でで」

緊張から声のでない後藤庄三郎光富にかわって、紀伊国屋文左衛門が口を開いた。

聡四郎は、紀伊国屋文左衛門に顔を向けた。

「先だっては、おもてなしをいただいた。礼が遅れて申しわけないな」

「いえいえ。今日はもっと豪勢におもてなしさせていただきます。水城さまにも今度は、踊っていただきますよ」

紀伊国屋文左衛門が、愛想笑いを浮かべた。

「話をしていてもしかたあるまい。拙者も忙しい身なのだ。昼すぎには戻ると申して参ったしな」

聡四郎は、履いていた雪駄を脱いだ。背後にいた甲州屋の手下たちが、さっと散った。

「せっかちは、吉原ではもてませんよ。ですが、お客さまのお望みとあれば、急いで饗するのが礼儀。お願いしますよ、先生方」

ぞろぞろと建物の陰から浪人たちが出てきた。

浪人者が六人、手下が五人、広い金座吹き替え所の玄関前庭も狭く感じられた。

「ずいぶんと、買いかぶってもらえたものだな」

聡四郎は、左手で鯉口を切った。

「だが、勘定吟味役という役人を殺しては、まずいのではないか」

「なあに、金貨と一緒に溶けていただきますから。小判のなかに水城さまが入るんですよ。人はいつか死にますが、金は不滅で。小判のなかから世の中の勘定ごとをずっと見ていくというのも、お役目にそっているんじゃございませんか」

紀伊国屋文左衛門が、笑って応えた。

「では、始めていただきましょうか」

紀伊国屋文左衛門の一言で戦いは始まった。

聡四郎は、鞘をぐっと二寸ほど突きだした。左足を前に出して、腰を落とす。

一放流得意の型である。

「やってくださった方には、お約定の十両とは別に十両出しますよ」

紀伊国屋文左衛門は、人の使い方を心得ていた。

人数がいるとどうしても人任せになってしまい、己は安全なところに身をおきたくなる。金を上乗せすることで、その倦怠感《けんたいかん》を払拭《ふっしょく》したのだ。

一気に殺気のふくらみが大きくなった。

手下たちが、手に長脇差を持ってせまってきた。

二十両あれば、家族四人が二年近く生活できた。吉原に入り浸ったところで、一ヵ月は酒と女におぼれられる。

浪人たちは、手下たちの後ろで腕組みをして待っていた。

「野郎」

若い手下が、長脇差を右手だけで振りあげて斬りかかってきた。

片手斬りは、普段よりも三寸長く届く。聡四郎は、身体を右に開いてかわした。

「おっと」

渾身《こんしん》の力で振った若い男は、長脇差に引きずられるように体勢を崩した。

聡四郎は、その下腹に蹴りを見舞った。睾丸《こうがん》のつぶれる感触が、聡四郎の足をつうじて伝わった。

「あくっ」

若い男が悶絶《もんぜつ》した。

聡四郎の背後にまわっていた男が、長脇差を腰だめにして突っこんできた。

「くらえっ」

体重をのせた一撃は、捨て身なだけに鋭かった。

聡四郎は、油断をしていない。背中に絶えず気を配っていた。すぐにその気配を感じて、合わせるように身体を回した。

長脇差の刃が、右脇を過ぎ、男の身体が聡四郎とぶつかった。

聡四郎は右肘を顔面に叩きこんだ。鼻のひしゃげる音が聞こえた。男は、そのままずるずると崩れた。

「珍しい流派でございまするな、須藤氏《すどううじ》」

「剣があつかえぬというわけではござらぬでしょうが、聞けば、琉球《りゆうきゆう》と薩摩《さつま》に唐手《からて》とか申す拳撃ち足蹴りを中心とする武道があるとか」

須藤と呼ばれた浪人が応えた。

「皆さま方、あの旗本が遣う剣は、一放流とか申すそうでございますよ」

紀伊国屋文左衛門が、教えた。

「山内《やまのうち》氏、お聞きになったか」

「一放流といえば、小太刀から出たと聞くが」

「なるほど。だからこそ、間合いが近く、拳や足を使うのでござるか」

浪人たちが顔を見合わせてうなずいた。

「ならば、儂の出番ということじゃの」

ひときわ大きな浪人が手に薙刀《なぎなた》を持って、名乗りをあげた。

「まあ、慌てられるな。我らが出番は、もう少し後じゃ。疲れるだけ疲れさせてからでよいではないか、西《にし》氏」

須藤が、薙刀を持った西をなだめた。

仕合は命を賭ける死合でもある。使えるものはなんでも利用する。

かの宮本武蔵《みやもとむさし》を引き合いに出すまでもなく、生き残ったものだけが、すべてを手にする。卑怯未練《みれん》などという言葉は、死合では意味がなかった。

「こおんのおお」

相撲取りのような体格をした男が、手にしていた四尺（約一・二メートル）ほどの棍棒を振り回した。当たれば間違いなく、刀も骨も折れる。

聡四郎がかわすたびに、はずれた棍棒が地面をえぐった。土のかけらが、聡四郎の身体を打った。

だが、力任せで法も術もない動きは、聡四郎にとって脅威にはならなかった。

何度目かで、はずれた棍棒が地に食いこんで、ほんの一瞬動きが止まった。

聡四郎は、それを見逃さなかった。突き出していた鞘を後ろに引き、右手で柄を摑むと電光石火で抜いた。

「ぎゃっ」

相撲取りのような大男の首筋に、赤い糸が浮きあがり、やがてそれは帯になり、あふれだした。頸動脈を刎《は》ねたのだ。

「げえええええ」

血を見た後藤庄三郎光富が、うずくまって吐いた。

「疾《はや》いな」

西がぽつりと口にした。

「なに、居合いなら、拙者に優《まさ》る者はおらぬさ」

山内が、自慢げに鞘を叩いた。

二人になった手下の男たちが、聡四郎を前後で挟んだ。

「うわあああ」

長脇差を両手で持っているが、身体の震えが伝わって柄のなかで茎《なかご》が小さな音をたてていた。

「逃げるなら追わぬ」

聡四郎は、太刀の切っ先を少しさげた。

向かってくる者には容赦しないが、よけいな殺生《せっしょう》をする気はなかった。

「そうはいきませんよ。あなた方の親方に、まとまった金をわたしてありますからねえ。親方の顔をつぶすことになります」

紀伊国屋文左衛門が、冷たい声を出した。

「ここから逃げても、結局は死ぬことになりますよ。だったら、命をかけてごらんなさいな。うまくいけば、死んだこの三人の分、三十両もあなた方に差しあげようじゃありませんか」

合わせれば五十両だ。独り者なら十年はなに不自由なくすごせる。いや、吉原一の太夫でさえ、枕頭《ちんとう》にはべらせられる。

「お、おい。や、やるぜ」

聡四郎の正面の男が、どもりながら言った。

「あ、ああ。同時に斬りかかるぞ」

後ろの男が応じた。

二人がうなずいて、息を合わせ始めた。

「…………」

それを待つほど、聡四郎はお人好しではなかった。

聡四郎は、太刀の峰を左肩につけた一放流独特の構えから、一気に前に跳んだ。

「あう」

男の残したのは、悲鳴と呼ぶには小さすぎた。男は、袈裟懸けに斬られて左肩を失って死んだ。

「あわっわわわ」

後ろにいた男がむやみに突っかかってきた。頭に完全に血がのぼり、三白眼《さんぱくがん》になっていた。

聡四郎は、腰を曲げて姿勢を低くすると、そのまま太刀を突きだして相手が来るのを待った。

「ぐええええ」

自分から太刀に突き刺さるようにして、男は絶命した。

紀伊国屋文左衛門が、ため息をついた。

「やれやれ、疲れさせることもできぬとはの。甲州屋もろくな人を抱えておらぬ」

須藤が、苦笑した。

「太刀筋が見られただけでもよしとすべきだ。どうせ、生きていたところでせんなき連中よ。役にたったと思ってやれ」

「では、お願いしますよ」

紀伊国屋文左衛門が、他人事《ひとごと》のように話している浪人者たちをうながした。

「わかっているとも。われらは、こいつらとは違う。ところで、紀伊国屋」

須藤が、紀伊国屋文左衛門の顔を見た。

「わかっておりますよ。この死人たちの金でございましょう。埋葬代に一両ずついただきますが、残りは、皆様でおわけいただいてけっこうで」

紀伊国屋文左衛門が、苦笑した。

「では、行くか。まずは、拙者から行かせてもらおう。四国《しこく》浪人山内千左《せんざ》、参る」

定寸《じょうすん》より長い太刀を差した浪人が名乗った。

山内が、左手で鯉口を握りながら、じりじりと地を摺《す》るようにして、間合いを狭めてきた。

「居合いか」

聡四郎は、構えを変えた。

腰を低くして伸びあがるように撃ってくる居合いには、下段で対抗する。

聡四郎は、さりげなく刃を下に向けた。

二人の間合いは、三間（約五・五メートル）を割った。

山内が、駆けた。

「せいやああ」

山内の右手が折りたたまれるように柄に伸び、白刃が聡四郎の胴を襲った。

「むっ」

聡四郎は下段の太刀をまっすぐにあげた。

重い金属音がして、ぶつかった太刀から火花が散った。聡四郎は、山内の太刀の刃を峰で止めた。

「つっ」

山内が、後ろに跳んだ。それを追うだけの余裕は、聡四郎にはなかった。うかつに動けば、薙刀の間合いに入ってしまう。

山内が、太刀を鞘に戻した。

居合いの勝負は、鞘内で決まるのを極意としていた。これは、抜く前に勝負が決まるほど、有利な条件を作りあげることをいった。

鞘のなかに太刀が隠れることで、間合いをはかりにくくし、さらにいつ抜くかわからないことで、戦いの主導を握る。

だが、居合いの真の恐ろしさはそれではなかった。

いつ来るかわからないと受け身になることが怖いのだ。命がけの勝負の最中に待ちにはいることは、気が退く。

精神の負けは、戦いの敗北に繋がる。

聡四郎は、下段の構えを捨てた。

太刀を左肩に担いだ。峰が肩に触れて、太刀の切っ先を背後に向けて地と水平にする。左足を一歩後ろへ引いて腰を落とした。

須藤が、ふと漏らした。

「妙な構えをしよるな」

そのつぶやきが合図となった。

山内が、目にもとまらぬ疾さで右足を踏みだし、右腕一本で太刀を鞘走《さやばし》らせた。

聡四郎は、山内の足元に目をやっていたおかげで、動きの出頭《でがしら》をつかめた。

「せええい」

聡四郎は、逆になる左足を踏みだして、肩を跳ねるようにして太刀を放った。

足、腰、背中の力を合わせた一撃は、山内の居合いをしのぐ疾さで奔った。

「…………」

聡四郎の胴に届く前に力を失って、山内の手が垂れた。

山内の顔が真っ二つに割れ、折れるように倒れた。

「ば、馬鹿な。山内の居合いより疾いだと」

太刀を握ったまま、須藤がうめいた。

「次は、儂が行く」

西が、薙刀を頭上で軽々と振り回した。

薙刀は、槍よりも扱いやすい。突く、斬る、薙ぐ、殴ると、刃先だけでなく、どこでも攻撃に出られる。

柄を入れて一間（約一・八メートル）におよぶだけに、間合いは剣の二倍をこえる。刃も分厚く、太刀などぶつかっただけで折れとんでしまう。

間合いのなかに入れば、小回りが利かない分、太刀が有利だというが、簡単になせることではなかった。

西の振り回す薙刀は、重さがないもののように疾く、音をたてて空気を裂いた。

「参るぞ、西じゃ」

頭上で円を描いていた薙刀が、斜めに振りおろされた。

聡四郎は、一歩跳んでかわした。凄《すさ》まじい勢いであったが、西は、それを地に食いこませることなく、下段からの斬りあげに変えた。

「くっ」

聡四郎は二尺（約六〇センチ）ほど跳んで避けた。風圧で聡四郎の小袖が揺れた。

「よくぞかわしたな。だが、これはどうか」

西が、薙刀を左右上下に振り始めた。見守っていた浪人たちが、半間ほど下がった。

聡四郎は、右に左にと連続して繰りだされる袈裟懸けを、なんとか避け続けていたが、じりじりと押されていた。

「もう、後ろがないぞ」

言われるまでもなく聡四郎は、背後に塀が迫っていることを知っていた。

聡四郎は、追いつめられたふりをしながら、壁際に敵を誘導したのだった。

薙刀や槍のような長柄ものは、遣い手が己の間合いを太刀ほど厳密につかむことは難しい。三寸や五寸など、一間から見れば微々たるものでしかないからだ。それだけに、障害物があると、それに当てまいとして無意識に萎縮《いしゅく》してしまうことがあった。

聡四郎の背中が塀に当たった。

西が勝ち誇った笑いを顔に浮かべて、振りかぶった薙刀を聡四郎めがけてたたきつけた。

聡四郎は、少しだけ身体を左にひねりながら、しゃがんだ。その目の前一寸で薙刀の刃が止まっていた。手練《てだ》れほど、得物を地に打ちこむことのないように、へそを過ぎたところで止める癖がついている。西もそうだった。

「なにっ」

西が、外されたことに驚いて、急ぎ薙刀を振りあげようとしたが、その暇を聡四郎は与えなかった。

聡四郎は、十分に曲げた膝と腰の伸びる力を一つにして、一気に間合いを詰めた。

「しまった」

西が薙刀を捨てて太刀に手をかけた。間合いのうちに入られては、長い薙刀は不利になる。それを悟っての鋭い動きであったが、間に合わなかった。

「ぐひゅっ」

西の最期であった。

聡四郎の太刀は、下から斜め上へと西の身体を突きとおしていた。

須藤が、苦い顔をした。

「山内の居合い、西の薙刀。いままで無敗を誇っていた二人が、こうあっさりと倒されるとは、思いもしなかったな」

須藤が、残っている浪人三人と目配せをかわした。

「賞金は山分けだな」

須藤の隣にいた背の高い浪人が言った。

「そうなるな。紀伊国屋」

「どうぞ、およろしいように」

須藤の確認に、紀伊国屋文左衛門がうなずいた。さすがの紀伊国屋文左衛門も顔色が悪くなっていた。

背の高い浪人が、口にした。

「では、いっせいに参ろうか。分け前は、一人三十両になった。これだけあれば、当分、人を斬らずともすむ」

「一人、手出しをしないような卑怯なまねは、制裁だぞ」

須藤が、皆に念を押した。

「いくぞ」

話をしながら四人は、扇をひらいたような形で聡四郎を包囲した。

聡四郎は、塀をせおったまま動かなかった。そっと左手で脇差の鯉口を切る。

足元には、聡四郎に倒された西の死体と薙刀が転がっていたが、どちらも手を出せなかった。薙刀を拾おうとする体勢の崩れは、大きな隙になる。

四人の浪人は、ゆっくりと聡四郎に近づいてきた。

歩調を合わせて間合いを縮めてくる相手に、聡四郎は動けなかった。間合いに遠近があれば、近いものから相手にしていけば、一対一で戦えるが、はかったように動かれては、誰に向かったとしても、残りの三方から攻撃を受けてしまう。

間合いが二間になった。

斜め前から来る二人の浪人が、西の死体が邪魔になって間合いを詰めきれなくなっていた。

聡四郎に向けて、須藤から殺気があびせられた。数えきれないほど人を斬った者から発せられる殺気は、身がすくむほど冷たい。

聡四郎は、来ると感じた。

近づいていた浪人たちが、太刀を青眼の構えから上段に変えた。

青眼は攻守を兼ね備えた構えだが、攻撃に移るには、太刀を上げるか下げるか、引きつけるかしなければならなかった。

聡四郎は、左手で脇差を抜くなり、狙いもせずに左から迫っていた浪人に投げた。

「がはっ」

この間合いでは、避けられなかった。

浪人は、胸に脇差を突きたてて、崩れ落ちた。

「ちっ」

包囲の一角が崩れたことに須藤が、苦い声をあげた。

右にいた須藤が斬りかかってきた。遅れて西の死体に邪魔されていた二人も動いた。

攻撃にずれが出てしまえば、一対三も一対一に持ちこめる。

聡四郎は、空白となった左に跳んで、須藤の太刀から逃げた。

「あっ」

あわてて身体の向きを変える左斜め前の浪人だったが、聡四郎の疾さに追いつけなかった。

聡四郎が放った横薙ぎに首の血脈を断たれて、糸の切れた操り人形のように落ちた。半間ほどの高さに血が噴き上がったが、すぐに勢いを失った。

「深山《みやま》」

須藤が叫びながら、太刀を上段から振りおろした。聡四郎は、身体をまわしてかわした。

「逃がすか」

外された太刀を下段から斬りあげ、さらに右袈裟懸け、左逆袈裟と、須藤が息つく間もなく攻めたててきた。

余りの凄まじさに残った一人は、加勢することさえできなかった。

「つっ」

須藤の下からの左袈裟が、かわしそこねた聡四郎の左肩の小袖を裂いて、二寸ほどえぐっていった。

「……………」

聡四郎は、須藤の太刀をなんとか見切りながら、隙を狙っていた。

須藤の攻撃は、息つく間も与えないが、かわすよりも斬る方が疲れるのが道理である。何撃目か、下段からの斬りあげの、切っ先がほんの少し流れた。

切っ先が流れるとそれを修正するために、刹那《せつな》の隙が生まれる。聡四郎は、それを待っていた。

聡四郎は、肚からの気合いを発した。

「えええええい」

聡四郎は、足送りを止めた。腰を据えると、だらりと右手だけでさげていた太刀を振りあげた。

濡れた手ぬぐいで壁をたたいたような音がして、須藤の右手が肩から飛んだ。

「お、おのれ」

斬られたことがわからないのか、頭に血がのぼっている須藤は、左手だけで太刀を持ちあげようとして、重心を失って倒れた。

「な、なんだ」

倒れてからもあがこうとしている須藤の左手を蹴って、太刀を奪った聡四郎は、片手で拝むと、首筋に太刀を突き入れて止めを刺した。

「須藤氏」

残った浪人が、絶句した。

聡四郎は、荒い息をついた。あと一人に立ち向かう気力はあったが、体力が尽き果てていた。

「藤木《ふじき》さま、なにをなさっておいでで」

紀伊国屋文左衛門が、冷淡な声で命じた。

「わ、わかっておる」

藤木が、太刀を青眼に構えなおした。間合いは三間あった。

「おい、もう、あきらめろ。一人にしては、よくやったぞ。武士らしく従容《しょうよう》として最後をむかえるがいい」

藤木が、勝手なことを言いながら、聡四郎に近づいた。

聡四郎は、杖代わりについていた太刀を横薙ぎに振った。間合いもなにも考えていない見せ太刀にもかかわらず、藤木はみっともないほど後ろに跳んで逃げた。

「話になりませんな。切り札は使いたくなかったのですが、いたしかたありませんね。後藤さん、甲州屋を呼んでください」

紀伊国屋文左衛門が、背後で呆然としている後藤庄三郎光富に頼んだ。

「あ、ああ。そ、そうですな」

後藤庄三郎光富が、ようやく我を取り戻した。

建物のなかに向かって声をかけた。

「甲州屋、連れてきておくれ」

「待ってやした」

応える声がして、甲州屋が現れた。残った左手で縄を握っている。その先には、縛られた紅がいた。

「紅どの」

聡四郎が、驚愕の声をあげた。

門番の目の届かないところで塀にのぼって、なかを見ていた袖吉もうなった。

「甲州屋のやろう」

袖吉の目が怒りに染まった。

「今に見てやがれ」

袖吉は、塀から降りると金座の裏へ回った。

「なぜ、ここに」

聡四郎のもとに紅が行方知れずになったことは報されていなかった。聡四郎は憔悴《しょうすい》した紅の姿に衝撃を受けた。

「よう、さんぴん。先日は、よくもおいらの手を斬ってくれたなあ。あらためて礼を言うぜ。おっと、動くんじゃねえ。動くとこの女の命はねえぜ」

甲州屋は、器用に足で紅を転がすと、その首に足を乗せた。

「片手じゃ、刃物を抜くのも面倒なんでな、こうやるしかねえが、柔らかい女の喉を踏みつけるのも、おつなもんだな。癖になりそうだぜ」

甲州屋が、下卑た笑い声をあげた。

「紅どのを放せ。紀伊国屋、恥だとは思わぬのか」

聡四郎は甲州屋では相手にならぬと、紀伊国屋文左衛門に向かった。

「女を人質にせねばならぬというのは辛いですがね、負けるわけには参りませんので。荻原さまがすべり落ちられると、わたくしもご一緒することになってしまいますのでね。他人の身体より我が身が可愛い。それが人というものではございませんか」

紀伊国屋文左衛門が、無表情で語った。

「江戸一と言われた豪商でも、命は惜しいか」

聡四郎は、体力回復のときを稼ぐためにも言葉を続けた。

「だからこそでございますよ。失うものが大きければ大きいほど、人というものは弱くなるのでございますよ」

「遺してやる子もないのにか」

「子などなくても同じでございますよ。なにせ、わたくしは、今日も明日も生きていとうございますからな」

「人は、善をなしてこその人ではないのか」

「お題目《だいもく》は、坊主と語ってくださいませ。紀伊国屋文左衛門は、商人でございます。もうけるのが生業《なりわい》。しかも、今回は我が命が商品でございますよ。損をするわけには参りませんな。使えるものはなんでも使いまする」

そこへ後藤庄三郎光富が、口を挟んだ。

「紀伊国屋どの、やはりこれはまずいのではござらぬか。この女、聞けば相模屋伝兵衛の娘だとか。相模屋を敵にまわしては、あとあと困るのではないか」

江戸のあらゆる所に人をいれている相模屋伝兵衛である。その力は目には見えないが、ちょっとした大名家に匹敵する。

「ここまでやったら、同じですよ。毒くらわば皿まで」

「そうでやすよ、金座の旦那。この女は、用がすめば、あっしがちょうだいすることになっているんでさ。なあに、女なんぞ一回やっちまえば、逆にすりよってくるようになりまさね」

甲州屋が、欲望に染まった顔で紅を見た。転がされたときに乱れた裾が割れて、真っ白なふくらはぎが出ていた。

「甲州屋、まさかと思いますが、手は出していないでしょうね。人質の価値がさがりますよ」

紀伊国屋文左衛門が、きびしく問いつめた。

「もちろんでさ」

甲州屋も紀伊国屋文左衛門は怖いのだ。惜しそうな顔をしたが、甲州屋はしっかりと首肯した。

「さて、言わないでもわかると思いまするが、水城さま、これ以上逆らわれますと、お嬢さまの喉が折れることになりまする」

紀伊国屋文左衛門が、慇懃に告げた。

「おのれ」

聡四郎は、怒りで身が震える思いであった。なによりも、己の役目に紅を巻きこんだことが許せなかった。

「では、藤木さま。ご安心のうえ、どうぞ」

紀伊国屋文左衛門にうながされて藤木が、前に出た。先ほどと違って目に力がある。

藤木が、刀を振りかぶった。隙だらけの構えだったが、聡四郎は斬りつけられなかった。

「ふふふ。やはり最後まで生き残った者が勝ちよなあ。刀の腕では須藤、膂《りょ》力《りょく》では西、疾さなら山内。儂はどれにもかなわなかったが、死ななかったおかげで、百二十両が手に入る。これだけあれば、御家人の株を買うことも夢ではなくなる」

藤木が、歓びの声をあげた。

御家人の株を買うとは、跡継ぎのいない御家人の家に持参金を持って養子にはいることをいう。

表沙汰になれば切腹ものだが、なにごとにも裏があり、表右筆に賄賂を贈れば書類は咎められることなくとおった。

聡四郎は、迫られただけさがった。左腕から流れ出た血が、掌まで達していたが、手当をする暇はなかった。

さがり続けた聡四郎の足が、倒れている須藤の身体に当たった。思わず目を落とした。

「隙あり」

藤木が斬りかかってきた。

聡四郎は、体勢を立てなおさずに後ろに転がった。太刀を突きたてるようにして起きあがる。

「逃げるな」

藤木が追いかけてきたが、死体が邪魔をして間合いを詰めきれていない。

「甲州屋」

紀伊国屋文左衛門が、叫んだ。

「お任せを」

甲州屋が、足に力を入れた。猿ぐつわをかまされたままの紅が、うめいた。

聡四郎は、太刀を地に突きたてた。

「やめろ。わかった」

聡四郎がやられたからとはいえ、紅が無事であるはずがないことぐらいわかっていたが、目の前で殺されるのを見るわけにはいかなかった。

紅の喉から甲州屋の足がのけられた。

「紀伊国屋、いつか必ず、おまえにも罪のつぐないをする日が来るぞ」

聡四郎は、悔しさに涙をのんだ。

「わかっておりますとも。ですが、わたくしが地獄に行くまでに、行かねばならぬ方々が多ございますからな。まだまだ、わたくしのような小物の番ではございませぬよ」

紀伊国屋文左衛門に目で合図された藤木が、ゆっくりと近づいてきた。

「覚悟しろ」

十分に近づいたところで藤木が、太刀を振りあげた。

不意に人の駆ける足音がした。裏から忍びこんだ袖吉が、甲州屋に体当たりしていた。

「どきやがれ、この下衆《げす》が」

吹きとばされた甲州屋が、後藤庄三郎光富を巻きぞえに転んだ。

「旦那、お嬢さんは、お助けしやしたぜ」

袖吉が懐から匕首を出して、紅の縛《いまし》めを解いていた。

「助かったぞ」

太刀を拾う間もなく、無手で聡四郎が動くのと、藤木が太刀を振りおろすのが重なった。二人の身体が交錯《こうさく》した。

「いやああ」

紅の悲鳴があがった。

聡四郎に覆い被さるようになっていた藤木の身体が、滑るようにして落ちた。

「旦那」

「聡四郎さま」

袖吉と紅の顔に喜色《きしょく》が浮かんだ。

聡四郎の手には、藤木の脇差が握られていた。

撃ちこんできた藤木の懐へとびこんだ聡四郎は、右手でその脇差を奪い、突き刺したのだった。

「わあああああ」

後藤庄三郎光富が、建物の中へ逃げこもうとしたが、袖吉に羽交《はが》い締《じ》めにされた。

「何処へ行こうっていうんで」

「袖吉、ありがとうよ」

紅が着物に付いた埃をはらい、乱れた襟元をなおした。

「ご無事でなにより……」

「どうしたい、袖吉」

口籠もった袖吉に紅が、首をかしげた。

「なんか、引っかかるんでやさ」

袖吉が周囲に目を配った。

聡四郎は、脇差を右手にさげて、紀伊国屋文左衛門の前に立った。

「さて、どうするかな、紀伊国屋」

「負けでございますな」

紀伊国屋文左衛門は、さばさばした顔をした。

「荻原さまとわたくしは、一蓮托生でございますから。では、失礼して、身の回りの片づけなどいたしましょう」

去っていこうとする紀伊国屋文左衛門を、聡四郎は止めた。

「都合がよすぎはしないか。おまえの命でこれだけの人死にが出ている」

紀伊国屋文左衛門が、倒れている男たちに目をやった。

「子供の使いじゃありますまい。わたくしが示した金で、人を殺すか殺されるかわかったうえで引き受けたのでございますよ。いわば、これも商売。何度も申しますが、商いばつねに命がけで」

「…………」

あまりの考えの違いに、聡四郎はなにも返せなかった。

「それに、わたくしのしておることなど些末《さまつ》なことで。御上の金どころか、御上全部を手にしてしまおうとなされているお方もいらっしゃいますでな」

紀伊国屋文左衛門が、ふたたび歩き始めた。

「どういう意味だ」

聡四郎は、あとを追った。

「それを調べるのは、あなたさまのお仕事ではございませぬか。勘定吟味役さまは、大奥にも立ち入ることが許されていると聞いておりまする」

紀伊国屋文左衛門の口調から、訊きだすことは無理と聡四郎は悟った。

「逃がしてもらえると思うのか」

聡四郎は、迫った。

「そうされるしかございますまい。わたくしの口から漏れては、困るお方も多ございまする。一気にお役人さまの半数を失うことになりますよ。町奉行所など、門番さえも残りませぬ」

紀伊国屋文左衛門がうそぶいたが、それが真実であることを聡四郎は、認めざるをえなかった。

「これからどうするつもりだ」

聡四郎は、問いかけた。

「荻原さまの一件が、騒動になる前に身を隠しまする。負けた以上、もう商売はできませぬ。市井《しせい》の隅で女房と二人、紀伊国屋文左衛門の名前が伝わっていくのを楽しみにすごしまする」

紀伊国屋文左衛門がていねいに頭をさげて金座吹き替え所の門を潜った。門番もついて逃げ出した。

聡四郎は、門を出たところまでそれを見送った。

ふたたび金座吹き替え所のなかへ戻ろうとした聡四郎に、袖吉が叫んだ。

「旦那、山村次郎右衛門の姿がねえ」

紅が走ってくるのが見えた。

袖吉の警告と、隠れていた門番所から山村次郎右衛門が飛びだしてくるのと、どちらが早かったか、聡四郎はとっさに持っていた脇差で山村次郎右衛門の太刀を受けた。

細身ながら山村次郎右衛門の太刀は重い。甲高い音をたてて、聡四郎の持っていた脇差が折れた。

山村次郎右衛門の顔がゆがんだ。

「死ね」

太刀が振りあげられた。

聡四郎は、手元に残った柄を投げつけた。首を振って山村次郎右衛門が避けた。

その隙に聡四郎は、背中を向けて奔った。

「逃がすか」

振りおろされた太刀が、聡四郎の背中を擦っていった。

焼けつくような痛みを感じながらも、聡四郎は足を止めなかった。地に突きささっている聡四郎の太刀を抜いて、駆けよってくる紅の姿が目に映った。

「これを」

紅が太刀を大きく弧を描くようにして投げた。

重い柄を下にして落ちてくる太刀を聡四郎は受けた。背後に迫る殺気に応じるように身体をひねる。背中の傷が引きつった。

聡四郎は、太刀で受けざるを得なかった。重い音がして、二つの太刀がかみ合った。

火花とともに太刀の破片が舞った。

鍔迫り合いの体勢にはならなかった。聡四郎は、思いきり後ろに跳んだ。

山村次郎右衛門が、追いすがってきた。聡四郎の体勢を立てなおさせまいと、太刀を休みなく送ってくる。

「くっ」

聡四郎は、何とかかわし続けていた。

剣士として最高潮にあるのは、三十歳前後だという。中年に達している山村次郎右衛門の剣は、素早さでは聡四郎に劣るものの、重ねた経験に磨かれた技を持っていた。

聡四郎は徐々に押されはじめていた。

紅が、落ちていた太刀を拾いあげて、加勢に来ようとした。

「今、行く」

「来るな」

聡四郎は、紅を制した。そのわずかな隙が、山村次郎右衛門の一刀を受けることとなった。

一寸（約三センチ）見切りが足りなかった。

山村次郎右衛門の太刀が、聡四郎の右肩口から小袖を裂いた。

「なにっ」

山村次郎右衛門が、目を見張った。先ほどの撃ち合いで欠けた刃が、小袖に引っかかって止まった。寸瞬の驚愕が、明暗をわけた。

聡四郎は、すばやく太刀を山村次郎右衛門の喉に沿わせた。

山村次郎右衛門が、泣くような顔をした。

太刀を引くに合わせて、虎落《もがり》と呼ばれる高い音をたてて、断たれた血脈から血が真横に噴出した。

血がなくなるのに合わせて、山村次郎右衛門が崩れ落ちた。

「終わったか」

満身創痍《まんしんそうい》になりながらも、聡四郎は生き残った。

「聡四郎さま」

紅が駆けよってきた。

「ご無事か。まことにすまなかった。紅どのを巻きこんでしまったことは、詫びて許されるものではないが」

聡四郎は、紅に頭をさげた。

「許さない」

紅が、冷たい声で言った。

「わかった。後ほど相模屋へうかがう。今は、まだ役目を果たさねばならぬ」

聡四郎は、気を取りなおして後藤庄三郎光富のもとへ寄った。

後藤庄三郎光富が、震えながら聡四郎をむかえた。

「わたくしは、なにも知りませぬ」

「それがとおるとお思いか。ならば、勘定吟味役として、正式に改役、下役を呼んで調べさせよう。そうなれば、いかに神君家康さまお手引きの家とはいえ、後藤家は無事ではすまぬぞ。いや、大判座後藤家は言うに及ばず、京本家も連座することになる」

一人の罪は、一家の罪、一家の罪は九族《きゅうぞく》の罪が、決まりごとである。

後藤庄三郎光富が、がっくりと肩を落とした。

「よいか、新井白石さまがお望みなのは、荻原近江守どのがことだけ。金座支配を護りたければ、大人しく従っておればすむ。心配されずとも、それ以上のことはさせぬ」

聡四郎は、後藤庄三郎光富に告げた。

権と金の争いで人が死ぬことに聡四郎は、憤怒《ふんぬ》を感じていた。

「相模屋伝兵衛どのは、どうなさるでしょう」

後藤庄三郎光富が、弱々しく訊いた。

「娘御が無事であったのだ。ことを表沙汰にすることはあるまい。甲州屋もあのありさまだしな」

少し離れたところで甲州屋が死んでいた。どさくさにまぎれて、袖吉が刺したのだ。

「このまま、こいつらをそこらに放りだしておけばいい。奉行所も、金座の金を狙った無頼の浪人と無宿者《むしゆくもの》の争いと思ってくれようよ」

「わかりましてございまする」

陥落《かんらく》した後藤庄三郎光富が、すべてを語った。

金座は、慶長小判を元禄小判に改鋳する際、幕府に届け出ている配分以下に金の比率を落としていたのだ。その浮いた小判を、荻原重秀とその用人、金座後藤家で私腹《しふく》していた。

予想していたこととはいえ、聡四郎はあきれた。元禄小判がなかなか受け入れられなかったのも当然であった。庶民は、肌で小判の値打ちを感じていたのだ。

聡四郎は、後藤庄三郎光富の話が終わるのを待って問うた。

「どのくらい荻原どののもとへ」

後藤庄三郎光富が、おどおどしながら応えた。

「先々代が、すべてをやっておりましたので、詳しくは存じませぬが、二十六万両をこえたことはたしかでございまする」

聡四郎も、紅も、袖吉も開いた口がふさがらなかった。

家臣の知行や扶持をのぞいた加賀百万石前田家の実質収入が、年十五万両弱だといわれている。実にその二年分近い金額であった。

「それも……」

さらに後藤庄三郎光富が口籠もった。

「元禄小判ではなく、慶長小判で」

三人揃って絶句した。

「馬鹿な。改鋳を指示したのは、荻原ではないか」

聡四郎は、荻原重秀の名を初めて敬称抜きで口にした。

紅が、口を開いた。

「慶長小判の値打ちを真に知っているのは、改鋳することで小判の値打ちが、一気にさがることをわかっていた人物だもの。当然よ」

それを受けて、聡四郎は後藤庄三郎光富をにらみつけた。

「おぬしも慶長小判でか」

「は、はい。先々代から貯えたものが、別邸に」

後藤庄三郎光富が、おずおずと口にした。

常盤橋御門外の金座は、土地から建物まですべて幕府のものだ。いつ取りあげられないともかぎらない。となれば、隠し財産は別の所に保管してしかるべきであった。

「これですべてでございまする。何卒、命をお助けくださいませ」

後藤庄三郎光富が、命乞いをした。

紅が、不思議そうな顔をした。

「命を助けてくれって、最初から聡四郎さまは、あんたを殺すなんて言ってないし、あの紀伊国屋でも見逃したのよ」

聡四郎の頭に稲妻が走った。

「先々代、四代目後藤庄三郎光重は、元禄の改鋳が始まって十年後、隠居した三代目よりも早くに亡くなっている。五代目廣雅に至っては、四代目光重の死後一月も経たないうちに死去した」

聡四郎は、後藤庄三郎光富に目をやった。

後藤庄三郎光富は、傍目《はため》にもわかるほど汗をかいていた。

「まさか……」

後藤庄三郎光富が、歯を鳴らしながらうなずいた。

「先々代は、荻原さまの際限なき欲求に応じかねて逆らったとたんに、先代は先々代の死を追及した翌日に……」

後藤庄三郎光富が、俯《うつむ》いた。

「そんなこと、あるわけない」

紅が叫んだ。勘定奉行が金座支配の命をうばう。ありえていい話ではなかった。

聡四郎は、紅の肩に手をおいた。

「権とは、慈悲のないものだ」

聡四郎も、二ヵ月前までなら否定した。しかし、勘定吟味役になって、幕閣の汚《け》れ、おごり、そしてその強大な力を見てきたことで、後藤家のことが偽りでないとわかっていた。

「袖吉、頼めるか」

聡四郎は、袖吉に声をかけた。

「へい。お任せくだせえやし」

袖吉が胸をたたいた。

「後藤どの、この者は相模屋伝兵衛が右腕。御身を任されて大丈夫な者でござる」

聡四郎の紹介に後藤庄三郎光富が、首肯した。

「では、そこまで一緒に参ろう。もう、手だしをしてくる者はないと思うが」

四人は、無人となった金座吹き替え所を後にした。

離れたところから見張っていた、徒目付永渕啓輔が、四人を見送って立ちあがった。

「紀伊国屋が帰った後に、後藤庄三郎光富を囲んで水城と相模屋の娘と職人風の男一人。どうやら、水城が勝ったか」

永渕啓輔が、独りごちた。

「ご隠居さまに報せねばなるまい」

永渕啓輔が、走りだした。

四

柳沢家中屋敷の茶室で永渕啓輔を迎えた柳沢吉保は、己で点てた茶を喫した。

「そうか。荻原め、負けたか」

「そのように見受けましてございまする」

永渕啓輔が、応えた。

「まあ、いたしかたあるまい。少しやりすぎた感があるからな」

「お報せせずともよろしいので」

「どうするかの。今更じたばたしても逃げようはないであろう。新井白石も必死だろうからの。それに後藤庄三郎光富を押さえられてしまっては、言いわけもきくまい」

「では、このままということで」

「そうも行かぬ。近江守にやけになられては困る。いらぬことまで口走られては、こちらまでとばっちりが参るではないか。これでは、何のために堀田筑前守を殿中刃傷を装ってまで除《の》けたのかわからなくなる」

柳沢吉保が、腕を組んで黙考《もっこう》した。

永渕啓輔が、口を開いた。

「ならば、お力をお貸しになられては」

隠居したとはいえ、柳沢吉保は登城勝手、お目通り願い次第の許しを将軍家宣から貰っている。荻原重秀を助けることぐらい簡単であった。

「ばかめ。現将軍家はご不例《ふれい》がち、西の丸の若君さまもご幼少のうえにご病弱。いつお代替わりがあってもおかしくないのだぞ。わが権を使うは、そのとき。それまでは、目立たぬようにせねばならぬことぐらい、わからぬのか」

柳沢吉保が、永渕啓輔を叱りつけた。

「出すぎたことを申しました」

「近江守に伝えよ。おとなしくしておれと。さすれば、御役御免だけで話をすませるとな。さもなくば、その身は切腹、御家は改易《かいえき》じゃぞと」

「はっ」

「ときを待て。いずれ、ふたたび世に出るようにはからってやる。紀伊国屋文左衛門にも伝えておけ」

「承知つかまつりました」

永渕啓輔が深く平伏した。


じりじりと屋敷で報告を待っていた荻原重秀は、永渕啓輔から凶と報された。

「儒学者め。始末するしかないか」

荻原重秀が、呪詛《じゆそ》の言葉を吐いた。

「柳沢さまより、お言伝《ことづて》がございまする」

永渕啓輔から柳沢吉保の意向を報された荻原重秀が、苦渋の表情を浮かべた。

「紀伊国屋文左衛門にも同じく、隠遁《いんとん》を命じられましてございまする」

荻原重秀が、血を吐くような声で応えた。

「わかりましたと伝えてくれ。ご命令あるまで雌伏《しふく》しておりまするとな」

後藤庄三郎光富を連れて相模屋まで戻った聡四郎は、無理矢理、紅から横になるように命じられていた。

「じっとしてなさい」

聡四郎の傷は、背中と左腕の二ヵ所である。背中は長さ一尺近くに及ぶが、浅く、筋を傷つけてはいなかった。

だが、左腕のものは、長さは二寸ほどだったが、深さが五分（約一・五センチ）に達し、血が止まらなかった。

「新井白石さまのところへ急がねばならぬのだ。一度屋敷に帰って着がえをせねばならぬ」

「お屋敷には人をやったわ。お着がえを取ってくるようにって。だいいち、そんな傷でお城にあがれると思うの。ちゃんとお医者の手当をうけなさい」

紅が、手を腰にあてて聡四郎をにらんだ。

江戸城は血の汚れを嫌う。松の廊下の刃傷をたとえに出さずとも、廊下に血を落としたことが目付に知れると、謹慎《きんしん》ぐらいは喰らいかねない。

結局、聡四郎が登城したのは、昼八つ（午後二時ごろ）をまわっていた。

聡四郎から話を聞いた新井白石は、いきりたった。

「そうか。ご苦労であった。おって沙汰《さた》するまで十分休め」

新井白石は、せかせかと中奥《なかおく》に向かい、将軍家宣に目通りを願った。

「近江守の所業《しょぎょう》あきらかでございまする。なにとぞ、ご英断を」

人払いを願って、新井白石は聡四郎が調べてきたことを上申した。

「ううむ。小判の私腹は許しがたいことだが、白石翁よ。誰が、かの近江守の代わりを務められるというのだ」

家宣は荻原重秀の罷免に、まだ踏みきらなかった。

「人材など、幕府には数万の将士がおりまする。かならずや、近江守を凌駕《りょうが》する才をもつ者が」

「幕府の勘定は、一日の停留も許されぬ。ならば、まず人を見つけてからにすべきではないか」

家宣は綱吉と違い、独断で物事を運ぶことを苦手としていた。

「上様、それでは信賞必罰《しんしょうひつばつ》という、政の根本が崩れまする。勘定の停滞よりも政の根底を優先すべきと存じまする」

新井白石がさらに迫った。

「されどの」

体調のすぐれない家宣の顔色は悪い。

新井白石もその日はあきらめざるを得なかった。

連日のように家宣のもとへ嘆願に出た新井白石の望むものが三日目に届いた。

太田彦左衛門存じよりの細工師から、元禄小判の金の含有が、決められたよりも少ないことが報されたのだ。

「上様、わたくしか、近江守か、どちらかをお選びくださいませ。これ以上近江守を勘定奉行とするならば、わたくしは、お役を辞めさせていただきまする」

新井白石はついに最終手段に出た。

さすがに家宣も認めるしかなかった。

「わかった。そのように命じよう」

家宣が、力尽きたように応えた。

正徳《しょうとく》二年（一七一二）九月十一日、勘定奉行荻原近江守重秀は、おぼしめすことこれあり、との曖昧《あいまい》な理由でその職を解かれた。

元禄九年（一六九六）四月十一日に就任して以来、実に十六年の長きにわたり、幕府勘定方に君臨してきた座を追われたのであった。

しかし、荻原重秀にそれ以上の罰は与えられなかった。わずか百五十俵取りの小旗本から三千七百石の寄合にまで出世した荻原重秀は、隠居を命じられることもなく、悠々自適の生活に入った。

一方、紀伊国屋文左衛門は、荻原重秀が罷免される直前、あっさりと店を譲り、浅草の裏長屋に老妻と二人で閑居した。その潔さは、江戸っ子に受け、長くその名は粋人、大商人として伝えられた。

金座支配後藤庄三郎光富は咎められることなく、その座にあり続けられた。

「いつまで、遊んでおる」

水城聡四郎は、怪我の完治を待たず、役に復帰させられた。

荻原重秀を完膚《かんぷ》なきまでにたたきつぶせなかった新井白石の不満のとばっちりを受けたのであった。

「まだまだ、荻原近江守を葬り去るまで調べを続けよ。そして、最終的には、甲府を……堀田筑前守さまの仇」

新井白石の執念は、燃え続けていた。

「あの話はなかったことにいたしてくれ」

長崎奉行上阪山城守から、縁談の断りがあったのは、それからすぐであった。

父功之進は歯ぎしりをして悔しがったが、聡四郎はほっとしていた。

その聡四郎を目下のところ、もっとも悩ましているのは、紅であった。

あの日、怪我をした聡四郎の着替えを持って相模屋に来た喜久と紅は、二度目の出会いで意気投合《いきとうごう》していた。

父功之進は、紅の身分を知っていい顔をしないが、毎日のように訪れては、なにかと聡四郎の世話を焼く。二ヵ月経った十月からは、聡四郎の着替えは紅の仕事になった。

いつものように下城してきた聡四郎の裃を、紅が受け取る。

「許さないのではなかったのか」

聡四郎の問いに紅がきびしい顔で応えた。

「女のあたしに、死ぬ思いを何度もさせたのよ。許せるはずないわ。だから、勘定吟味役さまの覚悟を見つづけることにしたの」

聡四郎は、ため息をついた。

袴をたたんでいる紅の背中を見つめた聡四郎は、自室の文箱を開けた。なかには、山本屋から借りた金で買った櫛が入っている。

聡四郎は、どうやってこの櫛をわたそうかと悩んでいた。

解説　ドラマとしての「勘定吟味役異聞」

「これからは役目第一、剣のことは二の次じゃ、よいな」

徳川六代将軍・家宣《いえのぶ》の治世、その家宣の懐刀である新井白石《あらいはくせき》は、飛ぶ鳥を落とす勢いで幕政改革に勤《いそ》しんでおりました。冒頭の台詞《せりふ》は、時の人である新井白石から、勘定吟味役という名誉ある役目を賜った本作の主人公・水城聡四郎《みずきそうしろう》に対する父の言葉です。関ヶ原の戦いから百年ほど経ち、剣の腕よりも事務処理の腕が問われる天下泰平の世になった今でも、剣の腕ばかりを磨いてきた息子を心配してのものでしょう。

なるほど、この父の言葉はもっともではありますが、ちょっと待ってほしいです。私は漫画を生業《なりわい》にしておりますが、何度か編集者からこのような言葉を聞かされました。

「かどたさん、これからの漫画はインパクト重視ですよ、ドラマなんて二の次でいいんですよ」

むむむ……確かにそうかもしれないと思う気持ちがある一方で、今までずっと人間ドラマを描いてきて、その矜持（と言っておきたい）も持っている自分は今更、パニック漫画や映える萌え漫画なんて描きたくなんかないな？　と思うわけです。漫画の本質はストーリーでありドラマである。この考えは、そう簡単には譲れないものなのです。

私の譬《たと》えに巻き込んでしまい恐縮ですが、聡四郎が父の言葉を受け流し、剣の師である入江無手斎《いりえむてさい》の道場に足繁く通い続けたのも、きっと私の気持ちと通じるところがあったのではないでしょうか。

悪知恵を働かせ、暴利を貪る悪徳役人がはびこる時代、武士の本質を忘れている者があまりにも多くいました。金には魔力があります。どんなに正義感の強い人間でも、その魔力に抗えないことがあるでしょう。しかし聡四郎は、どんな誘惑にも絶対に負けません。目上の人間、大きな圧力にも毅然として立ち向かい、次々と悪事を暴いていきます。並みの武士ならば、役目のさなかに、圧力に押し潰されるか、消されてしまっていたでしょう。

この聡四郎の快進撃を支えたのが、彼が誰に何と言われようと磨き続けてきた

「剣術」の力なのです。聡四郎は、武士の本質は天下万民を護ること、それでこそ将軍が万民に慕われ真の天下泰平に繋がると理解していました。それだけではただの理想論ですが、聡四郎は、その理想を実現させるために、民を護るための「剣」の力が必要であることも理解していたのです（紅《あかね》というおきゃんな町娘に気づかされたところもあるのですが……）。

「理想」とそれを現実にする「力」。その二つを持っていたからこそ、一切の誘惑にも負けず、愚直なまでに悪事を成敗できるのです。

現代でもその二つともを忘れ、利権に走る役人が何と多いことでしょう。このシリーズは、その生い立ちの妙から庶民の目線を持った若い武士（少しばかり堅物すぎるところもありますが）が、本分を忘れた役人どもの悪事を斬り裁く爽快剣戟シリーズとなっております。

しかし単純な勧善懲悪ではなく、政《まつりごと》の清濁の矛盾に聡四郎が体当たりで挑む人間ドラマであるからこそ、読者に愛される傑作シリーズとなっているのだと思います。

前置きが長くなってしまいましたが、本シリーズは、剣士としての将来を夢見ていた旗本四男坊の聡四郎が、兄の早逝等により急遽、家督を継ぎ、勘定についてては丸きりど素人でありながら慣れぬ務めに悪戦苦闘していく様を描いています。

いわゆる上司にあたる人物が新井白石であり、腐敗した幕府の改革を進めようとします。その手腕は強引の一言に尽き、聡四郎の扱いも乱雑で、今の時代ならば、パワハラで失脚していたかもしれません。

「勘定吟味役異聞」シリーズは全8巻となっておりまして、「御広敷用人 大奥記録」シリーズ（全12巻）、「聡四郎巡検譚」シリーズ（5巻、以下続刊）と続く、一大シリーズとなっており、作者の上田秀人先生は、ますます精力的に執筆活動をなされています。

さっきから長々と喋りつづけている私は、漫画家のかどたひろしと申しまして、ただいま「勘定吟味役異聞」シリーズの5巻目『地の業火』までをマンガ化させていただいております。単行本は7巻までリイド社から刊行しておりまして、以下続刊の予定です。

このたびの連載を開始する以前より、方々の漫画編集者から「今、上田秀人作品が大評判で面白いですよ！」と勧められておりましたが、実は時代小説を読み慣れていなかったため、専門用語などにも疎《うと》く、辞書を引きつつの読書になるのではと、少し身構えておりました。ところが、それは杞憂《きゆう》でした。

　なぜならば……と話し始めるとまた長くなってしまいますので、漫画家の目線で見たシリーズ1巻目『破斬』の素晴らしい特徴を五つほど挙げさせていただきます。

　まず一つ目は、絵を頭に浮かべる漫画家にとって重要な当時の単位（尺や寸など）が、現代の単位に換算され併記されている点です。

　例えば、聡四郎の初登場シーンでは《水城聡四郎は、喧嘩のなかへと割りこんでいった。五尺七寸（約一七二センチ）近い背丈の聡四郎は、頭一つ周囲より高い。》……と、迷わずスラリとした青年が目に浮かびます。

　剣戟の説明のシーンでは《敵の間合いのなかに入りこむ一放流は、太刀を受けるよりもかわすことに重きを置いていた。最初六寸（約一八センチ）から始まった見切りは、五分（約一・五センチ）を目指して修行していく》と、流派を知らずとも「達人の域」を知ることができ、雰囲気ではなく、リアルな描写が可能になりました。

　そして二つ目は、歴史の事実上の出来事をフィクションと絶妙な配合で組み合

ほざけ！
一放流《いっぽうりゅう》の極意の一つは見切りにあった
太刀《たち》を受けることよりもかわすことに重きを置き、五分（約1.5 cm）の見切りを目指し、修行をする
シュッ

わせて物語を展開し、難解で複雑な政治的な話の筋もスラスラと読ませる点です。歴史の裏側が「ストーリー」として語られているので、余計なナレーションや説明イラストを使う必要がなく、すべてをドラマとして描けます。

六代将軍 徳川家宣、新井白石、荻原《おぎわら》重秀《しげひで》、柳沢《やなぎさわ》吉保《よしやす》……日本史の授業で学ぶような歴史上の人物たちが作中に勢揃いし、活き活きとした会話のやり取りに、まるで自分がその歴史的な場面に立ち会っているかのような感覚なのです。

特徴三つ目は、聡四郎の脇を固める一癖も二癖もある登場人物たち。

私のお気に入りは、聡四郎の剣術の師で「一放流」の達人、入江無手斎。聡四郎が幼い頃から厳しく鍛えますが、それは剣士の才を見抜いているからこそ。ときには相談相手にもなり、成長を見守っています。とてもキャラクターが立っており、無手斎を主人公にしたストーリーが思い浮かべられるほどです。

また、吉原を一日千両で買い切ったなど数々の逸話を持つ天下の大豪商、紀伊《きの》国屋文左衛門《くにやぶんざえもん》もお気に入りです。清濁併せ呑む紀伊国屋の目に映った聡四郎は何とも青い青年で、陥落させるのも容易《たやす》いはず、と、あの手この手で接触して来ます。悪とは言い切れない格好良さを併せ持っています。

そして、柳沢吉保を主に持つ、徒目付《かちめつけ》の永渕啓輔《ながぶちけいすけ》も魅力的です。密かに聡四郎たちの動向を調べ任務に忠実で冷酷な剣士。彼を描く時は筆が躍ります。

それぞれの立場に、それぞれの思惑が入り乱れ、読み手を飽きさせません。

特徴四つ目は、コミカルな笑いとさり気なく美味しそうな料理のシーン。

剣豪作品は、孤独でシリアスな展開になりがちですが、エンタテインメント性

わかっとらんな……
良いか！
剣は人殺しの道具、
それ以上でも
それ以下でもない
だがな——
剣を扱うは人だ、
人は何のために
剣を振るう？
楽しみのためか？
何かを得るためか？
違うであろ？

楽しんで
おきながら
知らぬふり
ですか⁉

を失わないのは、上田先生がお笑い文化に親しい大阪出身ということが関係しているからと勝手に想像しております。

　堅い職業に似合わない聡四郎の気取らず朴《ぼく》訥《とつ》すぎる人柄に思わずツッコミを入れたくな

り、自然に笑みがこぼれてしまいます。

特徴五つ目は、忘れてはいけません、紅のヒロイン像が現代っ子のような元気印で強烈なこと。

世渡りを知らない聡四郎をサポートするのは、快活でキュートな町娘・紅。早くに母親を亡くし父親の相模屋《さがみ》伝兵衛《でんひょうえ》によって男手一つで大切に育てられたなかなかのお転婆娘で、身分の違いに臆することもなく「あんたばかぁ?」と聡四郎を叱咤激励してくれます。可愛い顔して発するキツイ言葉の裏側には、心配と励ましの照れ隠しがあり、そこが聡四郎には、世辞のない正直な女子として好ましく映ります。美しさと「動き」を併せ持ち、漫画にすると勝手に動いてくれる印象です。

このように、まだまだ作品の魅力については語り尽くせませんが、作品を通して当時の江戸の文化や経済事情を学ぶことができ、迫力の剣戟シーンでは、何メートル先に敵がいて、敵の刃が体の何センチ先をかすめた……と聡四郎と刺客たちとの戦いを即座に思い浮かべ、手に汗を握ります。

魅力的な登場人物が、経済小説の側面と剣戟小説の側面とを橋渡しする本シリーズは、読む人を選びません。もし、この作品が初めて読む時代小説であったという人がいたならば、何という幸運でしょうか。

相次ぐ敵との剣戟、上司が公務とはいえあまりにも無茶な指令を下すお勤め生活、恋愛、と、ぜひ、聡四郎の奮闘をお楽しみください。

最後に、「勘定吟味役異聞」シリーズ決定版1巻目の解説という大変光栄なお役目を与えて下さいました上田秀人先生に心より御礼申し上げます。

かどたひろし

（漫画家）

光文社文庫

長編時代小説

破《は》　斬《ざん》　勘定《かんじょう》吟《ぎん》味《み》役《やく》異《い》聞《ぶん》㈠　決定版

著　者　上《うえ》　田《だ》　秀《ひで》　人《と》

2020年4月20日　初版1刷発行

発行者　鈴　木　広　和
印　刷　萩　原　印　刷
製　本　ナショナル製本

発行所　株式会社　光　文　社
〒112-8011　東京都文京区音羽1-16-6
電話　(03)5395-8149　編　集　部
8116　書籍販売部
8125　業　務　部

ISBN978-4-334-79009-7　Printed in Japan

組版　萩原印刷

読みだしたら止まらない!

上田秀人の傑作群

好評発売中

鳳《ほう》雛《すう》の夢

(上)独の章

(中)眼の章

(下)竜の章

神君の遺品 目付 鷹垣隼人正 裏録(一)

錯綜の系譜 目付 鷹垣隼人正 裏録(二)

幻影の天守閣 新装版

夢幻の天守閣

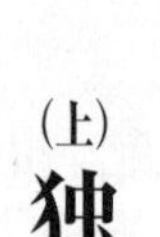

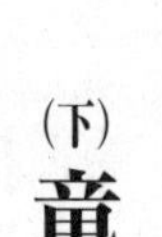

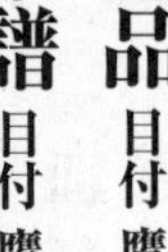

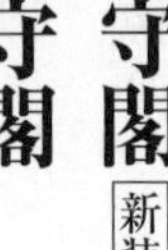

光文社文庫

剣戟、人情、笑いそして涙……

坂岡 真

超一級時代小説

将軍の毒味役 鬼役シリーズ

鬼役 壱
刺客 鬼役 弐
乱心 鬼役 参
遺恨 鬼役 四
惜別 鬼役 五
間者《かんじゃ》 鬼役 六 ★
成敗 鬼役 七 ★
覚悟 鬼役 八 ★
大義 鬼役 九 ★
血路 鬼役 十 ★
矜持《きょうじ》 鬼役 十一 ★

切腹 鬼役 十二 ★
家督 鬼役 十三 ★
気骨 鬼役 十四 ★
手練《てだれ》 鬼役 十五 ★
一命 鬼役 十六 ★
慟哭《どうこく》 鬼役 十七 ★
跡目 鬼役 十八 ★
予兆 鬼役 十九 ★
運命 鬼役 二十 ★
不忠 鬼役 二十一 ★
宿敵 鬼役 二十二 ★

寵臣《ちょうしん》 鬼役 二十三 ★
白刃《はくじん》 鬼役 二十四 ★
引導 鬼役 二十五 ★
金座 鬼役 二十六 ★
公方《くぼう》 鬼役 二十七 ★
黒幕 鬼役 二十八 ★
大名 鬼役 二十九 ★

鬼役外伝 文庫オリジナル

★文庫書下ろし

光文社文庫

光文社文庫最新刊

素敵な日本人　東野圭吾

難事件カフェ　似鳥　鶏

大癋見《おおべしみ》警部の事件簿 リターンズ
大癋見vs.芸術探偵　深水《ふかみ》黎一郎《れいいちろう》

体制の犬たち
レディスナイパー 後篇　鳴海《なるみ》　章《しょう》

ちびねこ亭の思い出ごはん
黒猫と初恋サンドイッチ　高橋由太

死の花の咲く家
昭和ミステリールネサンス　仁木悦子

ショートショートBAR　田丸雅智

宇宙でいちばんあかるい屋根　野中ともそ

破斬《はざん》　決定版
勘定吟味役異聞 (一)　上田秀人

うらぶれ侍　決定版
研ぎ師人情始末 (四)　稲葉　稔

夜の牙　決定版
八丁堀つむじ風 (四)　和久田正明

御城の事件〈西日本篇〉　二階堂黎人　編

夜叉萬同心 風雪挽歌　辻堂　魁《かい》

大名　鬼役 〔三九〕　坂岡　真